二見文庫

眠れない夜の秘密

ジェイン・アン・クレンツ／喜須海理子＝訳

Trust No One
by
Jayne Ann Krentz

フランクに
あなたを〝前向きに〟愛してるわ

眠れない夜の秘密

登場人物紹介

グレース・エランド	ウィザースプーン・ウェイに勤務する女性
ジュリアス・アークライト	ベンチャー・キャピタリスト
スプレーグ・ウィザースプーン	ウィザースプーン・ウェイの代表者
ナイラ・ウィザースプーン	スプレーグの娘
バーク・マリック	ナイラの婚約者
アイリーン・ナカムラ	グレースの幼なじみ
デヴリン(デヴ)・ナカムラ	シアトル警察本部長。アイリーンの夫。ジュリアスの友人
ミリセント・チャートウェル	グレースの同僚
クリスティ・フォーサイス	グレースの同僚
ハーレー・モントーヤ	ジュリアスの隣人で元上司
アグネス・ギルロイ	グレースの隣人
エドワード・ヘイスティングズ	ヘイスティングズ・グループのトップ。ジュリアスの元相棒
ダイアナ・ヘイスティングズ	エドワードの妻。ジュリアスの元妻
ラルフ・トレーガー	グレースを襲った男
ランダル・トレーガー	ラルフの息子
クリスタル・トレーガー	ラルフの娘

1

死んでいる男が着ているシルクのパジャマの前身ごろには、本文が一行しかないメールのプリントアウトがとめられていた。〝今日をすばらしい日にします　ウィザースプーン・ウェイ〟

グレース・エランドは血まみれのシーツのうえに身をかがめ、スプレーグ・ウィザースプーンの冷たくなったのどに恐る恐る手を触れた。かつては光り輝き、人を惹きつけてやまなかったブルーの目は開かれ、寝室の天井に向けられている。その目にはもう何も映っていなかった。ふさふさした銀髪に角ばった顎を持ち、がっしりした体つきをしたスプレーグは、つねに実際より大きく見えた。けれども死が彼を縮ませていた。国じゅうで開かれるウィザースプーン・ウェイのセミナーの受講者たちの心を奪った魅力や圧倒的なカリスマ性は消え去っていた。

死んでから数時間経っているのはまちがいなかったが、何も見ていない目にはかすかに責めるような表情が宿っていた。グレースの脳裏に鮮烈な記憶がよみがえった。十六歳のとき、死んでいる女の目にまったく同じものが宿っているのを見たのだ。〝どうしてもっと早く来て、わたしを助けてくれなかったの？〟と責めるような表情が。

命が失われた目から目をそらすと、サイドテーブルのうえに栓を開けていないウォッカが置かれているのが視界に入った。

その瞬間、すさまじい恐怖に襲われ、過去と現在がまざり合った。古い床板を踏む重い足音が聞こえてくる。パニックのあまり、息ができなくなった。同じことが二度も起こるはずがない。いつもの夢を見ているのよ。起きながら悪夢を見ているんだわ。息をするの。集中して。息をするのよ。

息をして。

いつものように心のなかで唱えたその言葉が、グレースをパニックによるトランス状態から呼び覚ました。氷のように冷たいアドレナリンが全身を駆けめぐり、頭がはっきりしてくる。これは夢ではない。この部屋には死体があって、先ほど聞こえた足音は悪夢がもたらしたものだとしても殺人犯がまだ近くにいる可能性は充分にある。

グレースは手近にあった武器になりそうなもの――ウォッカのボトル――をつかんで部屋の入口に引き返し、足を止めて一心に耳をすました。屋敷のなかには、ほかに誰もいないようだ。やはり先ほどの足音は恐ろしい記憶がもたらした幻聴だったのだろう。そうではない可能性も捨て切れないが。どちらにしても、一刻も早く屋敷を出て、緊急通報用の番号に電話をかけたほうがよさそうだ。

できるだけ物音を立てないようにして廊下に出た。あたりは薄暗かった。いたるところに鉢植えの観葉植物が置いてあり、笹やヤシやシダが青々とした葉を茂らせている。観葉植物をふんだんに置けば、室内の空気がきれいになるだけでなく、その場のポジティブなエネルギーも高まると、ウィザースプーンは固く信じていた。

窓のカーテンは閉められていた。朝になっても開ける者はいなかったのだ。開けられていたとしても、どうということはなかっただろうが。今朝のシアトルの空には夜明けとともに低く雲が垂れこめていた。今は雨が窓に打ちつけている。今日のような冬の日には、たいていの人が明かりをつける。

廊下の左右に並ぶ部屋から飛び出してきて、向かってくる人間はいなかった。グレースはウォッカのボトルの首を握りしめて幅の広い階段をおり、広々とした居間を駆け抜けた。グレースは一階の間取りを知っていた。ウィザースプーンは頻繁にこの家で豪勢なパーティーを開いていたので、グレースは一階の間取りを知っていた。ウィザースプーン・ウェイのほかのスタッフたちとともに招かれて、ケータリングの料理をふるまわれていたのだ。

広々とした居間はいつも豪華に飾られていた。椅子や座面に詰めものをした長椅子やテーブルは、インテリア・コーディネーターが〝会話が弾むレイアウト〟と称する配置に並べられ、壁には高価な絵画が何枚もかけられている。

スプレーグ・ウィザースプーンはモチベーションアップ・セミナーの運営で成功を収めており、セミナーで説くライフスタイルを自ら実践していた。ポジティブに考え、楽観的な態度をとりなさいというのが、彼の教えだった。

その彼が何者かに殺された。

グレースは玄関を飛び出して、手入れの行き届いた美しい庭に出た。足を止めて上着のフードをかぶる手間も惜しんだので、大きく弧を描く円形のドライブウェイに停めた彼女のコンパクトカーの傍らに立ったときには、髪も顔も濡れていた。

運転席についてすべてのドアをロックし、ウォッカのボトルを床に置いてエンジンをかけると、クイーン・アン様式の邸宅を守るようにそびえる高い鋼鉄の門を走り抜けて、住宅街の静かな通りに出た。

車を停めて、斜めがけバッグのなかの携帯電話に手を伸ばす。手がひどく震えていたので、911と打ちこむのが驚くほど難しかった。ようやくオペレーターにつながったときにも、事実を正確に話せるよう、目を閉じて気持ちを集中しなければならなかった。

息をして。

「スプレーグ・ウィザースプーンさんが亡くなっています」大きな門を見つめながら住所を告げる。「少なくとも、わたしがたしかめたかぎりでは、亡くなっているようです。脈がありませんでしたから。どうやら撃たれたみたいで。そこらじゅうに……血が……」

脳裏にさらなる記憶がよみがえった。顔が血まみれになった男。彼女に降りかかる血。そこらじゅうに飛び散る血。

「家のなかに誰かいますか?」男性オペレーターが緊迫した口調で訊く。「あなたの身は危険にさらされてますか?」

「そうは思いません。今は家の外にいるんで。何分か前に、ウィザースプーンさんのようすを見に、家のなかに入ったんです。今朝、オフィスに来られなかったもので。門は開いてて、玄関にも鍵はかかってませんでした。セキュリティシステムは切ってありましたけど、深くは考えませんでした。ウィザースプーンさんは庭に出られてるんだと思ったんです。でも外にはいらっしゃらなかったので家のなかに入りました。名前を呼んでも返事がなかったので、倒れたか、具合が悪くなられたんじゃないかと心配になって。おひとりで住まわれてるものですから。それで——」

黙りなさい、グレース。あなたったら、しゃべりづめよ。しっかりして。パニックになるのはあとにしなさい。

「家のなかには入らないように」オペレーターは言った。「警察官をそちらに向かわせますから」

「はい、わかりました」

グレースは電話を切り、遠くのサイレンに耳をすました。

いちばん最初に現れた、シアトル警察のロゴが入った車がコンパクトカーの前に停まって初めて、テレビの刑事ドラマを観る者なら誰でも知っている事実を思い出した。死体の第一発見者は警察から容疑者扱いされるものだと。

以前にも死体を発見したことがある人間ならなおさらだ。

息をして。

車の床に置いたウォッカのボトルに目をやると、恐ろしさに血が凍りついた。

パニックにならないで。ウォッカを飲む人間はいくらでもいるわ。

けれどもグレースは、ウィザースプーンが緑茶《グリーンティー》と高価な白ワイン以外のものを飲んでいるところを見たことがなかった。

バッグのなかにあったティッシュを使ってボトルを持った。今さらそんなことをしてもたいして意味はないのはわかっていたが。すでに彼女の指紋がべたべたついているだろうから。

2

「わたしもあなたたちも、ちゃんとしたアリバイがあって運がよかったと思わなきゃ」ミリセント・チャートウェルが言った。ボックス席の背もたれに寄りかかり、苦々しい表情でグラスのマティーニを見つめる。「今日、わたしから話を聞いてたときの、あのキュートな刑事さんの目つきときたら」

「あの刑事さん、わたしにもにこりともしなかったわ」グレースは言って、白ワインをひと口飲んだ。「わたしが楽観的なタイプじゃなかったら、この人はウィザースプーンさんを殺した犯人としてわたしを逮捕する理由を探してるんだと思ったでしょうね」

クリスティ・フォーサイスがワイングラスをおろした。目に涙が光っている。「ウィザースプーンさんが亡くなったなんて信じられないわ。死体の身元確認でとんでもないまちがいが起きたんじゃないかと思えてならないの。明日の朝、ウィザースプーンさんはいつものように大またでオフィスに入ってくるんじゃないかって。わたしたちのために買ったドーナツか焼き立てのスコーンを持って」

「まちがいなんかじゃないわ」グレースは言った。「この目で遺体を見たんだもの。ナイラ・ウィザースプーンも父親の遺体を確認したし。ナイラがウィザースプーンさんの屋敷に到着したとき、わたしもまだあそこにいて警察から話を訊かれてたの。彼女、すっかり取り乱しちゃって。目に涙を溜めて震えてた。今にも気を失うんじゃないかと思ったわ」

五時をまわったところで、三人とも疲れ果てていた。自分もほかのふたりも、いまだに茫然としているのが、グレースにはわかっていた。身近なところで殺人事件が起これば、たいていの者はショックを受ける。グレースと彼女の同僚であるミリセントとクリスティは、偉大なボスを失っただけでなく、仕事も失ったのだ。ウィザースプーン・ウェイに職を得たことはキャリアのうえで最高の出来事だったと、三人とも考えていた。ウィザースプーンが殺されたことで、彼女たちの人生は一変した。

警察による事情聴取が終わると、ミリセントが飲みにいこうとふたりを誘い、グレースとクリスティはふたつ返事で応じた。そして今、三人はパイク・プレース・マーケットのそばにある居心地のいいカフェバーのボックス席に座っていた。三人が仕事帰りによく訪れる、お気に入りの店だった。

一日は、始まったときと同様に、陰鬱な空のもとで終わろうとしていた。雨もまだ降っている。冬至からすでに数週間経っていて、日は目に見えて長くなってきていたが——シアトルっ子は日照時間の変化に敏感だ——夕方早い時間にこれだけ暗いと、なおも十二月のような気がした。

ミリセントがマティーニをひと口飲んで、眉をひそめた。「わたしが刑事なら、ナイラ・ウィザースプーンを真っ先に疑うわね」

ウィザースプーン・ウェイの経理ならびに財務担当であるミリセントは、何事においても単刀直入にものを言う傾向があった。赤毛で曲線に富む体をした活発な女性で、マティーニを好み、ときにはバーで気に入った男性に声をかけることもある。

ミリセントはグレースより一年ほど早く、ウィザースプーンのもとで働きはじめた。一見、ミリセントは何もかも持っているように見える。映画スター級の魅力的な容姿に、コンピューターばりの明晰な頭脳。そのふたつを武器にして、成功を収めてきた。だが、彼女には家族がいない。ミリセントの過去は謎に包まれていて、それについては本人も多くを語ろうとしなかった。けれども一度、十六歳のときに家を出たきり戻っておらず、この先も戻るつもりはないと言ったことがあった。ミリセントは生き抜く者《サバイバー》なのだ。どんな困難も、ピンヒールを履いた足で器用に乗り越えてきたのだった。

クリスティが新たにわいてきた涙をこらえるように、まばたきして言った。「たしかにウィザースプーンさんが死んでいちばん得をするのはナイラだわ。でもナイラはウィザースプーンさんの娘なのよ。ふたりがうまくいってなかったことは、みんな知ってる。あの親子は問題を抱えてた。でも、だからって自分の父親を殺すかしら？」

クリスティはウィザースプーン・ウェイに来て、いちばん日が浅い。アイダホの小さな町で生まれ育ち、冒険を求めてシアトルに出てきた。彼女がグレースとミリセントに打ち明けたところによれば、結婚相手の選択肢を増やすためでもあったらしい。明るいブラウンの髪に温かな目をして、かわいらしい顔つきをしたクリスティは、愛らしく健康的な魅力にあふれていて、顧客に受けがよかった。

ミリセントとはちがって、クリスティは家族と仲がいい。農夫と結婚するのはごめんだと言いながらも、あとにしてきた田舎を今なお深く愛しているのは明らかで、農場で育った子ども時代のエピソードをグレースとミリセントにおもしろおかしく話して聞かせていた。

ウィザースプーンは慣れない都会で苦労しているクリスティに同情したのだと、グレースとミリセントは心の奥で思っていた。そもそもクリスティを雇ったのも、ある程度は親切心からだったのだろう。けれども、誰もが多かれ少なかれ驚いたことに、クリスティは出張の旅程を組むのがうまいうえ、顧客を魅了する能力に長けていることがすぐに明らかになった。ウィザースプーン・ウェイが主催するセミナーの需要が増えるにつれて、忙しくなる一方のウィザースプーンのスケジュール調整にともなう業務も多くなり、ビジネスがますます盛況になった近ごろでは、ウィザースプーンはクリスティのアシスタントを雇うことも視野に入れていた。

「相続人がことを早めようとするのは今に始まったことじゃないわ」ミリセントが指摘した。

「それにナイラはウィザースプーンさんに腹を立ててたじゃない。喧嘩ばかりして。ミスター・パーフェクトが現れて、事態はさらに悪くなった。ウィザースプーンさんが彼を認めなかったから、ナイラはいっそう腹を立てたのよ。遺産を手に入れるためならどんなことでもしそうに見えたわ。お小遣いしかくれない父親を憎んでたのよ」

「でもナイラは子どもじゃないのよ。れっきとした大人だわ」グレースは言った。

「わたしが思うに、ナイラはもう待たされるのはごめんだと思ったのよ。一刻も早くお金を手に入れたくなったのね」ミリセントはそう言ってマティーニを飲み、グラスをテーブルに置くと、険しい顔でグレースとクリスティを見た。「わたしたちにはほかにも考えなきゃならないことがあると思うの」

クリスティがいぶかしげに目を細めた。「考えなきゃならないことって？」

ミリセントはマティーニのグラスからプラスチックのピックを取って、オリーブを食べた。

「ナイラが父親とうまくいってなかったのはたしかだけど、彼女はわたしたち三人のこともよく思っていないのよ。わたしたちも充分に気をつけたほうがいいわ」

クリスティは大きく目を見開いた。「やだ、本気で言ってるの？」

「ええ、そうよ」ミリセントは言った。

グレースはグラスを手にしてワインを飲んだ。一日じゅう高ぶっていた神経がワインのおかげで落ちつきはじめているものの、それも長くは続かないと経験上わかっていた。ポジティブに考えるよう自分に言い聞かせたが、今夜、ときどき見る悪夢がまた襲ってくるような気がしてならなかった。

グレースはミリセントを見つめた。「ナイラがわたしたちに何かすると本気で思ってるの？」

ミリセントは肩をすくめた。「しばらくのあいだ気をつけたほうがいいと言ってるだけ。ナイラ・ウィザースプーンは何をしでかすかわからない女よ。もともと父親との関係は一触即発の状態だったけど、婚約したことで修復不可能なまでになったんだわ」

「バーク・マリック」クリスティが言い、顔をしかめて続けた。「またの名をミスター・パーフェクト」

「ねえ、知ってた？」ミリセントは言った。「バーク・マリックの登場はウィザースプーンさんにとって悪夢そのものだったのよ。口のうまいハンサムな男が現れて、ナイラが夢中になるのを、彼はずっと恐れてたの。ウィザースプーンさんがどうしてナイラの生活費を払ってお小遣いをあげてたのかわかる？　彼女を守ろうとしてたのよ」

クリスティが鼻を鳴らした。「小さな国の国家予算ほどのお小遣いをね」

「金額は問題じゃないの」ミリセントはオリーブが刺さっていたピックの先をクリスティに向けた。「わたしがよく知ってることがあるとするなら、それはお金のことよ。人がお金にどう反応するのか、わたしにはわかってる。いい？　人はお金がいくらあっても満足しないものなの。ナイラは遺産の大半が信託にされてて父親が死ぬまで手をつけられないことに我慢できなくなったのね。きっと早く金を手に入れるようミスター・パーフェクトにせっつかれたんだわ」

三人のあいだに重苦しい沈黙がおりた。グレースは考えをめぐらせた。自分もミリセントもクリスティも、ウィザースプーンの感情の起伏が激しい娘とやり合ったことがある。どうやらナイラは三人に嫉妬しているらしい。そのナイラが遺産を手にすることになった。これで魅力的な婚約者とうまくやれる。ある意味、ナイラの人生はバラ色になったのだ。ミスター・パーフェクトの人生も。

咳払いして言った。「自分が何を言ってるかわかってるの、ミリセント？　あなたの言うとおりなら、バーク・マリックにもウィザースプーンさんを殺す動機があるってことになるのよ」

クリスティがはっとした顔になって、グラスをテーブルに置いた。「ナイラとバークが共謀してウィザースプーンさんを殺したんだとしたら？」

ミリセントは肩をすくめた。「そうだったとしても驚かないわ」

「共謀説はひとまず置いておいたほうがいいと思う」グレースは言った。「容疑者の名前を記したリストをつくるなら、とんでもなく大きな紙が必要よ」

クリスティとミリセントは、そろってグレースの顔を見た。

「どういう意味？」クリスティが訊いた。「ウィザースプーンさんはとってもいい人だったじゃない。心の広い人だった」

ミリセントの目に理解の色が宿った。「あなたの言うとおりよ、グレース。そのリストでナイラとバークの次にくるのはラーソン・レイナーね」

「ラーソンとウィザースプーンさんのあいだにわずかにあったポジティブなエネルギーが、このところすっかり失われてたのは、あなたたちも知ってるでしょ」グレースは言った。

「ビジネスパートナーがお互いに刺激し合うのとはわけがちがってた」

「そのとおりよ」クリスティが言った。「先月、ラーソンがすごい剣幕でオフィスにやってきて、顧客を盗ったってウィザースプーンさんを責めたわよね」

「仕事上の恨みに猛烈な嫉妬、収入の低下」ミリセントは緑色の目をきらめかせて微笑んだ。

「充分、殺人の動機になる」グレースを見て続ける。「ラーソンは気づいてるのかしら？ウィザースプーンさんのビジネスがこの一年半で急成長したのは、あなたのおかげだって」

グレースは頬が熱くなるのを感じた。「それは言い過ぎよ。わたしはただ、いくつかアイディアを出して、ウィザースプーンさんがそれを実行に移させてくれただけ」

「ばか言わないで」ミリセントは威勢よく言った。「あなたがウィザースプーン・ウェイに来る前は、スプレーグ・ウィザースプーンはわんさかいるモチベーションアップの方法を説くトレーナーのひとりにすぎなかった。ビジネスを成功させたのは、ほかでもない、あなたよ」

「ミリセントの言うとおりだわ」クリスティも言った。「お気の毒にも昨夜殺されてなければ、ウィザースプーンさんは、あと二、三カ月で、この国いちばんの自己啓発の専門家になってたはずよ。あなたのおかげで」

「あなたが来る前も、ウィザースプーン・ウェイの業績は悪くなかった」ミリセントは言った。「でも大金が転がりこむようになったのは、例の料理本が出版されてからよ。そのあと、幸せと成功を引き寄せる〈今日の自己宣言《アファメーション》ブログ〉が熱狂的な支持を得た。ここ何カ月かのあいだは、講演やセミナーの要請がひっきりなしにきて、クリスティも対応に追われてたもの。そうよね、クリスティ？」

「ええ」クリスティは思い出にふけるような顔になり、笑みを浮かべて言った。「ウィザースプーンさんは毎週どこかに出張なさってたわ。どうしてそんなことができたのか不思議だけど。わたしが次から次へとセミナーの予定を組んでも、文句ひとつおっしゃらなかった」

「講演やセミナーをなさるのが大好きだったのよ」グレースは言った。「いろいろな土地に行って、大勢の人と会うのを楽しんでいらした。ウィザースプーンさんには強烈なカリスマ性があったし、聴衆の心をとらえる能力に長けてたわ」

クリスティはそれはわかっているというようにうなずいた。「でも、ウィザースプーン・ウェイが急成長を遂げたのは料理本とアファメーション・ブログのおかげよ。両方とも、あなたのアイディアだわ」

「料理本もブログもウィザースプーンさんの名前が表に出てなければ、見向きもされなかったわ」グレースは言った。「わたしはポジティブ・シンキングを説くウィザースプーンさんの考え方に合うマーケティング戦略を考えただけよ」

「いわゆるブランディングね」ミリセントが言った。「ラーソン・レイナーがあなたに電話をかけてきて、とても断れないようなオファーをしてきても、わたしは驚かないわ」

クリスティの顔が明るくなった。「もしかしたら、わたしたち三人とも、彼の会社で働かないかと誘われるかもしれないわね。三人ともウィザースプーンさんのもとで働いてる、ううん、働いてたんだから。業界で成功するには、わたしたちの力が必要だって、ラーソン・レイナーも気づくはずよ」

「そうね」グレースは言った。「でも、ラーソン・レイナーにウィザースプーンさん殺しの容疑がかかったら、彼のもとで働くのは考え直したほうがいいかもしれない。彼のセミナーを受講したいなんて人はいなくなるでしょうから」

クリスティは顔をしかめた。「それもそうね」

「さっき話に出た容疑者のリストのことなんだけど」グレースは続けた。「リストに載せなきゃならないのはナイラとバークとラーソン・レイナーだけじゃないわ。セミナーを受講したあとで言いがかりをつけてきた、おかしな人たちのことも載せなきゃ——ウィザースプーン・ウェイが説く方法を実践しても、人生はちっとも変わらないとメールで文句を言ってきた人たちよ」

「やだ、そうよ」ミリセントが言った。「あなたの言うとおりだわ、グレース。とんでもなく長いリストになりそう」

クリスティがため息をついた。「こんなことを言うのは不謹慎かもしれないけど、ラーソン・レイナーが容疑者のリストに載るなら、わたしたちを雇ってくれる可能性がある人はぐんと少なくなるわね。モチベーションアップの方法を説くトレーナーの事務所を切り盛りするのに必要なスキルを持つ人間を探してる人が、たくさんいるとは思えないもの」

「その一方で」ミリセントが考えこむような顔をして言った。「レイナーが今回の事件に無関係だとはっきりすれば、彼にはわたしたちが必要になるわね。彼、それがわかってるのかしら？」

グレースはワインのグラスを持ちあげた。「こういうときこそ、ウィザースプーンさんの教えどおりポジティブに考えなきゃ」

「職探しを成功に導くウィザースプーン流のアファメーションが必要だわ」クリスティが言って、グレースに向かって小さく微笑んだ。「あなたはアファメーションを考えるのが得意でしょ。ひとつ考えてくれない？」

ミリセントが声をあげて笑った。「ねえ、グレース？　突然、失業者になったわたしたちにぴったりのウィザースプーン・ウェイ流のアファメーションは？」

グレースはワイングラスの縁を指でなぞりながら、考えをめぐらせた。

「今ここにウィザースプーンさんがいたら、家に引きこもって晴れるのを待っていてはおもしろい未来はやってこないと言うでしょうね」グレースは言った。「〝未来をつかむために、雨の日でも外に出て歩きます〟」

「そのとおりね」クリスティが言った。温かな目に真剣な光を宿して続ける。「あなたたちはどうかわからないけど、ウィザースプーン・ウェイで働いて、わたしの人生はがらりと変わったわ」ワイングラスを掲げる。「スプレーグ・ウィザースプーンに」

「スプレーグ・ウィザースプーンに」ミリセントが言った。

「スプレーグ・ウィザースプーンに」グレースも言った。

ミリセントはマティーニを飲み干して、お代わりを持ってくるようウェイターに合図した。

「ウィザースプーン・ウェイで働いて得たお金のことを考えたら、こんなこと言うべきじゃないのかもしれないし、あなたの気を悪くさせるつもりもないんだけど、正直に言うわね、グレース」ミリセントは言った。「ウィザースプーン・ウェイ流のアファメーションってほんとくだらない。大嫌いよ」

3

案の定、悪夢はグレースを待ちかまえていた。

……廃墟となっている精神科病院のなかを音を立てて吹き抜ける風にあおられて、階段のうえのドアがばたりと閉まった。

グレースがいる地下室は闇に包まれ、ふいに息ができなくなった。怖がっていることを知られてはいけないと、彼女にはわかっていた。男の子を守るためにしっかりしていなければならない。男の子は、いかにも夢のなかの登場人物というように、不自然なまでにおとなしく、グレースの手をつかんで彼女の顔を見あげている。

彼女が自分を助けてくれるのを待っているのだ。大人はそうするものだから――幼い子どもを守ってくれるものだから。自分は大人じゃないと男の子に言ってやりたかった。まだ十六歳なのだ。

「戻ってくるよ」男の子が言った。「おばさんにけがをさせたんだ。ぼくたちもけがさせられる」

グレースは携帯電話の懐中電灯で床のうえにある長細い塊を照らした。初め地下室の床に寝袋が敷かれているのだと思ったが、よく見るとそれは寝袋ではなかった。何重にもなったビニールの下から、死んでいる女の目がグレースを見つめていた。

頭上で、木の床板を踏む大きな足音がした。グレースはあわてて懐中電灯を消した。

「隠れて」夢のなかの言葉で男の子に言う。

階段のうえのドアが開き、地下室の入口がふたたびうっすらと明るくなった。すぐにモンスターが姿を現すはずだ。

「手遅れだよ」男の子は言った。「もう来ちゃう」

死んでいる女の横に小さな処方薬の容器が落ちていて、その横にアルコール飲料のボトルが転がっていた。銘柄は見えなかったが、ウォッカという文字がかろうじて読めた。

階段のうえの入口から逃げるしか……

メールの着信音がグレースを悪夢から呼び覚ました。体内でアドレナリンが噴き出してのどが締めつけられ、血が氷のように冷たくなっている。心臓が人殺しのまがまがしい足音と同じリズムで打っていた。グレースは夢と現実のはざまにいた。

息をして。

悪夢に悩まされるようになってかなりの年月が経つが、グレースはだいぶ前に呼吸法を練習することを日課にしていた。彼女が定期的にしていることはほかにふたつある。三つとも、過去からやってくる悪夢を寄せつけないようにするためにしていることだった。

すばやく起きあがり、ベッドの端に腰かけて呼吸に意識を集中しようとしたが、戦うか逃げるかの選択を迫られているような感覚に押しつぶされそうになり、じっと座っていられなくなった。立ちあがって居間に足を運び、室内を歩きまわる。神経を落ちつかせるのにしばらくかかることもあるのだ。

十五階にある小さなアパートメントのすべての部屋に常夜灯が灯《とも》り、やわらかな光を放っていた。街の明かりが入るよう窓のカーテンも開けてある。すでに敏感になっている神経をこれ以上刺激したくないので、スタンドや天井の明かりはつけなかった。

息をして。

夢のなかの光景があざやかによみがえり、グレースをパニックに陥れようとする。肌がちくちくし、心臓が激しく打っていた。

部屋のなかを行ったり来たりしながら、パニックに陥りそうになったときにいつも自分にする約束をした。どうしても気持ちを落ちつかせられなかったら、医者に処方された抗不安薬を飲むと。ここ数年は、その約束と呼吸法で、最悪の悪夢も乗り越えてこられた。

もう少しのあいだ呼吸法を試してみよう。薬は引き出しのなかにある。大丈夫、必要になったら、いつでも飲めるわ。今夜はひどい悪夢を見るかもしれないって、わかってたでしょう?

息をして。

これ以上、室内にはいられない。外の空気が吸いたかった。

窓を開けると、冷たく湿った空気が流れこんできた。グレースはベランダに出た。雨はすでにやんでおり、目の前には宝石のように美しく輝くシアトルの夜景が広がっていた。暗い夜空を背景に、スペースニードル(シアトルの中心地区にあるタワー)が力強い光を放っている。その姿は巨大なたいまつのように見えた。

グレースは息をすることに集中した。

人殺しの足音が小さくなり、記憶のなかに消えていく。

速かった鼓動がしだいに遅くなり、呼吸が落ちついてきた。

もう大丈夫と確信すると、グレースは居間に戻って窓を閉め、もとどおりに鍵をかけた。

「もううんざり」静かな室内で、声に出して言う。

グレースがどうしてこれまで結婚せず、男と朝までいっしょに過ごしたりもしなかったのかと不思議に思っている人たちへの言葉でもあった。パニックの発作は地震と同じだ。次に起こるかどうかの問題ではなく、いつ起こるかの問題なのだ。数週間、数カ月後のこともあれば、数年後のこともあり、明日の夜、起こるかもしれないと、グレースはつらい経験をとおして学んでいた。恋人になるかもしれない男性に、それをどう説明すればいいのだろう。ひとりの男性と長くつきあえば、秘密を話してもいいと思えるようになるかもしれないが、今のところそういう相手とは出会っていなかった。

強烈な不安感に打ち勝てはしたものの、しばらくのあいだは眠れないとわかっていた。とはいえ、朝になっても仕事に行く必要はない。好きなだけ寝ていられる。そう思うと、気が滅入った。グレースは早起きだからだ。悪夢を見た次の日でさえ早く起きる。根っからの朝型人間なのだ。

窓辺に立って外を眺める。高層マンションやアパートメントやオフィスビルが立ち並ぶなかに、クイーン・アン・ヒルの高級住宅街が見えた。眺めのいい丘の斜面に点在する豪邸の窓から明るい光がもれている。今夜、それらの豪邸のなかに、誰もおらず、明かりもついていない家が一軒ある。スプレーグ・ウィザースプーンの遺体は検屍官のオフィスの冷蔵庫のなかで、解剖されるのを待っているにちがいない。彼を殺した犯人もじきにつかまるはずだ。

グレースは現場にあったウォッカのボトルのことを考えた。ふたたび不安が押し寄せる。ただの偶然にちがいない。そうとしか考えられない。

ふいに悪夢から呼び覚ましてくれた着信音のことを思い出し、寝室に戻って、携帯電話を手にした。送信者の名前を見たとたん、いちばんひどいパニックの発作を起こしそうになった。動悸が激しくなるのを感じながら、信じられない思いで画面を見つめる。ありえない。

スプレーグ・ウィザースプーンがあの世からメールを送ってきていた。メールの本文はウィザースプーン・ウェイ流のアファメーションをもじった不吉な感じのするものだった。

〝未来を変える機会は日々訪れます。おめでとうございます。もうすぐあなたの未来は大きく変わります〟

4

「ふう、こんなにきまりの悪い思いをさせられたのは、覚えてるかぎりじゃ初めてよ」グレースは言った。「高校の卒業パーティーの晩も含めてね。パーティーの最中に、いっしょに行った男の子が、初めに誘った女の子に断られてひどく落ちこんでることがわかったの」

「きまりの悪い思いがしたいのかい？」ジュリアス・アークライトが尋ねた。「ぼくが今週、出席することになってる、年に一度のビジネスディナー兼チャリティーオークションに、きみも出席すればいい」

グレースは少し考えてから言った。「そういう場所では、きまりの悪い思いはしないいんじゃないかしら。ビジネスディナー兼チャリティーオークションなんて、いかにも退屈そうだけど、きまりの悪い思いはさせられそうにないわ」

「たしかに退屈でもある」ジュリアスは認めた。「ぼくと同じぐらい退屈な連中と気さくに話をしなきゃならないからね。でも、きまりの悪い思いをさせられるのはディナーのあとなんだ。これまでに聞いたことがないぐらい退屈なスピーチを、ぼくがするんだよ。チャリティーオークションはそれほど悪くない。欲しくもない絵を買うはめになるだけで、きまりの悪い思いをさせられるわけじゃないからね。高くつくだけだ」

ジュリアスが催しに出席することで迫られる出費を気にしていないらしいことにグレースは気づき、興味を抱いた。

ジュリアスとは今夜初めて引き合わされた。彼のことはまだ何も知らないに等しいが、これまで会った男性のなかで退屈とはいちばんほど遠い人間だと、グレースはすでに確信していた。もっとも、今はそんなことは関係ないが。退屈することについて話しているのではなく、きまりの悪い思いをすることについて話しているのだから。どんなビジネスディナーに出席しても、ふたりがさせられたブラインドデートほど落ちつかない思いをすることはないにちがいない。

しかもデートはまだ終わっていない。湖畔の家に戻るまで終わらないのだ。湖畔の家に戻るには、ジュリアスの艶やかな黒い車体のSUVに乗りこまなければならない。グレースはSUVが嫌いだった。小さいサイズの婦人服売り場で服を買わなければならないことが多い女が乗るようには、つくられていないのだ。

トレンチコートを体に巻きつけ、ワンピースの裾を少しばかりたくしあげて、ヒールの高いサンダルを履いた左足を車の床に置いた。手を伸ばして車内の手すりをつかみ、体を引きあげて助手席に乗りこむ体勢になる。

優雅に乗るのは最初からあきらめていた。ジーンズにスニーカーを履いていても、乗るのに苦労していただろう。体にぴったりした黒いワンピースにヒールの高いサンダルという恰好では、できるだけ見苦しくない姿で一回で乗れればよしとしなければならない。

手すりをつかむ手に力をこめて、右足で地面を蹴った。

「頭に気をつけて」ジュリアスが言った。

ジュリアスの意図に気づくより早く、グレースは両手で腰をつかまれた。ジュリアスはグレースを食料品が入った買い物袋のように軽々と抱えあげて、助手席にすとんと座らせた。グレースは姿勢を美しく保とうとしたが、弾みがついてトレンチコートの前がはだけてしまい、太ももの内側があらわになった。どうにか居住まいを正したときには、ジュリアスはドアを閉めていた。

最悪だ。

今夜はどこまでもきまりの悪い思いをさせられることになっているようだ。ブラインドデートがうまくいっていないときにぴったりのアファメーションもあるはずだが、今欲しいのは心と体を癒やしてくれる一杯のワインだった。

グレースが見守るなか、ジュリアスはSUVの前をまわって運転席に向かった。きりっとした横顔とたくましい肩が、ナカムラ邸のポーチの明かりに照らされて、シルエットとなって浮かびあがる。今夜ずっと、くれぐれも気をつけるよう自分に言い聞かせてきたにもかかわらず、なじみのない、明らかに危険な期待感が、グレースの体のなかを駆け抜けた。湖畔の家までのわずかな道のり、車のなかでジュリアスとふたりきりになる。あまりいい考えではなさそうだった。

ジュリアスはドアを開けて車に乗りこみ、運転席についた。その一連の動作は、獲物を狙って丈の高い草の陰に身をひそめる大型のネコ科動物のように優雅で無理がなかった。当然だとグレースは思った。運転席に文字どおり放りこまれたわけではないのだから。

ジュリアスがドアを閉めると、薄暗い車内に不吉でありながらもかなり刺激的な親密さが生じた。少なくともグレースにはそう思えた。ジュリアスは車内に漂う張りつめた空気に、おめでたくも気づいていないらしい。さっさと彼女を送り届けて自由になりたいとでも思っているのだろう。

グレースは今夜のホスト役のナカムラ夫妻に注意を向けた。アイリーンとデヴリンは玄関ポーチに立って、ほがらかに手を振っていた。

アイリーンはブロンドで背が高い魅力的な女性で、出自をたどると十九世紀終わりに北米大陸の太平洋岸北西地域に住みついた多くのノルウェー人に行きつく。法の執行機関で働く男の妻でいられるタイプの女性で、彼女自身も非常に優秀な実業家であり、高級キッチングッズを扱って急成長を遂げている会社を地元で経営していた。

デヴリン・ナカムラは見つめるだけで相手の背筋を凍らせることのできる男だった。警察官としてはいいことだとグレースは思った。自分が彼に見つめられる立場にならなければだが。決意に満ち、厳格で、警察官の目をしている。ドアを蹴破ったり、逮捕した相手に向かって権利を読みあげたりしているところが、目に浮かぶようだ。罪を犯しても、彼にだけは追われたくない。グレースは身震いした。デヴリンとジュリアス・アークライトが海兵隊でいっしょだったとわかったときも、少しも意外ではなかった。

「アイリーンとデヴリンはよかれと思ってしてくれたのよ」グレースは言った。

ジュリアスはSUVの排気量が多いエンジンをかけた。「誰かにブラインドデートを仕組まれたとき、デートの相手に向かっていつもそんなふうに言うのかい？」

「そう熱くならないで。楽しくなくもなかったわ。でも……とにかくきまり悪くて」

アイリーンが善意でしてくれたことはわかっていた。彼女とは幼なじみで、幼稚園のときからの友だちだ。

けれどもデヴリンの意図はよくわからなかった。彼がアイリーンの人生に登場したのは比較的最近のことだ。デヴリンとアイリーンは、一年前、彼がクラウドレイクに引っ越してきて、クラウドレイク警察の本部長に就任したすぐあとに出会った。グレースはふたりの結婚式で、花嫁付き添い人《メイド・オブ・オナー》の代表を務めていた。

グレースはデヴリンのことが好きで、献身的な夫なのだろうとも思っていた。だが今夜は、彼に冷たい疑いの目で見られているような気がして、どうにも落ちつかなかった。十日前、ウィザースプーンが殺されたあとに彼女から話を聞いた、シアトル警察の殺人捜査課の刑事の目とそっくりだった。

「いいだろう」ジュリアスは言った。「今夜のブラインドデートはきまりの悪いものだったということにしよう。今のところは」

ジュリアスの低くて太い、いかにものんきそうな声に宿るおもしろがっているような響きを聞いて、グレースはまたぞくりと身を震わせた。ジュリアスの顔を見ると、計器が発する幻想的な光のなか、表情は読めなかったが、まるで今にもライフルの引き金を引こうとしているかのように目が細められているのがわかった。

銃のことも、銃を扱う人間のことも、それほど知っているわけではないけれど、とグレースは思った。知り合いで実際に銃を持ち歩いているのはデヴリンだけだ。仕事柄、そうしなければならないのだろう。

今夜、ディナーをともにした四人のあいだに不穏な空気が流れたのには、自分にも少しは責任があると認めざるをえなかった。このところ、ポジティブに考えることができなくなっているのだ。

殺人事件に遭遇してなんともない人間はいないだろうが、ウィザースプーンの遺体を発見してからすでに十日経っているというのに、暗闇が消え去らない。日中は意識の縁に漂っていて、夜になると潮のように満ちてくる。いくら瞑想しても、ポジティブな言葉を自分に言い聞かせても、いつもしている三つのことをしても、悪いエネルギーは強まる一方で、グレースの思考や夢に悪影響を与えていた。思考も夢もどんどん暗く、心をかき乱すものになっていた。

しかも故人からのメールが毎晩届き、グレースを不安に陥れていた。

ジュリアスは冷静かつ巧みな運転でドライブウェイをあとにして、レイク・サークル・ロードに出た。冷静で有能というのが、彼の人となりを最も的確に表す言葉のようだ。友人になれば彼ほど頼もしい男もいないが、敵にまわせば彼ほど恐ろしい男もいないだろう。どう見てもポジティブな考え方をするタイプには見えない。戦術に長けた戦略家のように見える。

恋人としてはどうだろうとは考えないようにした。

どんなことがあっても、それだけはだめだ。

ジュリアスを前にして今夜ずっと緊張し、彼を強く意識していたので、彼といるとどうして心が乱れるのか、あらためて考えることができなくなっていた。〝氷山の一角〟という言葉が頭に浮かぶ。最も危険な部分は表に出ていないものなのだ。ジュリアス・アークライトには表に出ていない部分がたくさんあると、グレースの女の勘は告げていた。けれども、それがなんだというのだろう。同じことは誰にでも言える。とにかく、ジュリアスが何か問題を抱えていたとしても、それについて頭を悩ませることはない。今は自分自身が抱える問題で手いっぱいなのだから。

ジュリアスについてわかっているのは、今夜、会話に出たわずかなことだけだった。ベンチャー・キャピタリストで、アイリーンによれば大成功を収めており、ほかの投資家たちからも巨額の資金の運用を任されているらしい。

もっとも、お金を儲けることをどうこう言うつもりはいっさいなかった。じつのところ、今、彼女のやるべきことリストのいちばんうえにくるのは、この先収入を得る方法を見つけることなのだから。職を失うことほど、安定した仕事の価値を思い知らされることはない。それは身にしみてわかっていた。大学をやめて以来、数え切れないほどの仕事に就いてきたのだ。

ウィザースプーン・ウェイでの仕事は、これまでのどの仕事よりも長く続いていた。ちょうど一年と六カ月だ。彼女がついに安定した仕事を見つけたのではないかと、母親と姉が期待しはじめていたのをグレースは知っていた。彼女自身もそうなればいいと思っていたのだ。

ジュリアスは入り組んだ形のクラウド湖沿いの片側一車線の細い道路を、意外にもゆっくりした速度で車を走らせていた。深い湖の黒々とした水面は、冷たく銀色の月の光に照らされて、きらきらと輝いている。

グレースは車内に漂う静けさに耐えられなくなり、沈黙を破る方法を探した。

「送ってくれてありがとう」彼女は言った。ていねいな口調になるよう気をつけたが、ややぶっきらぼうな声が出た。

「礼には及ばないよ」ジュリアスは言った。「ちょうど帰り道だから」

それは嘘ではなかった。ジュリアスが最近買った湖畔の家は、グレースが生まれ育った家から、さらに八百メートルほど行ったところにある。それでも、彼に送られることになるとは、グレースは思っていなかった。そもそもナカムラ邸には自分で車を運転していくつもりでいたのだが、デヴリンが迎えにきてくれたのだ。てっきり帰りもデヴリンが送ってくれるものとばかり思っていた。けれどもグレースの家はちょうど帰り道だから送っていけるとジュリアスに言われ、失礼にならずに断ることはできなかった。アイリーンとデヴリンが、そうしてもらえというように勢いよく首を縦に振っていてはなおさらだ。

アイリーンがあれほどあからさまに彼女とジュリアスをくっつけようとしていなければ、ディナーの席で気まずい思いをすることもなかっただろう。

不思議なことに、こうしてジュリアスとふたりきりになってみると、ふたりが置かれた状況がほんの少しだけおかしく思えてきた。グレースは助手席に深く座り直した。

「アイリーンとデヴリンがわたしたちを会わせようとしてることを、事前に知ってたの？」

グレースは尋ねた。

「もうひとり来るとは聞いてた」ジュリアスは唇の端を持ちあげた。「きみが言ったように、彼らはよかれと思ってしたんだよ」

「まあ終わってみれば、なんだかおかしいわよね」

「そうかい？」

「誰かとくっつけようとされるのには慣れてるの」グレースは言った。「この二年間、母と姉が、まるで趣味みたいにそうしてたから。どうやらアイリーンも同じことをしはじめたみたい。ここだけの話だけど、みんなからのプレッシャーは強くなる一方よ」

「でも、きみは興味がないのかい？」

「あら、普段は興味あるわよ」

「じゃあ、今夜は例外なんだな？　ぼくが離婚してることが問題なのか？」

ジュリアスの口調は不自然なほど何気なかった。雰囲気を明るくしようとした結果がこれだ。かえって気まずくなっている。

グレースは話をそらそうとした。

「あなたがどうってことじゃないの。今はほかにもっと考えなくてはならないことがあるだけ。新しい仕事を見つけなきゃならなくて、それに全神経を注がなきゃならないのよ」

ジュリアスは彼女が抱えている問題に興味がなさそうだった。

「そうやって引き合わされた相手と、どうしてうまくいかなかったんだと思う？」

グレースはヘッドライトに照らされた鹿になったような気分になりはじめていた。

「ぴったりくる相手がいなかっただけ」慎重な口調になって言う。「アイリーンや母たちに言わせると、わたしが悪いんだそうだけど」

「どうして？」

「わたしには人の問題を解決しようとする悪い癖があるって言うの。それに成功したら、相手に自分の道を進ませて、わたしも次に進むって」

「成功しなかったら？」

グレースは助手席と運転席のあいだにあるコンソールを指で叩いた。「同じよ。相手に自分の道を進ませて、わたしも次に進むの」

「じゃあ、きみはこれまで何人もの男を失恋させてきたんだね」

グレースは気づくと声をあげて笑っていた。「そんなまさか。わたしは誰も失恋させてなんかいないわ。男の人はみんなわたしのことを友だちだと思うみたい。自分が抱えてる問題を打ち明けてくる。わたしは彼らとその問題について話し合って、いくつか助言する。すると彼らはわたしのもとを去って、バーで会ったブロンドや美人の同僚とデートしはじめるのよ」

ジュリアスは鋭い目でちらりとグレースを見た。「きみ自身はどうなんだい？　失恋したことは？」

「大学に行ってたときに経験したわ。今思うと、向こうが振ってくれてよかったのよ。どちらにとっても、ひどい関係だったから。嵐が吹き荒れたり、ドラマみたいなことが起こったりしたけど、中身はなかった」

ジュリアスはしばらくのあいだ黙っていた。「思い返してみれば、ぼくの結婚生活は嵐ともドラマみたいなこととも縁がなかったな」

「終わりのほうでも？」

「ふたりとも終わってほっとしたのを覚えてる」

そんなはずはないとグレースは思ったが、失敗に終わったジュリアスの結婚生活について探りたくはなかったし、彼が抱えている問題を解決するつもりもなかった。

「そう」とだけ言った。

「心配いらないよ。きみの家に着くまで、ぼくの離婚について話そうなんて思ってないから。きみも聞きたくないだろうし、ぼくも話したくない」

「ふう」グレースは額の汗を拭うふりをした。「よかった」

ジュリアスは笑い声をあげた。

張りつめていた空気がいくらかゆるんだ。グレースはいっそうリラックスして、あたりさわりのない話題を探した。

「クラウドレイクにはどのぐらいいるつもり？」

「新しく買った家は一年を通じて使うつもりだ。シアトルにもマンションを持ってるんだけど、ほとんどの仕事はオンラインでできるから。例外もあるが、ここからでもオフィスと同じように仕事ができる。シアトルには一時間で行けるし。週に二回ほど向こうに行って、問題が起こらないようフォローするつもりだ」

ジュリアスが大成功を収めているベンチャー・キャピタリストであることをグレースは思い出した。きっと彼女が新しい靴や服を買うように、湖畔の家やシアトルのマンションを買うのだろう。とはいうものの、彼をひと目見ただけでは、そうとはわからない。ここ数年、太平洋岸北西地域は、スタートアップ企業（新しいビジネスモデルを開発し、短期間で急激な成長を狙う企業）や、ジュリアスのように見込みのあるベンチャー企業に投資しているやり手の投資家たちにとって、魅力的な土地となっている。このところ、このあたりでも、最近裕福になった人たちが数多く歩いているが、見るからにお金持ちそうな雰囲気を漂わせている人はめったにいない。ほとんどの人が、〈コストコ〉に特売品を買いにいき、〈ＲＥＩ〉でマウンテンバイクやアウトドア用品を買う人々に、なんの違和感もなくまじっていた。

ジュリアスの財産が親や先祖から受け継いだものではないことをグレースは確信していた。彼には自分の力で成功をつかんだ人間に特有の強さがある。望むものを手に入れるために戦うことに慣れている人間だ。

「あなたが買った家はお隣のハーレー・モントーヤさんのものだったのよ」グレースは言った。「ハーレーがあそこを売ったと聞いたときには驚いたわ。あの家と今住んでいる家を手に入れてから、もう十年近く経つから」

「もう二軒も必要ないと思ったそうだ。きみはどうなんだい？　このままクラウドレイクにいるつもり？」

「しばらくのあいだはね。失業中だから、できるだけ節約しなきゃならないの。母は、母とパートナーのカークが仕事を引退したあとも湖畔の家を手放さずにいたんだけど、ふたりがあの家を使うのは夏のあいだだけだから、新しい仕事を見つけるまで、こっちに住んで家賃を節約してはどうかと言ってくれたのよ」

「お母さんたちは今どこに住んでるんだい？」ジュリアスは尋ねた。

「二年前にスコッツデールに移ったの。母はクラウドレイクで経営してたギフトショップを売って、カークは保険業を息子さんたちにゆずったの。今は、ふたりで世界一周クルーズに出てるわ」

「きみにはお姉さんがいるんだよね？」

「ええ、アリソンっていうの。ポートランドで弁護士をしてる」

「じゃあ、クラウドレイクにいるあいだに、この先どうするか決めるんだね」

「そのつもりよ」グレースは言った。

「どういう戦略でいこうと思ってるんだい？」

グレースは目をぱちくりさせた。「これからの計画なら、今説明したはずだけど」

ジュリアスはおもしろがっているような目でグレースを見た。「どうやって新しい仕事を見つけようと思ってるのか訊いてるんだ」

「ああ、それ」グレースは顔が赤くなるのを感じた。「まだ決めてないわ」

この人にいちいち説明する必要はないと自分に思い出させる。

「考えてることはあるはずだ」ジュリアスは言った。

「それがないの、ほんとに」グレースは放っておいてくれといわんばかりの冷たい口調になって言った。「このところ人生が少しばかり複雑になってきてて」

「わかるよ。ボスの死体を見つけるなんて、きっとつらかっただろうね」

グレースはためらった。その話をしたいのかどうか、自分でもよくわからなかった。

「そのことは考えないようにしてるの」冷たい口調で言う。

「ウィザースプーンを失ったらウィザースプーン・ウェイは終わりだ」

腕を組み、フロントガラス越しに舗装された道路を見つめた。

「ねえ、いい？　スプレーグ・ウィザースプーンのもとで働いてた人間すべてが、そのことに気づいてるわ」

「きみには仕事が必要だ。きみが抱えてる問題は、きわめてシンプルなように思える」

「そうかしら？　あなたがこの前失業したのは正確にはいつ？」

グレースが驚いたことに、ジュリアスは少しのあいだ考えをめぐらせた。

「だいぶ前だ」

グレースはジュリアスに硬い笑みを向けた。「つまり、今の求人市場についてまったく知らないってことになるわね。わたしが置かれている複雑な状況のこともだけど」

「ウィザースプーン・ウェイの仕事はどうやって見つけたんだい？」

ふいにそう質問されて、グレースは思わず答えていた。「ほんの偶然から。いつもそうやって新しい仕事に就くの」

「ほんの偶然から、モチベーションアップの方法を説く人間のもとで働くことになったのかい？」

「ええ、そうよ。一年半前、わたしは進むべき道を探してた。それで何かの参考になればと思って、ウィザースプーン・ウェイのセミナーを受講したの。そして講義を終えたスプレーグ・ウィザースプーンをつかまえて話しかけたのよ」

「なんて？」ジュリアスは本当に興味を引かれているようだった。

「ウィザースプーンさんがポジティブ・シンキングに関する講義をするのを聞いてるあいだに、ちがう角度から彼の考え方を説明する方法を思いついたの」グレースは組んでいた腕をほどいて、両手を広げた。「驚いたことに、彼はわたしの話に耳を傾けてくれて、うちで働かないかと誘ってくれた。そして会社に入ったら、好きなようにやらせてくれたの。ウィザースプーン・ウェイでの仕事は、これまでに就いた仕事のなかで最高のものだったわ」

「これまでいくつの仕事に就いたことがあるんだい？」

「それはもうたくさん」グレースはため息をついた。「ほんと、きまりが悪くなるぐらいよ。履歴書の印象も最悪よね。ある程度なら、転職を重ねても問題ないけど、度を超すと――」

「ひとつのところに腰を落ちつけることができない、無責任な、信頼できない人間のような印象を与える」

グレースは顔をしかめた。「そのとおり。姉は高校の最高学年にあがるころには弁護士になるって決めてたのに、わたしときたら、いまだに一年半以上続く仕事を探してるんだから」

「なるほど問題だな」ジュリアスは言った。「きみにはビジネスプランが必要だ」

グレースはジュリアスの顔を見つめた。「仕事を見つけるためのビジネスプラン?」

「ぼくの知るかぎりでは、考え抜かれた綿密なプランがありさえすれば、人生においてうまくいかないことは何もない」

ジュリアスの口調は真剣そのもので、グレースは笑わないようにするのが精いっぱいだった。

「五カ年計画のようなもの?」軽い口調で尋ねる。「母が五年ものあいだ、ただで住まわせてくれるとは思えないけど」

「五カ年計画じゃない。仕事を見つけるのに五年もかけていられないからね。せいぜい三カ月といったところだ。本気で仕事を見つけたいなら、目標を定めて、それを達成するよう努力しないと」

「計画を立ててから何かをしたことなんてほとんどなかったわ」

「冗談だろう？　そんなことを聞かされるとは思ってもみなかった」

グレースはジュリアスに冷ややかな笑みを向けた。「枠にとらわれない発想をするのがわたしの強みだって、ウィザースプーンさんは言ってたわ」

「枠にとらわれない発想にこだわってると、枠自体を見落とすことになりかねない。古いモデルを知り、それがもう通用しない理由を理解してこそ、新しいモデルのよさがわかる」

グレースはかちんときて言った。「あら、あなたのほうこそ自己啓発ビジネスに参入したらどう？　ウィザースプーン・ウェイ流のアファメーションみたいなこと言って」

「アファメーションって？」

「物事をポジティブにとらえるための近道とでもいえばいいかしら。いいアファメーションは生産的かつ楽観的な考え方ができるようにしてくれるの」

「何か例を挙げてくれ」ジュリアスは言った。

「そうね、たとえば仕事でいやなことがあった日に――」

「もっと具体的な状況にしよう。友人に招かれたディナーパーティーで退屈なブラインドデートをさせられるはめになった。そんな状況をポジティブにとらえさせてくれるアファメーションは？」

グレースは身をこわばらせた。「あまり具体的すぎないほうがいいと思うわ」

「ぼくはビジネスマンだ。具体的な事実しか扱わない」

「わかった」きつい口調で続ける。「今の状況をポジティブにとらえるためのアファメーションが聞きたいのね？　〝夜明け前はいつも最も暗いもの〟というのはどう？　ポジティブに考えられるようになるんじゃない？」

「それはウィザースプーン・ウェイ流のアファメーションじゃないだろう？　以前から言われてることだ」

「もっといいのがある？」

「アファメーションとやらではないけど、座右の銘にしていることがふたつある。でも、そのどちらも、ぼくたちが今置かれてる状況には適さない」

「ここよ」グレースは急いで言った。

ジュリアスはすでに速度を落としていた。ハンドルを切って、両側を木が立ち並ぶドライブウェイに入り、湖のほとりに立つ小さくてきれいな家の前まで進むと、ポーチの前にSUVを停めてエンジンを切った。

アグネス・ギルロイが住む隣の家には、まだ明かりがついていた。カーテンは閉まっていたが、アグネスがその隙間からのぞいていることをグレースは確信していた。隣近所の人間が何をしているのか、気になって仕方ないのだ。聞き慣れないエンジン音を響かせた車がドライブウェイを進んでくるのが聞こえたにちがいない。

「送ってくれてありがとう」グレースは言って、シートベルトを外し、ドアの取っ手に手を伸ばした。「会えてうれしかったわ。この先、町で偶然会うこともあるでしょうね。あ、そのまま座ってて。ひとりでおりられるから」

グレースのたわいもないおしゃべりに、ジュリアスはまったく注意を払っていないように見えた。運転席にじっと座ったまま、力強く器用な手をハンドルに置いて、家というものを初めて見るかのように彼女の家を見つめている。

「ぼくは十一歳になるころには、キャリアプランを立ててた」ジュリアスは言った。

「そう、きっとそうなんでしょうね」グレースは車のドアを開けて、トレンチコートの縁をつかみ、地面に飛びおりる体勢になった。「そういうタイプだと思ってた」

「そういうタイプって？」

「自分がどこに向かっているか、つねにわかってるタイプ」手すりをつかんで、助手席から飛びおりる。一瞬、空中で不安定な体勢になりあせったが、無事、両足で地面におり立ち、ほっとした。振り返って、ジュリアスを見た。「そうなれたらどんなにいいか」

ジュリアスは運転席のドアを開けて車からおり、車の前をまわって、ポーチの階段に向かう彼女に追いついた。

「キャリアプランを立てれば自分が何を望んでるのかわかる。選択肢を明らかにして、意思決定マトリクスを簡素化することができるんだ」

冷静な目で推し量るように見られ、背筋がぞくりとした。わたしったら、もしかして興奮してるの？　グレースははっと息をのんだ。男にうつつを抜かしてる場合じゃないのはわかってるでしょ。相手も悪いわ。早く帰ってもらって。

「十一歳のときに、どんなキャリアプランを立てたの？」帰るよう言うはずが、気づくとそう訊いていた。

「金持ちになる、だ」

グレースは足を止め、ポーチの明かりでジュリアスの表情をうかがった。「どうして？」

「お金は人に力をもたらすとわかったからだ」

「他人に対する力？」

ジュリアスは少し考えてから肩をすくめた。「それもあるかもしれないね。状況しだいでは。でも、ぼくが金持ちになりたいと思ったのは、他人に対する影響力を持ちたかったからじゃない」

グレースはジュリアスの顔をまじまじと見た。「自分の人生をコントロールしたかったのね」

「ああ、そんなところだ」

「もっともな目標ね。見事、達成できたみたいじゃない。おめでとう。じゃあ今夜はこれで。

さようなら、ジュリアス」

ハンドバッグの肩ひもを肩にかけて、足早にポーチの階段に向かったが、砂利を踏む音が追いかけてきたので足を止めた。振り返って、ジュリアスに向き直ると、彼もまた立ち止まった。

「大丈夫よ」そっけなく言う。「ドアまで送ってくれる必要はないわ」

「ぼくはきみを家まで送り届けると言ったんだ。家のなかに入って初めて、家にたどりついたと言える」

どういうわけか、怒りがわいてきた。「わたしの身の安全について責任を感じてもらわなくてもけっこうよ」

「きみが無事、家にたどりつくまで、きみの身の安全を守る責任はぼくにある」ジュリアスはその場を動かなかった。

グレースは手をきつく握りしめた。「わたしったらどうかしてたわ。あなたは紳士的にふるまってくれようとしただけなのに、きつい言い方して。謝るわ。まったく、礼儀がなってないわよね。本当にごめんなさい。このところ、ちょっと神経質になってて。心配してくれて、ありがとう」

「どういたしまして」ジュリアスはグレースが動くのを夜明けまでも待つというかのように、月の光を浴びて立っていた。

「わかったわ」グレースは言った。「ドアまで送って」

ふたたび向きを変えて、急ぎ足で階段をのぼる。ジュリアスは近づきすぎないよう適度な距離を置いて、彼女のあとから階段をのぼり、ポーチを進んだ。

グレースはハンドバッグから鍵を出してドアを開け、家のなかに入って、壁のスイッチを入れた。照明が二カ所つき、素朴で温かみのある居心地のよさそうな空間が浮かびあがった。グレースの母親は、最後にこの家のインテリアを変えたときには、グレースとアリソンが〝素朴な隠れ家を求める時期〟と呼ぶ段階に入っていた。

年月を重ねて光沢を増した木の床。はちみつ色のラグのうえには、一人掛けのソファが二脚と、ダークブラウンの革張りの大きなソファが置かれている。今は火がついておらず暗い暖炉の前には石が敷かれていて、焚きつけ用の木切れが入った真鍮製の大きなバスケットが置かれていた。

壁には、クラウド湖のほとりにある古風で趣のある家や、古いボートハウスや、木の桟橋の絵が何枚もかかっている。最も絵になる建物である、廃業してかなりの年月が経つ〈クラウドレイク・イン〉を描いた絵はないが、そのことに気づく客はめったにいなかった。

グレースは再度振り返って、ジュリアスに向き直った。ポーチの明かりが強い光を投げかけるなか、金色がかった茶色の目は逆光で陰になっていたが、彼が彼女の背後の居間を興味深そうに見ているのがわかった。ジュリアスの顔に独特な表情が浮かんでいるのに気づき、それが示すものを表現する言葉を探した結果、〝おなかが空いた〟が適切だと思った。だめよ、と自分に言い聞かせる。ここで彼の空腹を満たしてあげたら、そばをうろつかれることになるかもしれない。今は迷える人を受け入れている場合じゃない。ジュリアス・アークライトが抱える問題を解決するためにここにいるのではないのだ。もしそんなことをしたら、彼はこれまでの男たちと同じように、彼女のもとを去ってしまうだろう。

そして、この人を去らせてしまったら、わたしは永遠に後悔するかもしれない。

グレースはジュリアスにお礼の言葉を告げ、おやすみの挨拶をしようと口を開いた。

「なかでハーブティーでもいかが？」気づくとそう言っていた。

5

「ありがとう」ジュリアスは言って、家のなかに入り、ドアを閉めた。「ハーブティーなんてこれまで飲んだことなかったと思う。どんな味がするのか……楽しみだな」

グレースは自分がしたことに驚いて、何秒かのあいだ、その場に立ち尽くしていたが、ジュリアスが彼女をじっと見つめたまま、彼女が次の行動を起こすのを待っているのに気づいて、われに返った。少なくとも、何か食べていかない？　と誘ったわけじゃないわ、と思い直す。ハーブティーを出すだけよ。

「そうそう、ハーブティーよね」そう言って、踵《きびす》を返す。「キッチンへどうぞ」

一人掛けのソファにハンドバッグを置いて、広々とした旧式のキッチンに足を運んだ。カーテンの薄い生地越しに、月の光に照らされた湖が見える。湖畔に立つ家々の明かりが、木々のあいだで輝き、湖沿いの遊歩道を照らす街灯が、長いネックレスのように見えていた。

やかんに湯を沸かす方法を思い出すために、気持ちを集中しなければならなかった。

ガスこんろに火をつけ、ハーブティーを出すだけだと再度自分に念を押す。どういうわけか気持ちが浮き立っているという事実は、のちのち問題になるかもしれないが、今この瞬間は気にしないことにした。

ジュリアスはタイル貼りのカウンターにもたれて腕を組んだ。他人の家のキッチンなのに、すっかりくつろいでいるように見える。まるで、ここで何時間も過ごすのが習慣になっているかのようだ。彼が見守るなか、グレースはガラスのキャニスターからティーバッグをふたつ取り出した。

「きみが淹れてくれようとしてるお茶には何が入ってるんだい？」ジュリアスが尋ねた。

「カモミールよ」グレースは言った。「これが入ったお茶を飲むとよく眠れると言われてるの」

「眠れないときは、いつもウイスキーを適量飲むようにしてる」

グレースは微笑んだ。「わたしもときにはそのお薬に頼ることがあるわ」

「よく眠れないのかい？」

慎重な手つきでティーバッグをふたつのマグカップに入れる。

「まあね」正直に言った。「あなたの言うとおりよ。雇用主の死体を見つけたのはショックだったわ」

「マスコミの報道をチェックしてたんだ」ジュリアスは言った。「ウィザースプーン・ウェイは太平洋岸北西地域のビジネス界における成長株だったから気になって」

グレースは首を横に振った。「それももうおしまいよ。ウィザースプーンさんが築いたものはじきに消えてなくなる」

「それが製品ではなく人を基盤に築かれたビジネスの問題点だ。セレブやアスリートや俳優でも事情は変わらない。活躍してるあいだは金をかき集めてくれるが、彼らに何かがあれば会社ごと崩壊する」

やかんが鳴って、湯が沸騰したことを告げた。グレースはこんろの火を消して、ふたつのマグカップに湯を注いだ。

「モチベーションアップの方法を説くセミナーを主催する会社では、トップにカリスマ性がある人間がいることがすべてなの」

「それで、きみは仕事を失ったわけだ」

「またしてもね」グレースは片方のマグを、カウンターにもたれているジュリアスの横に置いた。「わたしは何も達成できない人間なのよ。そうとしか言いようがないわ。いいかげん、しっかりしなきゃ。自分がどういう人生を望んでるのか、はっきりわかればいいんだけど。自分の進む道が見えてきたと思うたびに、何かが起こって、その道を進めなくなるの」

「ウィザースプーン・ウェイが消えてなくなろうとしてるみたいに？」

「ええ、そうよ」

「ぼくは昔、将来の計画を立てた」

「この先どうなりたいか、十二歳のときにはわかってたって言ってたわね」グレースはハーブティーを吹いて冷ました。「お金持ちになるって決めてたって。どうしてそう思ったの？」

「ぼくの両親は離婚したんだ。父親は再婚して、遠くに引っ越した。それからずっと会っていなかったんだけど、何年もあとにひょっこり現れて、金を貸してくれと言ってきた。母親は、ぼくとふたり食べていくために身を粉にして働いた。ぼくのためにすべてを犠牲にしてたんだ」

グレースはうなずいた。「それでお金があればすべてを変えられるって気づいたのね。お母さんの人生を変えるのに必要な力が持てるって」

ジュリアスはかすかに微笑んだ。「ぼくを分析しようとしてるのかい？　もしそうなら、この話は終わりだ」

「あなたはベンチャー・キャピタリストとして大成功を収めてると、アイリーンが言ってたわ。投資によって鉛を金に変えるから、太平洋岸北西地域のビジネス界では〝錬金術師アークライト〟と呼ばれてるって」

「たしかに優秀だが、そこまで優秀じゃない」

「でも、ものすごいお金持ちになれるぐらいには優秀なんでしょ？」

「たしかに、お金は充分に持ってる」

「お母さまはご健在なのよね？」

「ああ。お金の心配がなくなってから、母はずっとやりたかったことをやった。大学に戻って文学の学士号を取ったんだ。そして指導を受けた教授のひとりと再婚した。今は北カリフォルニアに住んでる。再婚相手のダグはコミュニティカレッジで教えてて、母はカウンセリングセンターで働いてる。ふたりとも、もうすぐ引退するんだ。ぼくはふたりの資産の運用を任されてる」

グレースは笑みを浮かべた。「おふたりとも、優雅な老後が約束されてるんでしょうね」

ジュリアスはたいしたことではないといわんばかりに肩をすくめた。「まあね」

グレースは左右の眉を上げた。「あなた自身の経済状況については満足してるの？」

「ぼくはすでに必要以上のお金を手にしてる。ひとりの人間が着られるシャツや、持てる車や、維持できる家の数は限られてるだろ？　さっきも言っただろう、グレース。お金は充分に持ってる」

グレースはジュリアスをまじまじと見た。

「お金は充分に持ってると誰かが言うのを聞くのは初めてだわ。本当にお金持ちの人にはそれほど会ったことがないからかもしれないけど。わたしの印象では、ある時点から、人は成功のあかしとしてお金を手に入れようとしつづけるような気がしてた」

「たしかにそれもある」ジュリアスはカモミールティーを恐る恐る口にして、マグカップをおろした。「そんなふうに思えるのは、しばらくのあいだだけだが」

グレースはふたたび左右の眉を上げた。「お金持ちじゃなかったころに戻りたいの？」

ジュリアスはゆっくり笑顔になった。「いや」

「でも、明日、全財産を失ったとしても、あなたにとってはたいしたことじゃないんでしょう？　むしろ、その状況を楽しむはず」

「楽しむだって？」

「少なくとも、退屈ではないでしょう？　ゼロからやり直すのは、あなたにとって、やりがいのあることにちがいないわ」

「そうかもしれない」ジュリアスは言った。「ぼくにとってはね。でも、ぼくだけの問題じゃないんだ。ぼくが明日、全財産を失ったら、将来有望なスタートアップ企業が何社かつぶれる。それらの企業で働いてた多くの人間や、直接ならびに間接的にぼくのもとで働いてた人間が、失業することになる。それに、ぼくの母のように、ぼくを信頼して資産の運用を任せてくれてる人たちのことも考えなきゃならない」

グレースはジュリアスと並んでカウンターにもたれ、カモミールティーを飲んだ。「あなたの言うとおりね。あなたは危ない橋を渡ってるようなものだけど、今さらそれをやめるわけにはいかない。もしやめれば、あなたは無事だったとしても、たくさんの人が奈落の底に落ちることになりかねないから」

「ぼくがそうしたことを考えてないとでも思ったのかい？」

「いいえ、そんなことはないわ。あなたは雇い主としての責任をちゃんと考えてると思ってた。アイリーンとは幼稚園のときからのつきあいなの。彼女のことはよく知ってる。自分がいい人間だと思えない相手を、わたしに勧めるはずないわ」

ジュリアスは唇の端を引きつらせた。「ぼくをいい人間だと思わない人間の名前をいくらだって挙げられる」

「あら、もちろん、あなただって、これまでに何人かは敵をつくってきたと思うわ」

「敵をつくってきたからといって、悪い人間だということにはならない?」

「どんな敵をつくってきたかによるんじゃないかしら」

居間からメールの着信音が聞こえ、グレースははっと身をこわばらせた。ジュリアスが彼女を見て、居間のほうに視線を向けた。

グレースは気持ちを落ちつけようと深呼吸し、さらに一度、深く息をした。緊張がじょじょに薄れていった。

「わたしの携帯よ」口早に言う。「メールが届いたの。あとで読むわ」

ジュリアスはうなずいて、カモミールティーを飲んだ。

「今度はぼくからきみに質問してもいいかな」

「まだ存在しない、わたしのキャリアプランについて?」

「もっと具体的なことだ。きみがスプレーグ・ウィザースプーンを殺したのかい?」

グレースはジュリアスを見つめた。思いもよらない質問に、頭のなかが真っ白になる。言葉が出てこなかった。メールが届いたと思ったらこれだ。

手にしていたマグカップが床に落ちて割れる音がしたが、それがなんの音か気づいたのは少し経ってからだった。

ジュリアスはガラスケースのなかの蝶を観察する昆虫学者のような目で、グレースを見つめていた。

「出ていって」グレースは言った。声が怒りでかすれている。「今すぐに」

「わかったよ」

ジュリアスは今まで天気の話をしていたかのように平然とした態度で飲みかけのカモミールティーをカウンターに置くと、キッチンをあとにして居間に行った。グレースはカウンターをうしろに押すようにして、その前を離れ、ジュリアスのあとを追って、文字どおり家から追い出そうとした。

ジュリアスはドアの前で足を止め、振り返ってグレースを見た。

「おやすみ」彼は言った。「なかなかおもしろい晩だった。こんな晩はめったにない」

「黙って」グレースは言った。「どうしてあなたがそう思ったのか、わかってるから」

「ぼくもだ」ジュリアスはドアを開けて、ポーチに出た。「きみがぼくのことをよく知るようになったら、きっと退屈な男だと思うだろう。ああそうとも。ぼく自身、退屈な自分にうんざりすることがある。ちゃんと鍵をかけるんだよ」

そう言うと、ポーチの階段をおりていった。

グレースはかっとなったままポーチに出て、両手で手すりをつかんだ。「わたしはウィザースプーンさんを殺してないわ」

「信じるよ」ジュリアスはＳＵＶのドアを開けた。「犯人に心当たりは？」

「ないわ。あれば、とっくに警察に話してる」

「デヴの話では、シアトル警察はたくさんいる容疑者を絞り切れてないそうだ。被害者に腹を立ててた成人してる娘や、その婚約者や、ウィザースプーン・ウェイのセミナーを受講したが、払った額だけの効果が得られなかったと怒ってる人々とか。それにウィザースプーン・ウェイの従業員たちもいる」

「どうしてウィザースプーン・ウェイの従業員が雇用主を殺すの？　わたしたちはみんな、かなりのお給料をもらってたのよ」

「デヴが言うには、ウィザースプーン・ウェイの関係者が利益を横領して、それを隠すために虚偽の運用報告書を作成していたと信じるに足る根拠があるらしい」

「なんですって？　本当なの？」

「デヴに訊いてみるといい。今朝、シアトル警察の人間から聞いたそうだ。多額の金の紛失。ぼくのいる世界では、充分に動機になる」

グレースは憤慨してジュリアスをにらみつけた。「わたしが横領してたって言いたいの?」

「いや。今夜、会ったばかりのころはどうかわからなかったが、今では横領してたのはきみではないと思ってる」

「どうして? あなたのようなお金儲けの達人じゃないから?」

ジュリアスは笑みを浮かべた。「こんなことを言うと、きみはショックを受けるかもしれないが、ウィザースプーン・ウェイのような成功してる企業のトップから多額の金をかすめとるのに、金儲けの達人の技は必要ない。実際のところ、とても簡単なんだ。そうしたことに誰も注意を払っていない場合は特にね」

「そんなこと言うなんて、わたしとその同僚たちに対する侮辱だわ」

「そんなつもりはなかった」ジュリアスは言った。「事実を述べただけだ」

「たしかな事実がひとつある。今夜のブラインドデートはこれにて終了よ」アグネス・ギルロイの家の居間のカーテンが動くのが、グレースの視界に入った。「最悪」

踵を返して家のなかに入り、荒々しくドアを閉めると、くるりと向き直って新しく換えた鍵をかけ、チェーンもかけた。

少しのあいだその場に立って、SUVがドライブウェイを遠ざかり、レイク・サークル・ロードに向かう音に耳をすました。

ジュリアスが去ったのを確信すると、ゆっくり息を吐き出し、キッチンに戻って、ガスこんろの横のカウンターに置かれたロール式のペーパータオルを、必要な分だけ切りとった。

こぼれたカモミールティーを拭きながら、ウィザースプーン・ウェイの利益が横領されていたというのは事実だろうかと考える。たとえ事実だとしても——警察官であるデヴリンのもとに入った情報なら、そう考えるのが妥当だろう——それがウィザースプーンが殺されたこととどう関係があるのだろう。

ウィザースプーンが横領に気づき、横領していた人間を問いつめたというのなら話は別だが。

カモミールティーを拭き終え、割れたマグカップのかけらを拾い集めると、立ちあがって濡れたペーパータオルとマグカップのかけらをごみ箱に捨てた。

呼吸法の練習はアイリーンの家に行く前にすませていた。長年襲ってくる悪夢と戦うために編み出したほかのふたつの儀式のうちのひとつをおこなう時間だった。

グレースは家のなかを決まった順路で歩いて、彼女がドアや窓につけた真新しい鍵を確認してまわってから、クローゼットや人が入れる大きさの戸棚のなかを全部見てまわった。さらに、いつもどおり自分にうんざりしながら、三部屋ある小さな寝室に置かれたベッドの下を、床に這いつくばるようにしてのぞいた。実際にクローゼットのなかやベッドの下に誰かが隠れているのを見つけたらどうするつもりなのか、自分でもわからなかったが、家のなかに自分しかいないことをたしかめるまでは眠れないとわかっていた。

確認作業を終えると、グラスにワインを注いで一人掛けのソファに座り、ハンドバッグから携帯電話を出した。仕方なくメールを確認する。飼育ケースのなかのヘビを手でつかんで外に出すよう言われたら、今と同じ気持ちになるだろうと思った。

案の定、届いていた。亡くなった人間からのメールが、今夜もまた。一行目にはなじみのある文が記されていた。

〝ポジティブな態度は暗い部屋を照らす懐中電灯のようなものです〟

けれども二行目の文はメールの送り主によって少し変えられていた。

〝暗闇で待ち受けている人間が誰なのか教えてくれます〟

6

お見事だ、アークライト。どうすればデートが台無しになるか、おまえは本当によくわかってる。

ジュリアスは彼の家のドライブウェイを進み、家の前でSUVを停めてエンジンを切ると、そのまま運転席に座ってグレース・エランドのことを考えながら、暗い家に目を向けた。

それほど大きくはない家だが、何世代にもわたって住み継がれてきた家だけがかもし出す趣があり、いかにも住み心地がよさそうだ。湖をのぞむ眺めがすばらしく、緑豊かな庭があるのも、うれしい驚きだった。終《つい》の棲家《すみか》にしてもいいと思える家だ。

グレース・エランドにも驚かされた。聡明な人間がポジティブ・シンキングやアファメーションを万能だとするばかげた考え方を本気で信じているなんて、にわかには信じがたい。いい仕事をするのは大切なことだ。グレースが自己啓発セミナーの主宰者のもとで働いていたことを責めるつもりはなかった。仕事は仕事だ。自分がするべきことをするしかない。仕事の性質はどうあれ、グレースの能力と勤勉さは感嘆に値する。だが、グレースはウィザースプーン・ウェイが説くファンタジーに心酔しているように見えた。ポジティブなエネルギーは世界をよくする力になると、本気で信じているようだった。

彼が受けた印象どおりなのだろうか。それとも彼女は彼がこれまでに会ったことがないぐらい抜け目のない人間で、あくまでも本気で信じているように見せているだけなのだろうか。職業柄、抜け目のない人間には何度も会ってきているのだが。

ジュリアスは今夜のグレースの姿を脳裏に思い描き、彼女から受けた印象を挙げていった。背は低いほうで、ばかばかしいほど踵が高く、信じられないほどセクシーなサンダルを履いていても、頭が彼の肩から少し出るぐらいでしかない。とはいえ、身のこなしはダンサーのようで、身軽さと優雅さを持ち合わせていた。内に秘めた強さもあった。彼女を抱えあげてSUVの助手席に座らせたときに感じたのだ。グレースを抱きあげたときの記憶がよみがえり、彼の五感を刺激した。

グレースの髪は熟成されたウイスキーのような色で、今夜は少しでも背を高く見せようとしたのか、ねじりあげて頭のうえでひとつにまとめていた。その髪型のせいで、緑がかった琥珀《こはく》色という変わった色合いの目が引き立っていた。グレースに見つめられると、これまでに誰にも見せておらず、見られたくないと思っている部分まで見られているような、落ちつかない気分になった。

普通に考えれば、グレースは街で会って二度見したくなるような女性ではないが、今夜ジュリアスはまちがいなく彼女を二度以上見ていたし、また見たい――それも近くで――と思っていた。ふたりのあいだには正体のわからない何かが存在していた。それがなんであるのか突き止めないことには満足できそうになかった。

まったく、たいした錬金術師だ。金の価値があるブラインドデートを鉛に変えてしまい、今になって、それを元どおりにする方法はないかと頭を悩ませているなんて。

ジュリアスはドアを開けて車をおりた。隣に立つ家の玄関ドアが開き、ハーレー・モントーヤがポーチに出てきた。

「デートはどうだった？」ハーレーが大声で言った。

大声を出す必要はなかった。隣り合う二軒の家のあいだには、ハーレーが愛してやまないボートをメンテナンスのために湖から引きあげるときに使う細い道があるだけだし、冬の夜は静かで、声もよくとおるのだから。だが片方の耳がよく聞こえなくなってきているハーレーには、相手も自分と同じようによく聞こえないのだと思ってしまいがちなところがあった。

一般的に知られているかぎりでは、〝ハーレー〟はモントーヤ家の人間に代々つけられている名前だそうで、彼の両親もその伝統に従って息子をそう名づけたらしい。けれども、彼が建設ならびに土地開発業でひと財産築いたころには、オートバイの名前にちなんでつけられたのだと噂《うわさ》されていた。彼がハーレーダビッドソンに似ているというのは否定できなかった。年を重ねていくらかやわらかな印象を与えるようになったとはいえ、八十代の今でも、その有名なオートバイを思わせる筋骨たくましい体つきをしていた。

「ブラインドデートですよ」ジュリアスはそう言って、SUVのドアを閉めた。「うまくいきませんでした。ブラインドデートなんて、うまくいくほうが珍しいですけどね。それはそうと、今夜グレースとぼくがブラインドデートさせられたことは、クラウドレイクの住民みんなに知られてるんですか？」

「まあ、たいていの者は知ってるだろう」ハーレーは言った。「帰りが早いな。おまえが台無しにしたんだろう。いったい何をやらかしたんだ？」

「グレースに、きみがウィザースプーンを殺したのかと訊くというまちがいを犯したんです。すっかり怒らせちゃいました」

「なんてことだ」ハーレーは鼻を鳴らした。「いったいなんだってそんなことを訊いたんだ？」

「彼女がどう反応するか見てみたくて」

「その質問の答えは得られたんだろう。グレース・エランドは人殺しではないと、わたしも言ったじゃないか。女のことになると、おまえはとんだばか者だ」

「自分でも気づいてますよ」

「まあ、やらかしたことについてくよくよ悩んでも仕方ない」ハーレーは言った。「おまえもグレースもしばらくのあいだこっちにいるみたいだから、これ以上へまをしないようにすれば、またチャンスもめぐってくるだろう」

「つまり、ポジティブに考えろということですね?」

「いや、そうじゃない」ハーレーはまた鼻を鳴らした。「ポジティブに考えればすべてうまくいくなんて、ばかげたことを言ってるんじゃない。すぐれた戦略が必要だと言ってるんだ。戦略を立てて計画を練るのは得意じゃないか。生まれついての才能を使うんだ」

「アドバイス、ありがとうございます。心にとめておきますよ」

「ああ、そうしろ」

ジュリアスは芝生のうえを歩いて小さな門を抜け、二軒の家を隔てる、わだちのある細い道に足を踏み入れた。

「トレーガーという男が殺人事件を起こしたとき、あなたはまだクラウドレイクには住んでいらっしゃらなかったんですよね」

「ああ」ハーレーは言った。「そのころはまだ金を稼ぐのに忙しかったからな。その事件やグレース・エランドについて知ってることのほとんどは、アグネスから聞いたことだ」

「そんな陰惨な事件を経験したら心に傷痕が残るでしょうね。ティーンエイジャーの少女なら、なおさらだ」

「何が言いたいんだ?」ハーレーは訊いた。

「グレースがこれまで一度も結婚していないのはどうしてなんだろうと思っただけですよ」

「近ごろでは若い娘の多くが結婚するのを先延ばしにしてるそうだ」

「驚いたな。最近の風潮についてお詳しいんですね」

「いや、そんなことはないが、アグネスがいろいろ教えてくれるもんでね」ハーレーは言った。「彼女が言うには、グレースは自分にふさわしい男が現れるのを待ってるにすぎないらしい。アグネスもわたしも、おまえがその男かもしれないと期待してたんだ」

「ぼくのどこに、誰かからそう思われる要素があるっていうんです?」ジュリアスは心底驚いて尋ねた。

「そう言われると、わからないな」

「あなたとアグネス・ギルロイが、アイリーンとデヴと示し合わせて今夜のブラインドデートを仕組んだんですか?」

「もちろん、そうじゃないよ」ハーレーは侮辱するなといわんばかりに言った。「わたしがそんなお節介男に見えるか? すべてアイリーン・ナカムラが考えたことだ。グレースとは幼いころからの友だちなんだろう? おまえの友だちのデヴも賛成したそうだ。責める相手を探してるなら、彼を責めるんだな」

「教えてくれてありがとうございます。そうしますよ」ジュリアスは桟橋とボートハウスがあるほうに向かって歩きはじめた。「おやすみなさい、ハーレー」

「あきらめるなよ。グレースは男に二度目のチャンスをくれるタイプの女性だと思うぞ」

ジュリアスは足を止めて、振り返った。「モチベーションアップの方法を説くセミナーを受けたことが、本当はあるんじゃないですか？」

「ばかにしてるのか？」ハーレーはきつい口調で尋ねた。

「まさか。ばかにしてなんていませんよ」

ジュリアスは道の終わりまで歩いて、木造の桟橋に進んだ。湖の水が静かに打ち寄せている。夜のクラウド湖には雲《クラウド》は映らない。月の光が反射するだけだ。少なくとも今夜のように月が出ている晩はそうだった。星がきらめく、冷たく澄み切った空の下、真っ黒な湖面は銀色に輝いていた。

風雨にさらされたボートハウスを左手に見ながら歩いて、桟橋の先端で足を止めた。湖のほとりまで木々が立っていたが、ジュリアスが今いるところからでも、何軒かの家の明かりが見えた。

グレースの家まで湖越しの直線距離にして四百メートルほどしかない。キッチンと裏のポーチの明かりが見えた。見ているうちに、ひとつの窓が暗くなり、すぐにまた別の窓が明るくなった。おそらく寝室の窓だろう。グレースはベッドに入ろうとしているのだ。そう思うと、なぜか落ちつかなくなった。朝まで眠れなくなりそうな気さえした。

ジュリアスは携帯電話を手にした。デヴリンは四度目か五度目の呼び出し音で電話に出た。

いらだっているのが声でわかった。

「大事な用件なんだろうな」デヴリンは言った。「クラウドレイクの人間は早寝早起きなんだ。大都会とはちがうんだよ」

「ぼくがグレース・エランドからどういう印象を受けたか知りたいって言ってただろう？」

「ちょっと待て」

衣擦れのような音がして、デヴリンが——おそらくアイリーンに向かって——仕事の電話だとかなんとか小声で言うのが聞こえ、ドアが閉まる音が続いた。

「よし、いいぞ」デヴリンが言った。声をひそめたまま続ける。「水を飲むと言ってキッチンに来た。手短に話してくれ」

「参考までに言うが、グレースはウィザースプーンを殺していないと思う」

「おまえがアイリーンと同じ意見だとわかってよかった。グレースにはまずまずのアリバイがあるんだ」

「鉄壁のアリバイじゃなくて？」

「おれの経験上、鉄壁のアリバイなんてものはめったにない。情報をくれてるシアトル警察の人間の話では、グレースのアパートメントの駐車場の防犯カメラの映像から、彼女が事件当夜の午後七時に帰ってきて、翌朝七時までアパートメントを出なかったことがわかってるそうだ。ウィザースプーンが殺されたのは午前零時過ぎだというのが検屍官の見解らしい」

「好奇心から訊くんだが、おまえが鉄壁のアリバイと見なすのはどういうものなんだ？」

「被害者が殺された時間に容疑者がすでに死んでいたと証明されたら、そう見なすだろうな。もちろん徹底的に調べてからだが。犯人が先に自殺したと見せかけて、実際には被害者を殺害したあとに死んでいたという可能性も充分にあるから」

ジュリアスはその問題に興味をそそられて、しばらく考えてから言った。「被害者を殺害する前に死んでいたと思わせる方法は、ほかにもある。効き目の遅い毒物のように、作動するのが遅い凶器を用いるとか」

「前にも言ったが、おまえは警察官みたいな考え方をするな」

「今の仕事のほうが稼げる」

「それは否定できない」デヴリンは言った。「いいだろう、グレースにスプレーグ・ウィザースプーンを殺せたはずがないとおまえが言うなら、ひとまず、おまえとアイリーンの言うとおり彼女は犯人ではないとして――」

「グレースに殺せたはずがないなんて言っていない。グレースは殺していないと思うと言ったんだ」

電話の向こうでデヴリンが押し黙った。

「グレースに人が殺せると本気で思ってるのか？」しばらくしてデヴリンは訊いた。興味を引かれているのが声でわかった。

「警察官はおまえのほうだぞ。ぼくの記憶がたしかなら、状況しだいで誰でも人殺しになる可能性があると何度も言ってたじゃないか」

「そうだった」デヴリンは認めた。

「グレース・エランドを見くびらないほうがいい。コップに半分の水を見て、まだ半分あると考える楽観的なだけの人間に見えるが、芯は強そうだ」

「そんなことはわかってる。昔この町で何があったか、おまえに話して聞かせたのは、このおれなんだからな。覚えてるだろう？」

ジュリアスはグレースの家の明かりを見つめた。「ああ」

「グレースはこの町の伝説的な存在なんだ。おまえが彼女をどう思ったか聞きたいと思ったのは、だからでもあるんだよ。おまえはよそ者だ。過去の事件に惑わされることなく、彼女という人間を見極められるだろうから」

「グレースはこれから先の人生や仕事について考えて、決断を下すために、この町に来たと言ってた」

「ああ、アイリーンが言うには、グレースはこれまで仕事を次から次へと変えてきたらしい」デヴリンは言った。

「これだけは言っておく」ジュリアスは言った。「グレースがこれから先の人生に望むものを見つけたら、それをじゃまするようなことはしたくない」

彼女が望むものがぼくなら話は別だが。

どこからともなくわいてきたその考えに驚いて、ジュリアスは携帯電話を落としそうになった。

「くそっ」思わず口にする。

小さな声だったが、デヴリンは聞き逃さなかった。

「大丈夫か？」

「ああ、なんでもない。携帯がちょっとね」

「それで、彼女とはどうなった。お茶を飲んでいくよう誘われてね」

「けっこういい感じだった。お茶を飲んでいくよう誘われてね」

「お茶って？」デヴリンは初めて聞く言葉だとでもいうように訊いた。

「ハーブだかなんだかが入ってるやつだ」

「たしかにいい感じだな。どうしてうまくいかなかったんだ？」

「うまくいかなかったって、なんでわかる？」

「もう家に帰ってるじゃないか」デヴリンは辛抱強く言った。「そして自分の携帯から、おれに電話をかけてきた。それで優秀な警察官であるおれは、こう推理したわけだ。おまえはもうグレースといっしょじゃない」

「さすがだな。おまえの推理どおりだ。〝きみがウィザースプーンを殺したのか〟とグレースに訊いたとたん、デートは終わった」

「そんなことを訊いたのか？」デヴリンは信じられないでいるような口調で言った。

「ああ」

「単刀直入に？」

「そうだけど」

「おまえはばかだ」

「ハーレーにも同じことを言われたよ」

「グレースは否定したんだろう？」

「ああ。そしてぼくを家から追い出した。でも聞いてくれよ、デヴ。なんだかおかしいんだ。グレースはおびえてたんだよ」

「何に？」

「知るもんか。でも玄関ドアにも裏口のドアにも、ぼくが見たところでは真新しい鍵がついてた。しかも、ふたりでキッチンにいるときにグレースの携帯のメールの着信音が聞こえたら、彼女は文字どおり飛びあがったんだ。びくついてたと言ってもいい」

「女性のひとり暮らしなんだから、鍵を最新のものにするのはなにも不思議なことじゃない」デヴリンは言った。「それに、メールの着信音がしたら、おれだってびくりとする」

「何かおかしなことが起こってるんだ、デヴ。ぼくにはわかる」

「アイリーンから何度も言われてるが、死体を見つけるのが仕事じゃない人間にとって、死体を見つけるのはトラウマになる経験なんだ」

「おまえはそういう仕事に就いてるんだもんな」

デヴリンは大きくため息をついた。「おれと同じぐらいおまえもわかってるだろうが、仕事で何度死体に出くわそうが、それに慣れるやつはいない」

「それでこそ、いい警察官になれるんだ」

「おれがどうしてクラウドレイクで、この楽ですばらしい仕事に就いてると思う？　都会で死体を見つけるのにうんざりしたからだよ」

「わかるよ」ジュリアスは言った。

電話のこちらと向こう側に沈黙がおりた。

「まあいい、話をグレース・エランドのことに戻そう」ようやくデヴリンが言った。「シアトル警察がつかんでいる事実はこうだ。グレースはボスである被害者の家に入って、ベッドで死んでいる彼を見つけた。被害者は盗難届が出されている拳銃で二発撃たれていた」

「その拳銃はウィザースプーンを殺害するために街で買われたものにちがいない。グレースは路地で拳銃を買う方法を知ってるような女性には見えなかった」

「ひとつ教えてやるが、盗まれた銃を買うのはそれほど難しくないんだぞ」デヴリンは言った。「被害者の家から盗まれたものはなかった。強盗の仕業とは考えられない。前にも話したが、シアトル警察は、犯人は被害者の身近な人間である可能性が高いと見てる。グレースもそれを知ってる。だから、彼女が犯人じゃなかったとしたら――」

「犯人じゃないに決まってる」

「彼女は、自分とどこかの時点でかかわりのあった人間が犯人かもしれないという事実に、向き合ってることになる」デヴリンは結論づけた。「自分の身の安全にいつも以上に気をつけようと思ってるとしても、なんの不思議もない」

「でも、メールが来ただけでびくついてたんだぞ」

「理由はいくらでも考えられる」デヴリンは言った。「男からのメールだと思ったのかもしれない。縁を切りたいと思ってる元彼とか、これからうまくやっていきたいと思ってる男とか。よりによっておまえがキッチンにいるときに、そのメールが届いたんだ。神経質になってたように見えたのは、おまえがいたからかもしれないな」

「神経質になってたのは別にいい。問題はその理由だ。とにかく、報告はしたからな。パソコンで少し仕事してから寝るよ。今夜はごちそうさま。もうブラインドデートはこりごりだとアイリーンに伝えてくれ。一度で充分だ」

デヴリンは咳払いした。「会社の金が横領されてたという事実もある。ウィザースプーンを殺したのは誰かという問題は脇に置いておくとして、グレースが横領してた可能性はあると思うか？」

「その可能性も考えてみたが、大金を持ってるなら、なんでこんなところで次の仕事をどうやって見つけようかと考えてるんだ？」

「ここにいる理由が本当にそうならな」

ふたたび短い沈黙がおりた。

「とにかく」デヴリンが続けた。「キッチンまでは行ったわけだ。アイリーンに話してもいいか？」

「もう切るよ、デヴ」

「おまえがハーブティーを飲んでるところなんて想像できないな。何かを唱えたり、お香を焚いたりもしたんじゃないか？」

ジュリアスは電話を切った。

7

ジュリアスは桟橋の先端に立って、月の光に照らされた湖を眺めながら、メールの着信音を耳にしたときのグレースのおびえたようすを思い出し、玄関ドアと裏口のドアにつけられていた真新しい鍵のことを考えた。

グレースの家に目をやると、まだ明かりがついているのが見えた。

くそっ、かまうものか。失うものなど何もない。今夜のデートはとっくに台無しにしてしまったのだから。

再度、携帯電話を開いて、連絡先に登録したばかりの相手に電話をかけた。

グレースは最初の呼び出し音で電話に出た。「どちらさまですか?」

あまりにも緊張に満ちた声だったので、ジュリアスは体が冷たくなったような気がした。どうやらグレースは彼の番号だとわからなかったらしい。

「その、ジュリアスだ。すまない。怖がらせるつもりはなかった。大丈夫かどうか、たしかめたかっただけなんだ」

短い沈黙がおりた。「大丈夫に決まってるじゃない。どうして大丈夫じゃないかもしれないなんて思ったの？」

「玄関ドアと裏口のドアに、真新しい鍵が全部で四つついてたから」

ふたたび沈黙がおり、先ほどより長く続いた。

「よく気がついたわね」

「驚いた？」

「しばらくのあいだ、この家にひとりで住むことになりそうだから、鍵を新しくしたほうがいいと思ったのよ。クラウドレイクは昔とちがって、平和な小さな町じゃなくなったから」

「ぼくが聞いたところでは、きみが子どものころも、ここは世界でいちばん安全な場所ではなかったみたいだが」

緊張に満ちた沈黙がおりた。

「閉鎖されたクラウドレイク精神科病院の建物で起こったことを聞いたのね」しばらくしてグレースが言った。

質問ではなく、あきらめたような口調だった。

「ハーレー・モントーヤとデヴから聞いたんだ」ジュリアスは言った。「興味を引かれたから、自分でも当時の新聞記事を読んでみた。でも、ハーレーとデヴから聞いた話でも、新聞記事でも、事件のあった場所は精神科病院じゃなくて、湖の北側にある〈クラウドレイク・

イン〉になってたぞ」

「あそこはもともと精神疾患を持つ患者向けの私立病院として建てられたの。十九世紀終わりにね。病院が閉鎖されたあとホテルになって、何人かオーナーが変わったわ。最後のオーナーが〈クラウドレイク・イン〉と名づけたのよ。廃業して長いこと経つけど、建物はそのままになってる」

「きみは十六歳のとき、そこの地下室で殺人事件に巻きこまれたんだよね。そして殺人犯と対決した」

電話の向こうに、ふたたび長い沈黙がおりた。

「どこまで調べたの？」グレースが警戒した声で尋ねた。

「きみは幼い子どもを助けた。その際に、きみ自身、殺されそうになったが、死んだのは殺人犯のほうだった」

「昔の話よ」グレースは言った。「もう考えないようにしてるの」

「なんでもポジティブに考えようとしてるのは、だからなのか？　悪い思い出を忘れるため？」

「そうよ」グレースはきっぱりした口調で言った。「いったい何が言いたいの？」

「十日前、きみはまた殺人事件に出くわした」

「だから？」

「ウィザースプーンの死体を見つけたせいで、不愉快な記憶が呼び覚まされたにちがいない。しかも今回、犯人はまだつかまっていない。こんな状況では、いやでも過去の事件のことを考えてしまうだろう」

「いったいどういうつもりなの?」グレースは尋ねた。「今度はあなたがわたしを分析してみせようってわけ?」

「事実をたしかめようとしているにすぎない」ジュリアスは言った。「点と点をつなぎ合わせてるんだ」

「そんなこと、してもらわなくてけっこうよ」

「きみは怖がっている」

電話のこちらと向こう側に、再度沈黙がおりた。グレースは恐れていることを否定するのではないかと、ジュリアスは思った。

「なんだか……不安なのよ」ようやくグレースは言った。「クラウドレイクに来れば、こんな気持ちになることもないと思ったのに」

「ここは殺人事件があったシアトルじゃないから? その考え方はわからないでもない。でも、きっと心に負った傷が大きすぎて、場所を変えたぐらいではどうにもならないんだ。メールの着信音を聞いたとき、どうしてむき出しの電線に触れたみたいに飛びあがったのか教えてもらえないかな?」

「飛びあがってなんかないわ」

「びくりとしたじゃないか。しかも、まったくうれしそうじゃなかった」

「うれしそうにびくりとすることなんてあるの？」グレースは冷ややかにまぜ返した。

「じゃあ、きみ自身の言葉を使おう。きみは不安に思ってる。メールの着信音を聞いて、きみは不安になった」ジュリアスはデヴリンが言っていた可能性のひとつを口にした。「元彼に困らされてるのか？」

「あら、いいえ、そんなんじゃないわ」

グレースがあくまでも冷静な口調ではっきりそう言ったので、ジュリアスは信じられるような気がした。とはいえ、新たな疑問もわいてきた。彼女はこれまで何人の男とつきあってきたのだろう。

「でも、きみを困らせてる人間がいるんだろう？」ジュリアスは食い下がった。

ふたたび短い沈黙がおりた。

「夜になると、おかしなメールが来るの」グレースはようやく言った。「ウィザースプーン・ウェイの料理本やブログに載ってるアファメーションをもじった短いメールよ。ウィザースプーン・ウェイのセミナーを受けて思いどおりの結果を得られなかった人間の仕業だと思うんだけど、気味が悪いことに、どのメールもウィザースプーンさんの私的なアカウントから送られてくるの」

ジュリアスの背筋が凍りつき、あらゆる感覚が鋭くなった。なじみのある不愉快な感覚だ。冷たい夜の空気が肌を刺し、動きのない湖面が目に迫ってきて、木々の葉が立てるかさこそという音が耳に響く。敵はどこにひそんでいるかわからない。

「きみの言うとおりだ」ジュリアスは言った。「とんでもなく気味が悪いな」

「それだけじゃないの」グレースは言った。「ウィザースプーンさんが死んでいるのを発見したとき、死体が着ているパジャマにもアファメーションが記された紙がとめてあったのよ。何者かが——たぶん犯人だと思うけど——パソコンでプリントアウトしたんだわ」

真実を口にしてしまった今、グレースはこの話を続けたがっているのがジュリアスにはわかった。

「警察にそのことを話したのか?」ジュリアスは尋ねた。

「警察官たちは自分の目で確認したわ」グレースは答えた。「わたしは手も触れなかったから」

「メールが来ることは言ってあるのか?」

「もちろんよ」グレースは言った。「ちゃんと調べるって言われた。メールを受けとるたびに事件の捜査を担当してる刑事さんに転送してるの。その刑事さんは、わたしの自作自演だと思ってるみたいだけど」

「どうしてきみがそんなことを?」

「犯人ではないという印象を与えるため」グレースは深いため息をついた。「結局のところ、警察はまだ何もつかんでいないみたい」

「メールの送り主に心当たりは？」

「なくもないわ」グレースは言った。言葉を探しながら話しているらしく、口調がゆっくりになっている。「ウィザースプーンさんは、ナイラという名前の成人してる娘と、あまりいい関係になかったの。わたしが思うに、ナイラは彼女なりのおかしな理由で、ウィザースプーンさんのもとで働いている人間——特にわたし——に嫉妬してた」

「どうして？」

「ちょっと……込み入った話なの」

ジュリアスは桟橋から暗く冷たい水のなかに落とされたような気がした。

「きみはウィザースプーンとそういう関係だったのか？」抑揚のない声で尋ねる。

「はあ？　そんなはずないでしょ」グレースは気を悪くしたというより驚いた口調で答えた。

「いったいなんだってそんなふうに思ったの？」

「いやその、どうしてかな。ボスが部下の女性と寝るのは昔からよくあることだから」

「自分の経験から言ってるの？」グレースは訊いた。声にとげがある。

この女性には牙がある。ジュリアスはなぜかうれしくなって微笑んだ。グレースがウィザースプーンと寝ていないとわかってよかった。こちらが強く出すぎれば、痛手を負わされかねないということも。

「いや」ジュリアスは言った。「自分のもとで働く人間と親密な関係になってはいけないと、ずいぶん前に学んだからね。〝そんなことをするのは狂気の沙汰だ〟」

ジュリアスが驚いたことに、グレースはぷっと吹き出した。「ちょっと、やだ、あなたはシェイクスピアの戯曲からアファメーションを得てるのね。ウィザースプーン・ウェイのアファメーションが太刀打ちできるはずないわ」

「アファメーションじゃなくてポリシーだよ。それにシェイクスピアの戯曲から取ったんでもない。ぼくの隣に住む人間に教えられたんだ」

「ハーレー・モントーヤ？　職場の人間関係にひそむ危険について、彼が何を知ってるっていうの？　釣りと庭仕事にしか興味がないと思ってたわ。ハーレーとうちの隣に住んでるアグネスは、彼がこの町に越してきてからずっと、毎年おこなわれるクラウドレイク・ガーデンクラブのコンテストで競い合ってるのよ」

「ハーレーだって昔は働いてたんだから」

「そうよね」グレースは言った。「ハーレーがここに来る前は企業家として大成功を収めたってことを忘れちゃうときがあるの」

「自分のもとで働く人間と親密な関係になってはいけないというのは、アファメーションじゃなくて、危険を回避するための現実的な所見だ。ぼくはアファメーションには興味がないが、ふたつほど座右の銘にしてることがある」

「たしか、さっきもそんなことを言ってたわよね？」グレースは興味を引かれたようだった。

「どんなことを座右の銘にしてるの？　聞かせてくれる？」

「ふたつめの座右の銘はこうだ。〝誰にでも隠れた意図がある〟」

「そんなことを座右の銘にしてちゃ、さぞかし生きにくいでしょうね」

「いや、むしろとても役に立つ。ぼくが生きてる世界じゃ、顧客や競争相手や自分のもとで働く人間を動かしてるものがなんであるのかわかってないと、成功できないからね。契約を結ぶにも、相手の真の意図をつかんでおかなければならない」

「あなたが住む世界の人々にとっては、お金が何より大事なんだとばかり思ってた」

「ぼくの世界に住む人間はみんな、きみが思ってたとおりだと言うだろうね」ジュリアスは言った。「ビジネスにおけるいちかばちかの決断は合理的な論理に基づいて下してると、誰もが思いたがる。でも、本当はちがう。いつだって、感情に基づいて決断を下してるんだ。決断した理由になることや、決断を裏打ちする理論を、あとになって見つけてるんだよ」

「そしてあなたはその洞察をもとに大金を稼いでる。そう言いたいの？」

「いつも決まって勝つわけじゃないが、損失を少なくするための引き際はつねにわかってる」そろそろ話題をもとに戻したほうがよさそうだった。「きみの考えでは、ナイラ・ウィザースプーンはきみやウィザースプーンのもとで働いてたほかのスタッフに嫉妬してたと言ってたね。きみの同僚のもとにも同じようなメールが届いてるのかい？」

「いっしょに働いてたミリセントとクリスティに訊いてみたんだけど、ふたりともメールは受けとってないそうよ。でも、ナイラがいちばん怪しいってことでは意見が一致したわ」

「きみはウィザースプーンの遺産をいくらか受けとったのか？」

「まさか」グレースは言った。「ウィザースプーンさんの遺言に名前があったスタッフはひとりもいないわ。ウィザースプーンさんは従業員みんなにいい給料を払ってくれてたけど、財産は全部ナイラに遺したの」

「会社から横領されていた多額の金も、本来ならその財産のなかに入ってたわけだ」

「会社のお金が横領されてたことをわたしは今夜初めて知ったけど、デヴリンやあなたが知ってたなら、今ごろはもうナイラも知ってると考えていいわよね。でも、わたしはウィザースプーンさんが亡くなってすぐにメールを受けとるようになったの。そのころはまだ誰もウィザースプーン・ウェイからお金が横領されてることに気づいてなかったはずよ」

「ナイラがきみに対する怒りや嫉妬からメールを送りはじめたんだとしたら？　そのあとで横領のことを知って、いっそうきみに対する怒りを募らせた」

「愉快な考え方だこと。あなたはコップに半分の水を見て、まだ半分あると思うタイプじゃなさそうね」

ジュリアスは月の光を浴びて宝石のように輝く黒い湖面を見つめた。

「事件についてデヴと話をしたのか?」

「少しはね」グレースは言った。「でも、あまり詳しいことは話してないわ。デヴリンのことは、まだよく知らないから。ここだけの話だけど、彼、わたしが無実だということに確信を持ててないんじゃないかと思うの」

そのとおりだと知らせるのはまだ早いとジュリアスは思った。

「きみがストーカー行為を受けてることをデヴは知ってるのか?」グレースの推察を肯定する代わりに尋ねた。

「メールのことを言ってるなら、彼には話してないわ」

「ああ、メールのことを言ってるんだ」

「デヴリンが殺人事件の捜査を担当してるわけじゃないもの」グレースは弁解するように言った。

「アイリーンには話したのか?」

「いいえ。今以上に心配させたくないから」

「デヴはこの町の警察の本部長だぞ。ここで起こってることを把握しておく必要がある。明日の朝、彼に話すんだ」

グレースはためらっているようだった。「いいわ。でも、デヴリンにできることは何もないと思うんだけど」

「デヴは優秀な警察官だ。何かいい考えを思いつくかもしれない。とにかく今夜は眠るんだ」

「まあ、そう言うのは簡単よね」

どう返事したらいいのかわからなかった。ジュリアス自身、あまり眠れなさそうな気がしていたのだ。

「おやすみ」グレースにそう言うのは今夜二度目だった。

「待って。あなたにひとつ訊きたいことがあるの。お金持ちになったあなたのもとにお父さまがお金を無心しにきたと言ってたわよね」

よけいなことを話すんじゃなかった、とジュリアスは思った。

「ああ。それがどうかしたか?」

「貸してあげたの?」

「貸すのではないことは、父もぼくもわかってた。返せるはずがなかったから」

「お金を渡したの?」グレースは静かに尋ねた。

ジュリアスは湖を眺めた。「どう思う?」

「あなたは感情に基づいて対処したんだと思うわ。お父さまにお金を渡して、そのまま返してもらってないんだと思う」

ジュリアスは唇の端を引きつらせた。「両方とも当たりだ。これまでした投資のなかで最も無駄なものだった。どうして金を渡したりしたのか、今でもわからない」

「そんなの簡単じゃない」グレースは言った。「相手がお父さまだからよ。あなたはお父さまのために、ふたつめの座右の銘を無視したんだわ」

「悪い結果に終わったのも無理もないな」

「あなたはするべきことをしたのよ」

「おやすみ」ジュリアスは言った。

「待って。あなたのひとつめの座右の銘はなんなの？」

「〝誰も信じるな〟」

ジュリアスは通話を終了して、携帯電話をベルトにとめると、栈橋の先端に立ったまま、グレースと交わした会話について考えた。

テレフォンセックスをしたわけではないが、離婚してから女性と持ったどの性的関係よりも、はるかに親密なことをした気がした。

ひとつのことにおいてはジュリアスが思ったとおりだった。眠りがなかなか訪れてくれなかったのだ。午前二時十五分、ジュリアスは起きあがってジーンズとジャケットを身につけ、冷たい夜気のなかに出ると、栈橋の先端まで歩いていって、暗い湖の向こうにあるグレースの家を眺めた。

裏のポーチの明かりはなおもついていた。見える窓のカーテンはすべて閉められ、内側からの明かりでほんのりと明るくなっている。明け方になって、彼がジョギングであの家の前を通るときも、常夜灯はついたままになっているはずだった。グレースがクラウドレイクに来てからずっと、毎晩、朝までついたままになっているのだから。

8

グレースが薄く切った雑穀パンをトースターに入れたちょうどそのとき、携帯電話が鳴った。画面に目をやると、姉の名前が表示されていたので、電話に出た。

「また妊娠したって知らせるために電話してきたの？」グレースは訊いた。「もしそうなら、おめでとう」

「電話したのは、ウィザースプーン・ウェイの利益が横領されてたってニュースで見たからよ。大丈夫？」姉のアリソンは言った。

アリソンは弁護士の仕事をしているときの、実務的なきびきびした口調で話していた。よくない兆候だ。

「ニュースが伝わるのは早いわね」グレースは言った。「ええ、わたしなら大丈夫よ」

携帯電話を手に窓辺に足を運ぶ。一日のうちでも好きな時間だった。冬の終わりの太陽はまだ出ていないが、夜明け前の空はすでにいくらか明るくなっていて、湖面を鏡に変えている。眺めていると、グレーのスウェットの上下に身を包んだ男性が視界に入ってきた。永遠に走っていられそうな安定したペースで、湖沿いの遊歩道を走っている。キッチンの明かりはついていたので、彼がこちらを見れば彼女の姿が見えることが、グレースにはわかっていた。グレースは手を振った。

ジュリアスは片方の手を上げて挨拶に応じた。足を止めて、おはようと声をかけようかどうか迷ったらしく、一瞬、速度を落としたように見えたが、結局はそのまま走りつづけた。

グレースが湖畔の家に住むようになって、もうすぐ一週間になる。ジュリアスと会ったのは昨夜が初めてだったが、彼がジョギングをする時間はすでに把握していた。一日おきに、夜明け前にこの家の前を通るのだ。手を振ったのは初めてだった。昨夜まで、ジュリアスは一度も話したことのない興味深い男性にすぎなかったが、今では秘密を打ち明けた相手になっていた。

「新たにわかった事実を知って、心配になったの」アリソンは言った。「横領は危険な行為よ。ウィザースプーン殺害の動機となった可能性は充分にある」

グレースはジュリアスの姿が見えなくなるまで見送ると、携帯電話をスピーカーホンにしてカウンターに置き、ピーナツバターの容器とナイフに手を伸ばした。

「こんなこと言うのはなんだけど、お金絡みのような、ある意味、論理的な動機による殺人である可能性が出てきて、かえってほっとしたわ」グレースは言った。「ウィザースプーンさんが殺されなきゃならない理由が、ほかには思いつかないもの」

時計に目をやり、こんな朝早くに電話してくるなんて、姉さんらしくないと思った。アリソンは家庭と仕事を中心に細かくスケジュールが組まれた生活をしている。一年前にひとりめの子どもを産んだが、以前と変わらず家事をてきぱきとこなしていた。ほかの女性が驚嘆するような冷静さで、仕事と家庭を両立させているのだ。

この時間、アリソンは朝食の支度をしているはずだった。朝食をすませたら、オーダーメイドのスーツを着て、事務所に向かう。アリソンはきちんとしたスーツがよく似合う。実際のところ、何を着ても似合うのだ。背が高く、すらりとしているのだから。けれども、遺産相続計画を専門とする弁護士として成功を収めているアリソンは、仕事柄、コンサバな恰好をしたほうがいいと思っていて、黒っぽい髪をうしろでねじりあげて気品のある横顔の美しさを際立たせ、知的でまじめな印象を与える眼鏡をかけていた。

「殺人の動機が横領だとされることの問題は、容疑者がウィザースプーンのもとで働いてた人間に絞られるということよ」アリソンは険しい声で言った。

「それはわたしも思ったわ」グレースはピーナッツバターの容器の蓋を開けた。「横領していたのはわたしだと警察が考えるかもしれないと心配してるのね」

「会社の業績を伸ばしたのは、あなただもの」

「それはちがうわ」グレースは言った。「業績が伸びたのは、人の役に立ちたいと心から願ってたスプレーグ・ウィザースプーン本人の力だと、何度説明すればわかってもらえるのかしら。たしかに、この一年半、会社の業績は伸びてたわ。でも、だからおかしいのよ。どうしてわたしがウィザースプーンさんを殺そうと思うの？　会社の人間が彼を殺そうと思うの？　ウィザースプーンさんは彼自身とまわりの人間をお金持ちにしてたのよ。それに、会社のお金を横領する方法なんて、わたしに思いつくはずないって、姉さんもわかってるでしょ」

「横領するのは一般的に考えられてるよりはるかに簡単なのよ」アリソンは言った。「ウィザースプーン・ウェイのように業績のいい会社のお金を横領する方法は、いくらでもある」

「不思議ね。つい最近、別の人にもそう言われたわ」

「また殺人事件に出くわすなんて信じられないわ」アリソンは言った。「統計学的に見て、法の執行機関の一員でもなく犯罪界にかかわりもない人間が、一生のうちに二回も殺人事件に出くわす確率は、かぎりなくゼロに近いんじゃないかしら」

「さあ、どうかしら。統計学は得意じゃなかったから。〝偶然は重なるものだ〟って自分に言い聞かせてるの。こういうときのためにある言葉でしょ？」

「クラウドレイクはどう？」アリソンは尋ねた。

「特に問題はないわよ。次の仕事についてはまだ何も決まってないけど」

「ゆっくり考えればいいわよ。あなたったら、このところ立てつづけに大変な目にあったのを忘れてるような口振りじゃない。殺人事件に出くわして、失業したのよ」

「わかってるわよ」グレースは言った。雑穀パンが焼けて、トースターからぽんと飛び出した。グレースは雑穀パンを皿にのせて、ピーナッツバターを塗った。「どうしてそれほどショックを受けてないのか自分でも不思議だけど、それはたいした問題じゃないと思うの」

「ほかに問題があるの？」

グレースはアリソンにどこまで話すべきかためらった。話しても心配させるだけだ。けれどもアリソンは家族なのだ。ふたりのあいだに秘密はない。一時的にはあったとしても。

「また悪夢を見るようになったの。不安の発作も起こすようになったわ」

「大変じゃない。ウィザースプーンの死体を発見したのが悪かったのね。こうなるんじゃないかと心配してたのよ。ピーターソン先生に診てもらったほうがいいわ」

「なんて言われるかわかってるもの。寝る前に夢台本を書くようにして、定期的に呼吸法の練習や瞑想をして、必要なら薬を飲むよう言われるだけよ。全部とっくに試してるわ。なんだか――」

ナイフからピーナッツバターが垂れて、カウンターのうえに落ちた。

「ちょっと待って」グレースは言って、ペーパータオルに手を伸ばした。

「なんだか、なんなの？」アリソンがうながした。

グレースはカウンターのうえに落ちたピーナッツバターをペーパータオルで拭いた。「なんだか、ウィザースプーンさんが殺されたこととトレーガー事件は、かかわりがあるような気がしてならないの」

電話の向こうに沈黙がおりた。

「ウォッカのボトルのことがあるから？」少ししてアリソンは言った。

「ええ」

「あんな経験をしたら、そう感じるのも無理はないわ。でも、ウィザースプーンのクレジットカードの明細書に、そのウォッカを購入した記録が残ってるのを警察が見つけたって言ってたじゃない。スプレーグ・ウィザースプーン本人が、殺される数日前にウォッカを買ったのよ」

「ウィザースプーンさんはウォッカを飲まなかったのよ」

「自分では飲まなかったかもしれないけど、頻繁に人を招いてたんでしょ？」

「それはそうだけど」グレースは言った。「キッチンにいろいろなお酒がそろってたって警察も言ってたわ。でもね、問題のウォッカのボトルは、わたしが死体を発見したベッドのサイドテーブルに置いてあったのよ」

電話の向こうに長い沈黙がおりた。グレースはピーナツバターをたっぷり塗った雑穀パンをかじった。

「グレース、しばらくのあいだ、うちに来ない？　イーサンとハリーとわたしとあなたで、いっしょに暮せばいいわ。ポートランドでだって履歴書は書けるでしょ」

「ありがとう。でも、仕事はシアトルかその周辺で見つけたいから。ポートランドで就職活動はできないわ」

「次の仕事の候補があるの?」

「それがまったくないの」グレースはまた雑穀パンをかじった。「次の仕事を見つけるためのビジネスプランをつくらなきゃならないって言われたわ」

「仕事を見つけるためのビジネスプラン? 一理あるわね。誰にそう言われたの?」

「アイリーンがわたしのためにお膳立てしたブラインドデートで、ゆうべ会った人」

「その人とビジネスプランの話をしたっていうの?」アリソンはくすくす笑った。「どうやらブラインドデートは大失敗に終わったようね」

「名前はジュリアスというんだけど、最近デートした人の誰よりも、はるかに興味を引かれたわ」

「それだけじゃ何もわからないわね。このところ、あなたの社交生活は伝説的なものではなくなってたみたいだから」

「正直に言うと、伝説的な社交生活を送ったことなんて、これまでに一度もないわ」

「あなたが悪いのよ」アリソンは言った。「いいかげん、お姉さんや親友を求める男を引き寄せるオーラを消さないと」

「仕事が見つかりしだい、その問題に取りかかるわ」

「お母さんがまたあなたのことを心配してたわよ」アリソンは言った。「あなたはもう次から次へと仕事を変えて自分探しをする年じゃないって言ってた。お母さんの言うとおりよ」

「自分なんてとっくの昔に見つけてるわ。長く続けられる仕事が見つからないだけよ。前にも言ったけど、ウィザースプーン・ウェイでの仕事はこれまでに就いたどの仕事よりもわたしに合ってた。あの会社でずっと働けたらよかったのに」

「でも、その選択肢はもう消えたんでしょ？」

「気をつけて。お母さんみたいなしゃべり方になってるわよ」

「姉としての役目を果たそうとしてるだけよ」アリソンは言った。「あなたも知ってるとおり、お母さんとわたしは、スプレーグ・ウィザースプーンはあなたを利用してたって思ってるの」

「それはちがうわ。ウィザースプーンさんはわたしにチャンスをくれたのよ」

「あなたが書いた料理本とブログのおかげで、自己啓発セミナー界のトップにのぼりつめながら、どちらにも自分の名前しか載せてなかったのよ」

「何度も説明したでしょ。成功した人間がほかの人間にお金を払って、自分の名前で本やブログを書いてもらうのは、珍しいことじゃないの」

アリソンがこの話を持ち出すのは初めてではなかったが、今朝はこれ以上つきあっていられないと思った。何分か前、遠ざかっていくジュリアスを見送ったときに頭に浮かんだ計画を実行に移さなければならない。のんびりしている時間はなかった。

「悪いけど、もう切るわ」グレースは言った。「やることがあるの」

「こんな朝早くに何をするっていうの?」

「次の仕事を見つける第一段階に進もうと思うの。ついさっき思いついたのよ」

「嘘じゃないみたいね」アリソンは言った。「なんだか感動したわ。こう言っちゃなんだけど、あなたもそろそろ本気でこれからのことを考えたほうがいいと思ってたの。しまいには〈ノードストローム〉の前でパントマイムを演じるようになるんじゃないかと思いはじめてたのよ」

「心配してくれてありがとう、お姉さま。どうしたら人をやる気にさせられるか、姉さんはほんとによくわかってるわ。じゃあ、もう切るわね。こうしてはいられないの」

「正確には何をするつもりなの?」

「話したでしょ。ゆうべのデートの相手に、仕事を見つけるためのビジネスプランを立てたほうがいいと言われたって。ついさっき、彼が朝のジョギングで家の前を通ったの」

「だから?」

「遊歩道が終わる湖の南側のマリーナまで行って、折り返してくるのよ」

「話がよくわからないんだけど」

「もう何分かしたら、また家の前を通るから、待ち伏せしようと思って」

「どうして?」アリソンは尋ねた。

「相談にのってくれるよう頼みたいの」

「何について?」

アリソンはひどく驚いているようだった。

「ビジネスプランについてよ」グレースは言った。「その手の戦略を立てるのが得意みたいだから。またあとで電話するわ」

「ちょっと待って。その人のことをどのぐらい知ってるの?」

「ほとんど知らないわ」

9

グレースは電話を切って、時計に目をやった。ジュリアスの走る速度とジョギングに対するまじめな姿勢を考えると、準備にあてられる時間は十分ほどしかなさそうだ。冷蔵庫を開けて、ゆで卵を二個とミネラルウォーターのボトルを取り出してから、パントリーに入って、古い籐のピクニック・バスケットを見つけた。

八分後には用意ができていた。グレースはジャケットを着て、ピクニック・バスケットを持ち、裏のポーチに出た。小雨が降っていたので、ジャケットのフードをかぶった。

ポーチを突っ切って階段をおり、殺風景な冬の庭を急ぎ足で進む。今では母親とカークは一年の大半を、ここより気候のいいところで過ごしているので、庭は何も手入れをされていない状態に戻っていた。冬を越す低木や背の高い木々があるだけの庭は、アグネス・ギルロイのきれいな家を囲む見事な庭とは対照的だ。とはいえ、アグネス・ギルロイは本気でガーデニングに取り組んでいるのだから、比べるほうがおかしいというものだった。

グレースが自分のことを考えているのを察したかのように、アグネスが裏のポーチに出てきて手を振った。

「おはよう」アグネスは大きな声で言った。「すてきな一日になりそうじゃない？」

グレースは昔からアグネスのことが好きだった。アグネスは根っからの楽天家に見えるが、陽気な人柄の裏に鋭い知性を隠していて人を見る目もたしかだと、グレースの母親は何度も言っていた。

アグネスは白髪まじりの長い髪をうなじでまげにしていて、ほとんどいつもフランネルのシャツにバギージーンズを合わせ、ガーデニング用のブーツを履いていた。生まれながらにしての自由な精神の持ち主で、自分の生き方を貫いている。植物学者になる教育を受け、若かりしころは学術的な研究や薬学的な研究に必要な植物を採取するため、いろいろな土地を旅していたらしい。アグネスが自分で話しているとおりなら、旅先で多くの恋人もつくったそうだ。その話は嘘ではないと、グレースは思っていた。

引退後、アグネスはクラウドレイクに住み、ガーデニングのコンテストに心血を注いでいる。一度も結婚したことなく、ひとりで生きていくのが性に合っていると公言していた。けれどもハーレー・モントーヤがこの町に越してきてからは、少しばかり事情が変わったようだった。

アグネスとハーレーはガーデナーとして競い合ううちに親密な関係になった。無理もないことだったのかもしれない。ふたりの関係は今も続いており、毎週、水曜日と土曜日の晩にはアグネスの家のドライブウェイにハーレーのトラックが停まっていた。トラックは決まって夜明け前にはなくなっていた。

〝男の人を家に泊まらせるのは危険だもの〟アグネスはかつてグレースに言ったことがある。〝そのうち料理や洗濯もしてくれるようになると思いかねないでしょ〟

グレースは庭の途中で足を止めた。「おはよう、アグネス。ええ、すてきな一日になりそうね」

雨は強くなっていたが、自分と同じようにアグネスもそのたいして重要ではない事実を口にしないだろうと、グレースにはわかっていた。ガーデナー同士のあいだに対抗心があるように、プラス思考の者同士のあいだにも対抗心があるのだ。

「アークライトさんを待ち伏せするつもりなのね」アグネスは言った。「少し前に、通り過ぎるのを見たわ」

「間に合うかどうかわからないけど」グレースは言った。

「じゃあ、ブラインドデートはうまくいったのね」アグネスはうれしそうに言った。「ゆうべ、あなたが彼を家から追い出す声を聞いて、きっとそうだと思ったのよ。あの手のことは、ふたりがこの先親密な関係になることを示してるから」

「わたしとジュリアスがブラインドデートさせられたことを、この町のみんなが知ってるの？」グレースは尋ねた。

「気づいてない人も少しはいるでしょうけど、まあ、ほとんどの人は知ってると思っていいでしょうね。あなたはこのあたりじゃ有名人なのよ。少なくともクラウドレイクに長く住んでる人たちのあいだではね。じゃあ、いい一日を」

アグネスは家のなかに姿を消し、ドアが大きな音を立てて閉まった。

錬鉄製の小さな門はあくまでも庭の装飾的なものであって、防犯面では役に立ちそうもなかった。グレースは門の掛け金を外して遊歩道に出た。タイミングは完璧だったようで、ジュリアスが彼女のほうに走ってくるのが見えた。

ジュリアスはグレースに気がついたらしく速度をゆるめ、ついには歩いて近づいてきた。グレースの前で足を止め、ゆっくり笑顔になる。目をいたずらっぽく光らせて微笑むその姿は、ゆうべよりぐんと若く、屈託がない人間のように見えた。

「これはこれは、赤ずきんちゃんじゃないか」ジュリアスはオオカミのような笑みを浮かべた。「おとぎ話なんて信じてなかったのに」

グレースは着ている赤いジャケットを見おろした。頬が熱くなるのがわかった。

「赤いジャケットにフードなんてかぶってるから、そう見えるのかもしれないけど、狙ったわけじゃないから」

「まあそうなんだろうね」

ジュリアスはずぶ濡れだった。グレーのスウェットに汗と雨がしみこんでいる。髪は頭にぺたりと張りつき、汗と雨がまじったものが顔を流れ落ちていた。

いつもならグレースは汗まみれの男に夢中になったりしない。金網に囲まれたリングで戦ってきたばかりに見える男に惹かれる女がいるのは知っているが、彼女はそういう女ではなかった。けれども汗だくのジュリアス・アークライトは野獣そのものに見えた。近くに立っていると、体の奥深くにある原始的な部分が呼び覚まされるような気がした。

集中して、グレース。

「こんな雨のなかであなたの前に現れて、いったい何をしてるんだろうって思ってるでしょうね」

「ぼくが思うに、ピクニック・バスケットがヒントになるんじゃないか？」

「ええ、そうよ」グレースは言った。「もうひとつヒントをあげるわ。わたしはお婆さんの家に行こうとしてるんじゃない」

「そうすると、ぼくを待ち伏せしてたという可能性が高いな」

「その可能性は非常に高いわね」

ジュリアスは蓋が閉まったピクニック・バスケットを、興味津々《しんしん》の目で見た。「何が入ってるんだい？」

「あなたを釣るための餌よ」

「ぼくに何をさせようっていうんだ？」

「相談にのってもらいたいの」

ジュリアスは左右の眉を吊りあげた。「相談にのってもらう必要があるのかい?」

「どうやらそうみたい」

「何について相談にのればいいのかな?」

「やりがいがあって、刺激的で、満足感が得られる仕事を見つけるためのビジネスプランをつくるのに、手を貸してもらいたいの。できれば一年半以上続けられる仕事がいいわ。天職を見つけたいの」

「きみは次の仕事を見つけたいだけだと思ってた」

「志が高いのが、わたしの強みだと思うの。ウィザースプーン・ウェイで働けたのも、そのおかげだと思う。その強みを活かせる仕事がきっとあるはずよ」

ジュリアスはピクニック・バスケットを見つめた。「きみが夢の仕事を見つける手伝いをすれば、そのなかのものがもらえるというわけかい?」

「ええ、そうよ」グレースはきびきびした口調で言った。「引き受けてくれる?」

「何をもらえるのかたしかめもせずに引き受けろというのか?」

「少しだけ見せてあげる」

ピクニック・バスケットの蓋を開けて、きれいにつめられた中身を見せる。ゆで卵がふたつに、分厚く切った雑穀パンがふた切れに、ピーナツバターが入った小さなプラスチックの容器に、ミネラルウォーターのボトルに魔法瓶。

「朝食よ」グレースはそう言って、雨が入らないよう蓋を閉めた。「魔法瓶にはコーヒーが入ってる」

「ふむ。よくわからないんだけど、コーヒーとピーナツバターをのぞけばヘルシーみたいだね」

「全部ヘルシーよ。コーヒーは国際フェアトレード基準を満たしたオーガニックのものだし、ピーナツバターもオーガニックで、甘味料も安定剤もいっさい使われていないの」

「ベジタリアン向けの弁当みたいだ」

「何か問題でも？」グレースは食ってかかるように言った。

「いや。食べものであることには変わりない」ジュリアスはグレースの腕にかけられていたピクニック・バスケットを、さっと奪いとった。「コンサルタントを引き受けた。いつから始める？」

「今朝から始めるのはどう？」

「昼からにしよう。きみの朝の予定はもう決まってる」

「えっ？」

「夜な夜な届くメールのことをデヴに話すんだろう？」

「ああ、そうだったわね」

「じゃあ、お昼に」

ジュリアスはピクニック・バスケットを手にしたまま、軽やかな足取りで走りだした。グレースは降りしきる雨のなか、その場に立って、ジュリアスがカーブした道に沿って曲がり、木々のあいだに姿を消すまで見送った。彼の姿は悪いオオカミそのものに見えた。

あくまでも仕事を見つけるためなんだから、とグレースは自分に言い聞かせた。

けれども、それだけではないように思えた。実際、今のふたりを客観的に見ていた人がいたら、まったくちがうふうに思ったかもしれない。

何も知らない人の目には、彼女が悪いオオカミといちゃついているように見えたかもしれなかった。

10

グレースは仕事を見つけるための一歩を踏み出したことに満足して家のなかに戻ると、ジャケットを脱いで、汚れた服や靴を脱ぐ場所として使っている、キッチンの脇のクローゼットにかけた。三つめの儀式をするのにちょうどいいと思った。クラウドレイク警察のナカムラ本部長と話すために気合を入れなければならない。制服姿のときの彼を、デヴリンと呼ぶのは心のなかでも難しかった。

ドアに鍵をかけてトレーニングウェアに着替え、ヨガマットを敷くと、教えられたとおりマットの端に立ち、頭のてっぺんから足先にまで意識を集中して、心と体を落ちつけた。

準備ができると、古くからある、体を用いた瞑想の流れるような動きに入った。この体を用いた瞑想と寝る前の安全確認と呼吸法の練習をすれば、ある程度、心がコントロールでき、悪夢やパニックの発作を遠ざけていられるはずだった。

11

「ウィザースプーンの私的なアカウントからメールが送られてきてること、もっと早くデヴリンに話すべきだったのよ」アイリーンが言った。

「そんなことをしても意味がないと思ったから」グレースは言った。「彼にできることは何もないもの。それに何十通も送られてきてるわけじゃないし」

グレースはマグカップのなかのコーヒーに向かって話していた。次にどう言われるのかわかっていたからだ。簡単に想像がつく。占い師にでもなったほうがいいのかもしれない。

「何十通も送られてきてるわけじゃない?」アイリーンは金切り声をあげた。「ちょっと、グレース。頭のおかしなストーカーが気味の悪いメールを送りつけてきてるっていうのに、何十通も送られてきてるわけじゃないし、ですって?」

「わかった、わかったわよ。今朝はそのことについてうるさく言われてばかりだから、ちょっと弁解したいような気分になってたのかもしれない。でもストーカー行為を受けてるとは思えないの。そんなんじゃないのよ。それにもう少し小さな声で話してくれない? わたしは世間知らずのばかだって、友だちや家族やジュリアス・アークライトに思われてるだけでもたまらないのに。この店のお客さんたちにまで広めないでほしいわ」

ふたりはアイリーンのオフィスで、テーブルについていた。グレースはここから二ブロック離れた場所にあるクラウドレイク警察の本部でデヴリンに会い、話を終えるやいなや、その足で〈クラウドレイク・キッチン〉に来たのだ。ジュリアスは自分もデヴリンのもとにいっしょに行くと言って聞かなかった。気の張る訪問を終えたときにはグレースは疲れ果て、友だちにやさしく話を聞いてもらいたいと思った。それなのに、これまでのところはアイリーンにまで説教されていた。

高級キッチングッズの売り場とオフィスを隔てるドアは閉まっていたが、ドアには細長い窓がついていて、売り場のようすを見ることができた。まだお昼前だが、店内は豊富にそろっている料理本をぱらぱらとめくったり、花束のように立ててあるカラフルなシリコンのスパチュラに見とれたり、美しく輝く鍋やフライパンを手に取ったりしている客たちでにぎわっていた。

店のロゴ入りのダークグリーンのエプロンをつけたスタッフは忙しく働いていたが、オフィスでの会話を聞かれていないという保証はなかった。アイリーンがいっそう声を張りあげれば、なおさらだ。

アイリーンは咳払いし、声を落とした。「ジュリアスを三つめのカテゴリーに入れたわね」

グレースは眉をひそめた。「えっ？」

「あなたは友だちや家族やジュリアス・アークライトに世間知らずのばかと思われてると言ったのよ」アイリーンはグレースに思い出させた。「ジュリアスを特別なカテゴリーに入れた」

「それは、彼は家族じゃないし、友だちというわけでもないからよ」

「じゃあ、なんなの？」

「さあ、なんて言えばいいのかわからないわ」グレースは認めた。

「でも、彼はあなたのことを世間知らずのばかだと思ってるのね？」アイリーンは興味を引かれた顔で尋ねた。「はっきりそう言われたの？」

グレースは椅子の背にもたれた。「はっきりそう言われたわけじゃないけど、どう思われてるかぐらいわかるもの。みんなにそう思われてるみたいだから」

「それはちがうわ。友だちも家族も、それにきっとジュリアスも、あなたが心配なだけよ」

「わかってるわ。ありがたいと思ってる。ほんとよ。でも、そうは見えないかもしれないけど、わたしだって自分の面倒ぐらい自分で見られるのよ」

「そんなこと、みんなわかってるわ」

「ええ、わかってくれてるわよね」グレースはコーヒーを飲んだ。「正直に言ってよ。わたしのことを、世間知らずのばかだと思ってるんでしょ？」

アイリーンはふいに何かに思いあたったように目を細めた。「誰がメールを送ってきてるのか知ってるのね？」

「確証はないんだけど、ナイラ・ウィザースプーンじゃないかと思うの」グレースはマグカップをテーブルに置いた。「きっとウィザースプーンさんのメールのアカウントのパスワードを調べたのよ。ウィザースプーンさんはセキュリティに気を配るほうじゃなかったから」

「ナイラがあなたに腹を立ててメールを送ってきてるのね。自分のものになるはずだったお金を、あなたが横領したと思って」

「メールの件がナイラの仕業だったとしても、メールが来るようになったのは、横領が発覚する前よ。ナイラはウィザースプーンさんのもとで働く人間に嫉妬してたの。父親と親しい仲にあるのが許せなかったのね。なかでもわたしに固執してた」

「会社の業績を飛躍的に伸ばしたのは、ほかでもないあなただから」アイリーンは冷静に言った。

「みんなそう言うけど、それはちがうわ」

「それに関しては疑問の余地がないわよ。ウィザースプーンをその分野のトップに押しあげたのは、あなたの料理本とブログなんだもの」

「スプレーグ・ウィザースプーンが成功できたのは、彼自身の力によるものだと、何度説明すればいいのかしら。わたしは彼の考えを広める手伝いをしただけよ」

「ばか言わないで」アイリーンは言った。「ウィザースプーンをモチベーションアップ・ビジネス界の第一人者にしたのは、料理本と今日のアファメーションだかなんだかのばかげたブログよ。全部あなたが書いたものだわ」

グレースは左右の眉を吊りあげた。「今日のアファメーションだかなんだかのばかげたブログ？」

「ごめんなさい」アイリーンはたじろいだ。「ブランディングのテクニックとしては、アファメーション・ブログはすばらしいアイディアだわ。メールに話を戻すけど、ほかに誰かウィザースプーンのアカウントのパスワードを知ることができそうな人間はいる？」

「何人もいるわ。わたしも含めて」グレースは不機嫌に言った。

「ナイラにしろ誰にしろ、メールを送りつけてきてる人間は、警察があなたの自作自演だと思うことを狙ってるのよ」

「わたしもそう思ったわ。どうして今までデヴリンにメールのことを話さなかったんだと思う？　きっと、彼にもそう思われるだろうと思ったからよ」

「そんなこと、思うはずないわよ」アイリーンはきっぱりした口調で言った。

「ウィザースプーンさんのアカウントからメールを送ってきてる人間は、脅迫メールに見えないよう文面に気を配ってる。警察の注意を引きたくないからだと思うの」

「でも、あなたを動揺させようとしてメールを送ってきてるのはたしかだわ」

「ええ、そうね」グレースはコーヒーを飲んで、マグカップをテーブルに置いた。「それはたしかに成功してる。このところ、よく眠れないもの」

「わたしがあなたでも、そうなると思うわ」アイリーンは言って、一瞬間を置き、口調をやわらげて続けた。「あなたは世間知らずで、それほど利口ではないとジュリアスに思われてると、本当に思ってるの？」

グレースは〝ええ〟と言いかけてためらい、肩をすくめた。「まあね。でも、本当のところはわからないわ。彼、何を考えてるのか、わかりにくいから。別の可能性もあるかもしれない」

「別の可能性って？」

「ウィザースプーンさんを殺したのはわたしだと思われてるのかもしれない」

アイリーンはマグカップをテーブルに叩きつけるようにして置いた。オフィスじゅうに大きな音が響きわたった。「そんなこと、思ってるはずないわ」

「ジュリアスが思ってることがわかるほど、彼のことを知ってるの？」

「まあ、そうでもないわね。あなたが今言ったように、彼、何を考えてるのか、わかりにくいから。でも、デヴはジュリアスと昔からの友だちなのよ。あなたとジュリアスがお似合いだと思わなければ、ゆうべの席をもうけるのに賛成したりしなかったわ」

グレースは苦笑した。「みんな、わたしのことを世間知らずだと思ってるのよね」

アイリーンはグレースをにらみつけた。「なんですって？」

「現実を見てよ。あなたはわたしのことをよく知ってるから、わたしを信じてくれてるけど、デヴリンはわたしのことをよく知らないのよ。しかも彼は警察官。古くからの友人がタイミングよく町にいて、その友人の直感なら信じられると思ってる。ジュリアスがわたしから受けた印象を聞くにはちょうどいいと思って、あなたが彼とわたしをくっつけようとするのに協力したのよ」

アイリーンは反論しようと口を開いたが、少ししてまた閉じ、テーブルに指を打ちつけた。

「そうなのかしら」アイリーンは言った。

「心配しないで。デヴリンは信じられない人間だと言ってるわけじゃないから」グレースは言った。

アイリーンは左右の眉を吊りあげた。「それはどうもありがとう」

「本気で言ってるのよ。デヴがいちばんに考えてるのは、あなたを守ること。彼があなたを見る目を見ればわかるわ。あなたの親友が殺人を犯し、さらには横領もしてたかもしれないとなれば心配になって当然よ」

「デヴは、あなたがウィザースプーンを殺したとも横領してたとも思ってないわ」

「彼がそう思ってるなんて言ってない。心配してるって言ってるだけ。わたしは今この町に住んでるんだし、何よりもあなたの親友だから。デヴリンはいい警官よ。そして、いい夫だわ。あなたを守るためなら、どんなことだってするはず」

「そうね。でも、デヴがあなたから受けた印象をジュリアスに訊こうとしたなんて、まだ信じられないわ」

「よく考えてみれば、無理もない行動だわ」

アイリーンはグレースをまじまじと見た。「ねえ、ブラインドデートだと思ってたのが、おとり捜査だったなんてわかったら、かんかんになる人もいるはずよ」

「つまり、わたしはもっと大きな問題を抱えてるってわけ」グレースは言った。「ウィザースプーン・ウェイの人間ならこう言うところよ。〝今日、わたしは優先すべきことに目を向けて、些細なことは無視します〟」

アイリーンは不愉快そうに言った。「そのアファメーション、今つくったのね？」

「ええ、そうよ。なかなかいいでしょ？」

ふたりは黙ってコーヒーを飲んだ。その場におりた沈黙は、長いあいだのつきあいの友人同士にしか生まれないものだった。しばらくすると、アイリーンが椅子のうえでもぞもぞと体を動かした。

「逆に訊くわ」アイリーンは言った。「ジュリアス・アークライトからどういう印象を受けた？」

「彼は人生に退屈してるわね」グレースは言った。

「なんですって？」アイリーンは驚いた顔でグレースを見た。「ジュリアスは軽いうつ状態なんじゃないかって、デヴとわたしは思ってたのよ。二年前に離婚してから、ろくにデートもしてないみたいだから」

グレースは肩をすくめた。「彼は今さまよってるのよ。人によっては、退屈してるのが、うつ状態に見えることもあるの」

「いつ心理学の学位を取ったの？」

「たしかに、わたしは専門家じゃないわ。でも、廃墟となった精神科病院で例のとんでもない事件に巻きこまれたあと、母に精神科医の診察をさんざん受けさせられたから、たくさんのことを学んだのよ。どうしてあなたとデヴリンはジュリアスがうつ状態にあると思ったの？」

「デヴが言うには、ジュリアスは彼が経営してるベンチャーキャピタルの会社を売ることを真剣に考えてるそうなの」アイリーンはゆっくり言った。

「それがなんだっていうの？　会社を興《おこ》して、大きくしてから売る人は大勢いるわ。夢が叶ったって思う実業家も多いはずよ」

「ジュリアスの場合はちがうってデヴは言うの」

「どうして？」

「ジュリアスはアークライト・ベンチャーズをゼロから興したのよ」アイリーンは言った。「それこそ会社に心血を注いでたそうよ。デヴが言うには、ベンチャーキャピタル・ビジネスを愛してるんですって。少なくとも昔は愛してたらしいわ。とても優秀だったから、ひと財産をなした。でも二年前に、奥さんがほかに男をつくって出ていってしまったの」

グレースは肩をそびやかした。「もう一度言うけど、それがなんだっていうの？」

「まあ」アイリーンは目をぱちくりさせた。「今日はやけに冷酷なのね」

グレースはマグカップをつかむ手に力をこめた。「そんな目で見ないでよ。離婚なんてよくある話じゃない」

「それはそうだけど、いつものあなたならもっと同情的になるはずよ」

「ジュリアスは仕事に心血を注ぎすぎたのかもしれないわね」グレースは言った。「奥さんにもっと注意を向けるべきだったのよ」

アイリーンはゆっくりうなずいた。「あなたの言うとおりかもしれないわ。ジュリアスは会社と結婚したようなものだって、デヴも言ってたもの。奥さんが放っておかれてると思った可能性は充分にある。でも、だからといって、ジュリアスの会社の副社長で、信頼してた友人でもあった男と逃げることはないじゃない」

グレースは少し考えてから言った。「そうね、たしかにひどい話だわ」

「それ以来、ジュリアスは心が麻痺したみたいに見えるってデヴは言うの。自動操縦で走ってるみたいだって。今でもお金は儲けてるけどスリルは感じてないみたい」

「世界には次から次へと問題が起こってるのよ」グレースは冷静に言った。「正直に言って、その気がなくてもお金を儲けてしまう才能は、耐えられない重荷とは思えないわ」

アイリーンは小さく微笑んだ。「今日は、どうしてもジュリアス・アークライトに同情する気になれないようね」

「彼は同情なんて必要としてないもの。でも、あなたにとって気休めになるかどうかわからないけど、今朝わたしは彼をコンサルタントとして雇ったのよ」

アイリーンは口をあんぐりと開けた。「なんですって?」

「ゆうべ家まで送ってもらったときに、次の仕事を見つけるための戦略を立てる必要があると言われたの。それで今朝、戦略の立て方を教わるために彼を雇ったのよ」

「彼を雇った?」アイリーンはぽかんとした顔で言った。

「正確に言えば、餌で釣ったんだけど」

「どっちにしても信じられない。あなたにジュリアス・アークライトを雇う余裕があるはずないもの」

「餌を差し出して、彼はそれを受けとった。取引は成立よ」

アイリーンは目を大きく見開いた。「まさか彼と寝るつもりなんじゃないでしょうね。少なくとも、まだだめよ。たしかにわたしはジュリアスのことが好きだし、あなたと彼は興味深いカップルになると思う。でも早すぎるわ。特にあなたにとっては。最初のデートで寝るなんてあなたらしくないって、あなただってわかってるでしょ？」

「やめてよ。もちろん、ジュリアス・アークライトと寝るつもりなんてないわ」グレースは手を大きく横に振り、眉間に皺を寄せてアイリーンの言葉を否定して、その可能性を打ち消した。とはいうものの、アイリーンにそう思わせようとしているのか、自分自身にそう思わせようとしているのか、自分でもわからなかった。「でも、わたしにキャリアプランが必要だというのは本当だと思うの」あわてて続けた。

「そうかしら」

「ひとりでは何も決められそうにないもの。的を絞ることができなくて。どうやらジュリアスは計画を練ったり戦略を立てたりするのが得意みたい。だから今朝、彼がジョギング中にわたしの家の前を通りかかったとき、つかまえたの。朝食をつめたピクニック・バスケットを差し出して、これをあげる代わりに相談にのってくれって頼んだのよ。引き受けてくれたわ」

「そうなの？」アイリーンは手にしているペンの尻をテーブルにこつこつと打ちつけた。

「ブラインドデートはまったくの失敗だったわけでもなさそうね」

「そうなるわね。〈ノードストローム〉の前でパントマイムをやらなくてもすむようになればだけど」

アイリーンはグレースを見た。「まあそうなったとしても、少なくとも〈ノードストローム〉の前で働けるんだから。そこらへんの道でパントマイムをするのとはちがうのよ」

「わかるでしょ。運命の仕事を見つけたいのよ、アイリーン。情熱を持って働ける天職を。あいにく自分に合った仕事を見つけるためのサイトやなんかは役に立たなかったわ。だから計画を練るのに専門家のアドバイスを受けても、失うものは何もないと思うの」

「つまり、あなたはジュリアスのことが好きなのよ」アイリーンはおつにすまして言った。

「少なくとも彼にアドバイスしてもらいたいと思うぐらいには」

グレースはずる賢そうににっこりと笑った。「わたしが彼を利用しようとしてると思う人もいるでしょうね」

アイリーンの目におもしろがっているような表情が浮かんだ。「ジュリアスが人に利用されるなんてありえないわ。それに彼はときどき、好意で人に力を貸すことがあるのよ」

「そうなの？」

「わたしが〈クラウドレイク・キッチン〉を始めるにあたって必要だった資金を、誰が用意してくれたと思う？　オンライン・ショップを立ちあげるのに欠かせないウェブデザイナーを見つけるのに手を貸してくれたり、税金や会計に関する知識や損益計算書の作成方法を教えてくれたりしたのは？」

「なるほどね」グレースは言った。「そうだったの」

アイリーンは真剣な顔になった。「さっきも言ったけど、わたしはジュリアスのことが好きだし、彼に感謝もしてる。デヴがジュリアスになら命を預けてもいいと思ってることも知ってるわ。実際、紛争地帯に赴任してるときは、まさにそういう状態だったそうよ。デヴは老後のための資金運用もジュリアスに任せている。でも、あなたがジュリアス・アークライトとかかわりを持つつもりなら、知っておいたほうがいいことがあると思うの」

「なんなの？」

「ジュリアスの奥さんだった女性と結婚した元副社長はエドワード・ヘイスティングズというの。シアトルで不動産業を牛耳ってるヘイスティングズ家の人間よ。四世代にわたって続いてる土地開発業者なの。シアトルのダウンタウンに不動産を山ほど所有してるわ。オフィスビルも含めてね」

グレースは少し考えてから、片方の肩をすくめた。

「そのことがわたしとなんの関係があるの？」素っ気なく尋ねる。

「エドワード・ヘイスティングズはアークライト・ベンチャーズを去ったあと、ジュリアスの奥さんだった女性と結婚しただけでなく、ヘイスティングズ社の社長兼最高経営責任者《CEO》に就任したの」

「まだよくわからないんだけど、アイリーン」

「エドワード・ヘイスティングズがトップの座についてから、会社の業績は悪くなる一方だそうよ。大きな取引を何度もライバル会社に持っていかれてるんですって」

グレースはマグカップの縁越しにアイリーンを見つめた。「そのことがジュリアスとどう関係があるの?」

「わたしはクラウドレイクの小さな会社の経営者にすぎない。わたしが泳いでるのは小さな池で、ジュリアスが狩りをしている、サメがうようよいる海のことは、たいして知らないわ。でも、太平洋岸北西地域のビジネスニュースは追ってるし、デヴはジュリアスと仲がいいから、いろいろな情報が入ってくるの」

「どんな情報があなたを不安にさせてるの?」グレースは訊いた。

アイリーンは身を乗り出し、テーブルのうえで腕を組んだ。「ヘイスティングズ社の経営はかなり行きづまってるそうよ。このままエドワード・ヘイスティングズがトップにいつづければ、一族が一世紀近く続けてきた会社は崩壊することになるだろうと言ってる人もいる。ビジネス界は小さな町のようなものなの。ひとたび噂が流れると、それが現実になることがある」

グレースは少し考えてから言った。「そのことがジュリアスとなんの関係があるの?」

「ヘイスティングズ社の業績が悪化したのは、ひとりの男、つまりジュリアス・アークライトの仕業だという噂が広まっているの」

「つまり彼が復讐してるっていうの? ヘイスティングズ社の事業を妨害してるってこと?」

「どのぐらい前からなの？」

グレースは考えこんだ。「業績が悪化したのは、二年近く前よ。意味ありげでしょ」

「ジュリアスが離婚した時期と一致するから？」

「ジュリアスがヘイスティングズを破滅させようとしてるって噂されてるのよ。デヴが言うには、ジュリアスは一度照準を定めたら、決して途中でやめないそうよ。まるで熱追尾式のミサイルみたいに、標的を撃ち落とすまで追いつづけるんですって」

「信じられないわ。兵器にたとえたくなるような男とブラインドデートさせるなんて」

「あくまでもデヴの言葉よ」アイリーンは言った。「ジュリアスともっと深い関係になる前に、彼がどう噂されているのか知っておいてほしかったの。彼が本当に復讐しようとしてるのなら、そばにいる人間がとばっちりを受けることにもなりかねないから」

「ジュリアスとのブラインドデートをお膳立てしたのは、あなたなのよ。今になって警告しようとしてるの？」

「あなたとジュリアスはお似合いだと本当に思ったのよ。でも、デヴとわたしが、あなたたちふたりがうまくいけば、ジュリアスに……ヘイスティングズのことを忘れさせられると思ったのもたしかだわ」

「ジュリアス・アークライトに同情させようとしても無駄よ」

アイリーンは目をしばたたいた。「そんなつもりはないわ」

「いいえ、おおありよ。彼はうつ状態で復讐に取りつかれていて、誰かの助けを必要としてると思わせようとしてる。でも、わたしが思うに、ジュリアスは自分の面倒ぐらい楽に見られる人間よ。さっきも言ったけど、今のわたしにはもっと大事なことがあるの。新しい生き方を手に入れようとしてるのよ」

「そうよね。あなたは新しい生き方を手に入れようとしてる」アイリーンは椅子の背にもたれた。「そして、そのための計画を立ててるのを手伝ってもらうためにジュリアス・アークライトを雇った」

「そのとおりよ」グレースはよどみない口調で言った。「つまり彼とはビジネス上の契約を結んだにすぎないってわけ。もうこの話は終わりよ。これ以上、何か訊かれても、何もおもしろい話はないから」

「そんなこと言わないでよ。ゆうべジュリアスに家まで送ってもらったあと、何があったか聞かせて」

グレースは唇をすぼめた。「よりにもよって、きみがウィザースプーンを殺したのかって単刀直入に訊かれたわ」

「やだ、嘘でしょ」アイリーンは言った。「そんなんじゃ、楽しい会話を始められそうもないわね」

「まったくよ。でも、会話を終わらせるには最高のひと言だったわ。実際そうなったもの。というか、家から文字どおり追い出してやったの。帰り際、わたしの無実を信じると言ってたけど」

「でも、そのまま帰らせたのね」

「もちろんよ」グレースはコーヒーを飲んで、マグカップをおろした。「でも、そのあと電話をかけてきたわ」

「そうなの？　それで？」アイリーンは声を落として言った。

「気づくと気味の悪いメールのことを打ち明けていて、メールのことをデヴリンに話すよう説得されてた。だから今朝デヴリンのところに行ってきたの。そのほかにもいろいろ話したわ。まあ、そんなところ。ブラインドデートとしてはうまくいかなかったけど、キャリアプランは立てられそうだから、よかったわ」

アイリーンは考えこむような顔をして、ふたたびペンの尻をテーブルに打ちつけた。「その電話はテレフォンセックスと呼べるようなものだった？」

「そんなわけないでしょ」

ジュリアスと電話で話したのは奇妙なほど親密な行為に思えたが、テレフォンセックスと呼べるようなものではないとグレースは思った。もっとも、テレフォンセックスをしたことなど一度もなかったが。新たに届いた気味の悪いメールを読んだばかりで、誰かにそのことを話したくなっていたにすぎない。タイミングよく電話してきたのがジュリアスだったというだけだ。幸運を引き寄せる能力が働いたのか、単なる偶然なのか。はたまたカオス理論で説明がつく現象なのか。どちらにしても、たいしたことではない。

「なんて言えばいいのかわからないわ」アイリーンは首を横に振った。「デヴと同じで、ジュリアスにはよくわからないところがあるから」

「やだ、デヴリンってそうなの？」

アイリーンはグレースの言葉を無視した。「まあ、ジュリアスは信用していいと思うわ。さっき話したとおり、友だちの力になってくれる人だもの。誰も力になってくれなかったときに、彼だけがチャンスをくれた」

「投資はリスクをともなうけど、あなたが経営する〈クラウドレイク・キッチン〉は成功するに決まってるもの」

「〈クラウドレイク・キッチン〉はたしかにうまくいってるわ」アイリーンは顔を誇らしげに輝かせて言った。「今年はかなりの利益を上げられるはずよ。でも、ジュリアスが多額のお金を投資して得ているような額になることは、この先もないわ。彼にとっては、はした金でしかないはずよ」

「ジュリアスは、お金は充分に持ってると言ってたわ」

アイリーンは目に驚きの色を宿してから、微笑んだ。「本当にそう言ったの？」

「ええ」

「そんなことを言う人には会ったことがないわ」

「ジュリアス・アークライトはこのところ退屈から抜け出す方法を探してるのよ」

「ジュリアスと知り合ってまだ丸一日にもなってないっていうのに、ずいぶん彼のことを知ってるのね」

「何を考えてるのかわかりにくい人だけど、まったくわからないわけじゃないから」グレースはコーヒーの残りを飲んで、マグカップをテーブルに置いた。「わたしのことを思ってしてくれたのはわかってるけど、もう二度とブラインドデートを仕組んだりしないって約束して。せめてわたしが新しい生き方を手に入れるまでは」立ちあがって続ける。「もう行くわ。食料品を買わなきゃならないし、コンサルタントとランチミーティングの約束があるの。わたしのビジネスプランの作成に取りかかるのよ」

「天職を見つける戦略を立てられなかったらどうするの？」

「コンサルタントを首にするわ」

12

グレースが買いものを終えて車に戻り、湖畔の家に向かって車を走らせはじめたときには雨はやんでいた。上空に残る雲の切れ間からまぶしい灰色の光が射していて、冬であるにもかかわらずサングラスが必要だった。

家の前に停まっているシルバーの高級セダンには見覚えがなかったが、運転席に座るブロンドの女性が誰なのかはすぐにわかった。ナイラ・ウィザースプーンだ。

地元の警察の本部長を訪ねたあとに、ナイラの訪問を受けるとは。いい一日になりそうな気がまったくしない。こんなときにぴったりのアファメーションを考えようとしたが、何も思いつかなかった。

車を停めて、心の準備をしていると、ナイラがセダンの運転席からおりてきた。

ナイラは骨ばった顔をした痩せた女性で、笑顔になればどこか小妖精のような不思議な魅力をかもし出せるかもしれないが、笑みを浮かべていないときは――グレースが思うに、ほとんどのときがそうだったが――箒《ほうき》ととんがり帽子を忘れてきたのではないかという印象を与えた。目にはつねに、心の奥底からわいてきたかのような憎しみと怒りを燃やしていた。

グレースがコンパクトカーのドアを開けたちょうどそのとき、ナイラが車の脇に来た。

「こんなところに隠れてたのね。ここなら安全だと思ったの?」目はサングラスに隠れて見えなかったが、声は怒りに満ちていた。「わたしに見つからないとでも思った?」

「あなたがわたしを捜してたとは知らなかったわ」グレースは言って、サングラスを外した。

「電話してくれればよかったのに。わたしになんの用なの、ナイラ?」

「わたしがここに来た理由はわかってるはずよ。父のお金を返してほしいの。わたしのものになるはずだったお金を」

「前にも言ったでしょ。わたしはそんなもの持ってないわ」

「嘘よ。父の会社のお金を横領したでしょ。海外の口座にでも隠してるにちがいないわ」

グレースは少しのあいだ目を閉じて、ナイラは深刻な問題を抱えているのだと自分に思い出させた。

「なくなったお金のことは何も知らないわ」なだめるような口調で続ける。「それはそうと、あなたがウィザースプーンさんのアカウントから送ってきてるメールのことを警察に話したわ。ああいうのもストーカー行為になるのよ」

「いったいなんの話をしてるの? メールって?」

「ナイラ、メールを送ってきてるのがあなたなら、もうやめて。警察はウィザースプーンさんを殺した犯人を見つけようとしてる。それにはあなたの協力が必要だわ。わたしに怒りをぶつけても、なんにもならないわよ」

ナイラの骨ばった顔が険しくなった。「警察も含めて多くの人間が、父を殺したのはあなただと思ってるわ」

グレースは手を広げた。「どうしてわたしが雇い主を殺して、お金が入ってこなくなるようなことをするの？　よく考えてみてよ、ナイラ。お金を稼いでたのは、わたしじゃなくてウィザースプーンさんなのよ。ブログも料理本も彼の名前で書かれてた。わたしは彼のアシスタントにすぎない。ウィザースプーンさんがいなくなれば、お金はすぐに入ってこなくなるわ」

「横領してたのが父にばれたから殺したんでしょう？　きっと父に問いつめられたのね。警察に突き出すと言われたのかもしれない。それで殺さなきゃならなくなったんだわ」

「それはちがうわ」グレースは言った。「ウィザースプーンさんが殺された晩、わたしは家にいたのよ」

「あなたのアリバイなんて穴だらけよ。あの晩、あなたの車が駐車場にあったのが防犯カメラに映ってたのは知ってるわ。でも、だからといって、あなたがずっと家にいたという証拠にはならない。防犯カメラに映らないようにアパートメントを出て、クイーン・アン・ヒルにある父の家までタクシーで行くこともできるもの」

「あなたはそれを証明できないわ。誰にも証明できない。そんな事実はないんだから」

「現場にあなたの指紋があったのよ」そうナイラは言ったが、もはや自信たっぷりの口調ではなくなっていた。

「それは死体を発見したのがわたしだからよ」グレースは辛抱強く言った。「落ちついて考えてよ、ナイラ。そんなの、なんの証拠にもならない」

「あの晩、あなたがアパートメントを出ていくのを見ていた人間がいるにちがいないわ」ナイラは叫んだ。

「わたしは嘘は言ってないわ」グレースはナイラを落ちつかせようとして言った。「警察がウィザースプーンさんを殺した犯人をつかまえれば、きっとお金も出てくるはずよ」

だが、ナイラはもうグレースを見ておらず、彼女の背後を見つめていた。一瞬、ためらいの表情を浮かべたかと思うと、グレースにまた視線を戻した。

「交渉に応じてあげてもいいわよ」口早に言う。「いくらかあげてもいいわ。一種の手数料とでも考えてちょうだい。あなたの懐にもいくらか入るようにしてあげる。お金を返してくれさえすれば、横領罪で訴えたりしないから。よく考えてみて。四十八時間、猶予をあげる」

それだけ言うと、グレースの返事を待たずに踵を返し、自分の車に向かって速足で歩きはじめた。

グレースが、ナイラの気をそらし、この場を去らせようと思ったものはなんなのかたしかめようと振り返ると、ジュリアスが家の脇をまわって近づいてくるのが見えた。彼の家からここまで遊歩道を歩いてきたのだろう。

急いでいるようには見えなかったが、一歩が大きく、その足取りはたしかだった。下はジーンズにブーツ、うえはカーキ色のシャツに黒い革のボマージャケット。顔の横まで覆うラップアラウンド型のサングラスが、灰色がかった光を浴びて不気味に輝いている。全体的に、いかにも危険人物のような雰囲気をかもし出していた。ナイラが早くこの場を去りたいと思ったのも無理はないとグレースは思った。

ジュリアスがグレースのそばに来てすぐにナイラが車で走り去った。砂利が飛び散り、グレースに当たりそうになるのを、ジュリアスが彼女の腕を引っぱって防いだ。

「ひょっとして今のがウィザースプーンの娘かい？」ジュリアスは尋ねた。

「当たり。ナイラ・ウィザースプーンよ」グレースはジュリアスにつかまれている腕をそっと抜こうとしたが、彼は彼女の腕をつかんでいることを忘れているようだった。「わたしがウィザースプーンさんのお金を盗んで、彼を殺したと思ってた。でも、興味深いことに、わたしに取引を持ちかけてきたのよ」

ジュリアスはグレースが彼の手から逃れようとしていることにようやく気づき、手を放した。「どんな？」

グレースはどう答えようか考えながら、後部座席のドアを開けて、食料品の入った袋を取り出した。「どうしてもお金を取り戻したいのね。わたしがお金を返せば、手数料を払うと言ってきたわ。そうすれば、なんのお咎《とが》めもないそうよ。横領罪で訴えられることもないんですって」

ジュリアスはグレースから重い袋を取りあげ、片方の腕で楽々と抱えた。

「ほかには何か言ってた？」

「ウィザースプーンさんが殺された晩のわたしのアリバイには穴があると思ってるみたい。事件現場にわたしの指紋があったことを指摘されたわ」

「それなのに金を取り戻すことしか頭にないんだね？」

「父親が遺してくれたものはお金だけだもの」グレースは説明した。「ナイラは生きているあいだに父親といい関係が築けなかったことを悔やんでるんだと思うの。お金を取り戻すことで、その埋め合わせができるんじゃないかと思ってるのよ」

「ナイラがどうして父親とそんなふうになったのか知ってるのかい？」

「ええ。ウィザースプーンさんのもとで働いてた人間なら、みんな知ってるわ。ナイラは母親が自殺したのは父親のせいだと思ってるの」

グレースは玄関ドアを開けて家のなかに入り、キッチンに向かった。ジュリアスも彼女のあとをついてきた。

「寒くない?」

そう言って、壁のサーモスタットの前に行き、設定をたしかめる。ちゃんと、いつも日中に設定している温度になっていた。

「おかしいわね」グレースは言った。「暖房装置が壊れたみたい。ランチのあと修理会社に電話してみるわ。幸い、こういうときのために暖炉があるの」

「電話する前に、システムを再起動させてみたらどうだい?」ジュリアスが言った。

「あら、まるでわたしがその方法を知ってるみたいじゃない」

「ランチのあと、ぼくが見てみるよ」

グレースはジュリアスをちらりと見た。「それはどうも」

「直る保証はないけどね」

ジュリアスは食料品が入った袋をテーブルに置いて、サングラスを外し、ボマージャケットのポケットにしまった。彼が見守るなか、グレースは放し飼いの鶏の卵と有機農法で栽培された唐辛子を袋から取り出して冷蔵庫の隣のカウンターに置き、テーブルに戻った。

「ナイラ・ウィザースプーンに話を戻そう」ジュリアスが言った。「きみが思うに、彼女は父親を殺した犯人をつかまえることより、お金を取り戻すことに興味があるんだね?」

「彼女にとって、お金を取り戻すことは金銭的な理由だけでなく感情的な理由からも大事なことなんだと思うの。そうしなきゃならないほかの理由があったとしても驚かないけど」

「借金でも抱えてるのか？」ジュリアスの目が鋭くなった。

「ほかの理由って？」ジュリアスの目が鋭くなった。

「わたしが知るかぎりでは、それはないわ」グレースは言って、袋に手を入れ、オリジナルのグラノーラに入れるアーモンドとひまわりの種とヘーゼルナッツを取り出した。「早くお金を取り戻すよう、婚約者からせっつかれてるんじゃないかと思うの」

「デヴも婚約者のことを言ってたな」

「名前はバーク・マリックというの。ウィザースプーンさんは彼のことを認めてなかったわ。クリスティもミリセントもわたしも、彼のことは胡散《うさん》臭く思ってた。バークは数カ月前にナイラの前に現れて、瞬く間に彼女を夢中にさせたの。ほんと、あっという間だったわ。会って数週間後には婚約してた。ナイラは彼のことを完璧な男性《ミスター・パーフェクト》だと思ってるのよ」

ジュリアスは目に訳知りげな表情を浮かべた。「でも、きみやきみの友だちは、バークは昔からよくある理由、つまり金のためにナイラと結婚したがってると思ってるんだね」

グレースは戸棚を開けてナッツ類とひまわりの種をしまった。「あなたはそれほどロマンティックな人間ではないようね」

「ぼくは現実主義者なんだ」

「まあどうでもいいけど」袋から芽キャベツを出して、冷蔵庫に入れるためにカウンターに置いておいたものの横に置くと、一瞬動きを止めて、ジュリアスの目を見た。「わたしの考えはこうよ。ナイラはお金を取り戻せなければミスター・パーフェクトも失うんじゃないかと恐れてる。父親が殺されたうえに彼を失うなんて、とても耐えられないでしょうね。激しい怒りと憎しみと喪失感で、精神的に限界まできてるのよ。ひどく動揺してるから攻撃的になってるんだわ」

「攻撃的になってる人間は危険だぞ、グレース」

「わかってる」

ジュリアスはしばらくのあいだ何も言わなかった。グレースは袋に残っていたものを取り出しながら、こっそり彼を観察した。彼の頭のなかのコンピューターが無数の0と1を処理しているのが目に見えるような気がした。錬金術師アークライトは計算している。おそらく戦略に基づいて。それがいいことなのかどうかグレースにはわからなかった。たしかに彼女はピクニック・バスケットにつめた朝食を餌に、彼を自分の人生に招き入れたが、慎重にことを運ばなければならないのもわかっていた。ジュリアスのような人間はすぐに主導権を握りたがる。自然とそうしてしまうのだ。

とても明るいハロゲンランプがふいに灯ったかのように、グレースの脳裏にウィザースプーン流のアファメーションが浮かんだ。〝未知のものを受け入れます。それだけはたしかです〟

「何を考えてるの？」グレースは尋ねた。

「横領されたお金のことだ」ジュリアスは魔法の鏡さながらに、湖面に答えが映し出されるとでも思っているかのように、窓の外の灰色の湖に目をやった。「いったい何が起こってるのか解く鍵はそこにあるような気がする。きみは含蓄のある言葉に詳しいんだろ？　今の状況にぴったりの言葉を知ってるはずだ」

「〝お金の動きを追え。そうすれば真相にたどりつく〟かしら？」

「ぼくの信じている言葉だ」ジュリアスは言って、グレースの目を見つめた。「その言葉どおりにならなかったことは、これまでに一度もない」

「警察もそう信じてるみたい」グレースは言った。「わたしたちと同じようにテレビドラマを観てるのね」

「警察も金銭面から捜査してるだろうが、こちら側の人間に調べさせても損はない」

グレースは身を強ばらせた。「こちら側の人間って？」

ジュリアスは左右の眉を上げ、目を愉快そうに光らせた。「この件でアークライト・ベンチャーズが力になれることがあるとすれば、それは専門的な知識や技術の提供だ。うちには金の動きを追うのが得意な人間がたくさんいる」

「そうでしょうね」グレースは言ったが、ジュリアスが何を言おうとしているのかよくわからなかった。

「さて、そろそろランチにして、そのあときみのビジネスプランを考えようじゃないか」

ジュリアスは言った。

「ちょっと待って」グレースは手を上げてジュリアスを制した。「あなたの会社のスタッフに金銭面の調査をさせるという話だけど、少し考えさせてほしいの」

ジュリアスは戸惑いの表情を浮かべた。少し傷ついているようにも見えた。「ぼくのところの人間を使うのに反対なのか？」

「そういうことじゃなくて」グレースは間を置いて、筋のとおった理由を見つけようとした。実際のところは衝動的に反対してしまったからだ。

「それじゃ何が問題なんだい？」ジュリアスは尋ねた。

無理もない質問だった。

「あなたがわたしのことを思って言ってくれてるのはわかってるし、親切にしてくれてありがたいとも思ってる」グレースは慎重に言葉を選びながら言った。「本当よ」

「別に親切で言ったわけじゃない。論理的に考えて、そうしたほうがいいと思ったから言ったまでだ」ジュリアスはキッチンを見まわした。「ランチのメニューは？」

「ランチのことは忘れて」グレースは硬い声で言った。

ジュリアスが先ほど浮かべたのが戸惑いと少しばかり傷ついていることを示す表情だったとしたら、今度はすっかり打ちひしがれているように見えた。

「ランチが食べられるものだとばかり思ってたのに」ジュリアスは言った。

「よく聞いて。あなたはわたしが経営してる会社のＣＥＯに選ばれたわけじゃない。問題になってるのは、わたしの人生であり、わたしの未来なの。わたしの人生や未来に影響することを何かしようとするなら、その前にわたしに相談して。わたしの家にずかずか入ってきて、わたしが会ったこともない人間に、わたしが殺したのかもしれないと思われてる人間の財政状態を調べさせると言うんじゃなくて。それがいい考えかどうかは関係ない。わたしに相談もなく勝手に決めないでほしいの。わかった？」

張りつめた沈黙のなか、ジュリアスはグレースが言ったことについて考えていたが、やがて結論に達したようだった。

「わかったよ」

グレースは疑いの目でジュリアスを見た。「わかったですって？　言うことはそれだけ？　ほかにはないの？」

ジュリアスはふたたび戸惑っているような表情を浮かべた。「ほかに何か言うべきかな？」

「いいえ、まあいいわ」

「じゃあ、あらためて訊くよ」ジュリアスは言った。「アークライト・ベンチャーズの経済の専門家にウィザースプーン・ウェイから横領された金の行き先を調べさせてはどうかと思うんだけど、きみはどう思う？」

グレースは天井を見あげた。「個人情報の問題があって無理だと思うわ。もちろん法的な問題もある」

「それは心配ない」ジュリアスは言った。

「なんですって？」

「不正経理を暴くためにアークライト・ベンチャーズが警察に協力するのは、これが初めてじゃないんだ。ぼくからデヴに話をして、シアトル警察にわたりをつけてもらう。デヴはシアトル周辺にまで影響が及んだ事件で、彼らに協力したことが何度もあるんだ」

「そうなの」グレースは少し考えてから続けた。「それなら、いいわ」

「よかった。ランチのあとすぐにデヴに話すよ」ジュリアスは咳払いした。「ひとつ言っておくけど、ぼくはこの家にずかずか入ってきたんじゃない。普通に歩いて入ってきたんだ。きみが買った食料品が入った袋を抱えて」

「まあどうでもいいけど」グレースはカウンターを押すようにして、前に出た。「じゃあ、その件はそれで決まりね。〝日々、未来を形づくる機会が訪れます〟」

「それもウィザースプーン・ウェイ流のアファメーションかい？」

「ええ、そうよ。ウィザースプーン・ウェイの料理本のなかのグラノーラのレシピに添えたものなの」そこで間を置いて、これからどうしようかと考えた。ジュリアスはキッチンに立ったままで、どこにも行く気はないようだ。彼といっしょに過ごすしかない。「ええと、このあとどうするんだったっけ？」

「ランチだ」ジュリアスは希望に満ちた顔で言った。

「そうそう、ランチだったわね」グレースはすることができて喜びながら冷蔵庫に向かった。

「それがすんだら、わたしのキャリアプランをつくる」

「きみが持っているスキルを挙げていくことから始めよう。でも、その前にひとつ、キャリアプランとは関係ないことを訊いてもいいかな？」

「なんなの？」冷蔵庫の取っ手に手を伸ばす。

「明日の晩、ぼくにつきあってくれる人が必要なんだ」ジュリアスはグレースの目を見つめて言った。「ゆうべも話したけど、仕事でとんでもなく退屈なディナーとチャリティーオークションに出席しなきゃならない。しかも、その席で太平洋岸北西地域の投資環境なんていうとんでもなく退屈なテーマで、とんでもなく退屈なスピーチをしなきゃならないんだ。よかったら、ぼくといっしょに来てくれないかな？　そうすれば主賓のテーブルにひとりで座らなくてすむし、居眠りせずにすむかもしれない」

　グレースはどう返事をしようか考えながら、冷蔵庫のドアを開けた。

まんなかの棚にのっているものを見たとたん、何も考えられなくなった。

グレースはその場に立ちすくんだ。脳が見ているものを受け入れることを拒んでいる。

きっと幻覚にちがいない。

けれども幻覚でもなければ、夢を見ているのでもなかった。

グレースは悲鳴をあげてドアを閉めた。卵が入った容器が床に落ちた。

「予想外の反応だな」

ジュリアスはそう言うと、次の瞬間グレースの横に来て、冷蔵庫のドアを開けた。ふたりはそろって大皿にのせられたネズミの死骸を見つめた。まわりにパセリが飾られていて、口にレモンの薄切りが挟んである。大皿の横には封の開けられていないウォッカのボトルが置かれていた。

「これではっきりした」ジュリアスは言った。「やっぱりきみは何者かにストーカーされているんだ」

13

「少なくとも調理はされてなかったわ」グレースは言って、身を震わせた。「かわいそうなネズミはディナーに出される一品のように盛りつけられていたけど」

デヴリンが手帳から目を上げた。「かわいそうなネズミだって？」

「特にネズミが好きというわけじゃないけど、罪のない動物を殺してゆがんだ復讐の道具にするなんて、ものすごく罪深い行為だわ」

「ネズミを冷蔵庫に入れた人間は、自分のしたことが罪深いかどうかなんて、まったく気にしてないと思うぞ」ジュリアスが言った。

三人はキッチンにいた。ネズミの死骸を見つけたすぐあとに、ジュリアスはデヴリンに電話した。デヴリンはリンダ・ブラウンという有能で思いやりもある女性警察官をともなってやってきて、ネズミやウォッカのボトルの写真を撮るなど、ひととおりの作業をしたが、犯人の手がかりが見つかるとは誰も思っていなかった。

犯人が指紋を気にする冷静さを持ち合わせていなかったとしても、ネズミの死骸を扱うには手袋を使うのが普通だろうと、ブラウン巡査も指摘した。ブラウン巡査はウォッカのボトルとネズミと大皿と、添えられていたブロッコリーとレモンを、証拠品保管用のバッグに入れて持ち去った。

グレースはキッチンの反対側から彼女の仕事ぶりを見守りながら、法の執行機関で働くという選択肢を消した。ネズミの死骸を扱うのは、警察官がしなければならない不愉快な仕事のなかでも、まだましなほうにちがいない。

今はテーブルを前に座り、膝のうえで両手をきつく握り合わせている。グレースはおびえていた。断続的に体が震え、全身を冷たいものが駆け抜けるこの感覚を表す言葉をほかに思いつかなかった。

息をして。

冷蔵庫は隅々までよく拭いて消毒しなければならないとグレースは思った。なかに入っているものは全部捨てるしかないだろう。ネズミの死骸と同じ空間に入っていたものを食べる気にはなれない。

いや、庫内を消毒するだけではだめだ。買い替えるしかない。新しい冷蔵庫はいくらぐらいするのだろう。

それに客用寝室の割れた窓のこともある。犯人は昔ながらの方法で侵入していた。窓ガラスを割って、そこから入ったのだ。ジュリアスといっしょに家のなかに入ったとき、寒く感じたのも無理はなかった。

ジュリアスがあとでベニア板を調達して窓をふさぐと言ってくれていた。ガラス屋のラルフ・ジョンソンは、明日、新しいガラスに交換できると請け合った。

新しい冷蔵庫を買って窓ガラスを交換すれば貯金がかなり減るだろうが、ほかに選択肢はない。母親の家にストーカーを引き入れてしまった。自分がこの事態を招いたのだ。自分でなんとかするしかなかった。

デヴリンは脚をわずかに開いてキッチンの中央に立ち、手帳にメモをとっていた。

「今朝メールのことを訊いてたとき、ストーカー行為が始まったのは、ウィザースプーンが殺されているのを見つけた日からだと言ってたね？」デヴリンが言った。

「その日の晩からメールが届きはじめたの。ストーカー行為だとは、今日まで考えてなかったけど」グレースは両手で体を抱くようにして言った。「今まではただのメールだと思ってた。今朝話したとおり、あからさまな脅迫メールじゃなかったから。ウィザースプーンさんの娘が送ってきているんだとばかり思ってたわ。でも彼女にネズミの死骸が扱えるとは思えない」

カウンターにもたれて胸の前で腕を組んでいるジュリアスが首を横に振った。口に出しては何も言わなかったが、言う必要もなかった。彼が何を考えているのか、グレースにははっきりわかったからだ。彼がそう思うのも無理はないのかもしれない。わたしはやはり世間知らずなのかもしれないと、グレースは思った。

「ジュリアスの言うとおり、この件によって、きみはストーカー行為を受けていることが明らかになった」デヴリンは警察の仕事に従事しているときの実務的な口調で言った。「ウィザースプーンの娘とはどういう関係なんだい？」

グレースはナイラとの関係をデヴリンに説明したが、そのほとんどは今朝すでに話したことだった。

「だいたいこんなところよ」グレースは説明を終えた。「ナイラは今日ここに来て、わたしがウィザースプーン・ウェイから横領したと彼女が思ってるお金を返すよう、要求してきたわ。わたしが父親のお金を盗んで、殺したと思ってるけど、お金を返せば、そのことは黙ってると言ってきたの。ジュリアスが来たのを見て、ナイラは帰った。そのあと冷蔵庫にネズミの死骸が入ってるのを見つけたというわけ」

「ウォッカのボトルも」ジュリアスが冷静な声でグレースに指摘した。

グレースは唇をきつく引き結んだ。「ええ、そうね。しかも、デヴリン、訊かれる前に言っておくけど、ウィザースプーンさんの寝室にあったものと同じ銘柄だったわ」

デヴリンはグレースをまじまじと見つめた。「ウォッカが事件となんの関係があるんだ？」

「わからない」グレースは言った。「でも、わたしが廃墟となった精神科病院の地下室でトレーガーの奥さんの死体を発見したとき、その場にアルコール飲料のボトルがあったの。

ウォッカだった。銘柄はわからなかったけど、ウィザースプーンさんの寝室にあったものや冷蔵庫に入ってたものと同じ、緑と金色のラベルが貼ってあったと思う。トレーガーの奥さんの死体とマークを見つけた日、わたしはそのボトルで――」

グレースはそこで言葉を切った。誰も彼女に代わってそのあとを続けようとはしなかった。

デヴリンは眉をひそめた。「つまり〈クラウドレイク・イン〉の地下室にボトルがあったということだね？」

「当時、アイリーンもわたしもこの町のみんなも、あそこのことは精神科病院と呼んでたの」グレースは言った。「もともとは精神疾患を持つ人のための病院だったから」

「アイリーンから聞いたけど、きみは十代のとき、あそこで殺人事件に出くわしたんだったよね」デヴリンは言った。

「十六歳のときよ」グレースは言った。

今夜はまた悪夢に襲われるにちがいないと思った。絶対そうなるだろう。寝ないほうがいいのかもしれない。最悪だ。

「記録によると、事件当日、トレーガーは昼食をとりに家に帰ったようだ」デヴリンは手帳に目を落とした。「妻と喧嘩になり、正午ごろに殺したらしい。子どもがそれを見ていた。子どもの話では、トレーガーは死体をビニールにくるんでトラックに載せた。死体を処分するまで、どこかに隠しておかなければならなかったんだ。それに目撃者である子どもをどうにかしなければならなかった。それで死体といっしょに子どもを〈クラウドレイク・イン〉——精神科病院に連れていって、地下室に隠した。暗くなってからでないと死体を処分することはできなかったんだ」

「仕事に戻らなきゃならなかったし」グレースは言った。

「死体を湖の深いところに沈めるためにボートを調達しなきゃならなかったのかもしれない」ジュリアスが言った。

デヴリンは手帳から目を上げた。「トレーガーは釣りに使う船外モーターつきのボートを持っていて、冬のあいだはガレージに入れていた。暗くなってから、それを湖まで運ぶつもりだったんだろう。精神科病院から湖に出るつもりだったのかもしれない。あそこには古い桟橋があるから」

「でも暗くなるまで待てなかったのね」グレースは言った。

「人殺しに共通する問題だ」デヴリンは説明した。「犯人は犯行現場に戻ると昔から言われてるが、まさにそうだ。そうせずにはいられないんだよ」

ジュリアスがうなずいた。「何かへまをしなかったか、戻ってたしかめずにはいられないんだ」

「トレーガーの場合は、午後、現場に戻って、グレースが子どもといるのを見つけた」デヴリンが言った。

「マーク・ラムショーよ」グレースは言って、膝のうえで両手をきつく握りしめた。「トレーガーの奥さんは、マークの母親が働いてるあいだ、ときどき彼の面倒を見てたの。トレーガーは奥さんが家の外で働くのは許さなかったけど、マークの面倒を見て、小銭を稼ぐのは許してたのよ。マークは六歳になったばかりだった」

「どうしてトレーガーはその子を生かしたまま地下室に置いていったんだろう？」ジュリアスが尋ねた。

「事故に見せかけて殺したかったからだと考えられている」デヴリンは言った。「子どもの首を絞めたり、頭を殴ったりしたら、溺死したのではないということが解剖で明らかになるかもしれないからね」

「妻の死はどう説明するつもりだったんだ？」ジュリアスは訊いた。

「捜査にあたった者たちは、現場にウォッカと睡眠薬があったことから、トレーガーは妻を自殺に見せかけようとしたと結論づけた。睡眠薬とウォッカを飲んで、家のボートで湖に出て、身を投げたと。よくあることだ」

「殺したときのけがは？」ジュリアスが重ねて訊いた。

デヴリンは肩をすくめた。「今となっては推測するしかないが、妻は階段から落ちてけがをしたと何人ものろくでなしが真顔で言うのを聞いたことがある」

グレースはデヴリンを見た。「トレーガー事件について調べたのね？」

「ウィザースプーンが殺されてすぐにね」デヴリンは言った。申し訳なく思っているようには聞こえなかった。「すまない、グレース。きみはアイリーンの親友だ。きみの過去をちゃんと調べておかなければならないと思ったんだ」

グレースはため息をついた。「気持ちはわかるわ」

ジュリアスが、椅子に座るグレースの背後に来て、片方の手を肩に置いた。彼に触れられると気持ちが楽になった。安心できるような気がした。

デヴリンは手帳に目を戻した。「きみが子どもと逃げようとしたらトレーガーが来て、もみ合いになり、トレーガーは地下室の階段から落ちて、首の骨を折った。きみはマークを連れて逃げ出した。母親も姉も家にいなかったので、アグネス・ギルロイの家に行って助けを求めた。ギルロイはきみたちを家のなかに入れて、警察に通報した。ギルロイの供述によると、きみの服には血がたくさんついていて、最初、彼女はきみの血だと思った」

「トレーガーの血よ」グレースは膝のうえで握りしめた手を見つめた。「ウォッカのボトルで反撃したの。マークのあとを追って階段をのぼろうとしたら、トレーガーが追ってきて、Gジャンをつかまれた。わたしは手すりでボトルを叩き割って振り返り……ぎざぎざの縁でトレーガーを切りつけたの。血が……たくさん出たわ」

グレースの肩をつかむジュリアスの手に力がこもった。グレースは黙りこんだ。少しのあいだ、誰も話そうとしなかった。

今夜はまちがいなく、ひどい悪夢に襲われそうだ。

ジュリアスがデヴリンに目を向けた。「おまえのほうからシアトル警察に連絡をとってもらいたいんだが。アークライト・ベンチャーズは経済の専門家としての立場からの捜査協力を申し出る」

デヴリンは一瞬考えてからうなずいた。「おまえの要望を聞かせてくれ。シアトル警察と話をつける」そう言って、グレースに向き直る。「すまない、グレース。きみをまたこんな目にあわせて悪いと思ってる。でも、いったい何が起こってるのか突き止めなきゃならないんだ。きみのボスが殺されて、何者かがきみをストーカーしている。多額の金の行方もわからない。すべてが大きな一枚の絵を形づくってるようだが、どのピースもぴったりとはまらない」

グレースは力なくうなずいた。「いいの。わかってるから。あなたは情報を集める必要がある」

しばらくのあいだ、誰も何も言わなかった。

「ほかに何かないか?」ようやくデヴリンが言った。「思いついたことがあったら言ってくれ」

グレースは冷蔵庫を見た。とたんに激しい嫌悪感がわいてきて、目をそむけた。

「ネズミに関してだけいえば、ナイラがいちばん怪しく見えるわよね。だけど、さっきも言ったように、わたしにはナイラが動物の死骸を扱ってるところが想像できないの。ましてやネズミなんて。でも、それを言うなら、そもそもネズミの死骸をお皿にのせて冷蔵庫に入れる人がいること自体、信じられないから」いったん言葉を切って続ける。「まあ、研究所ならそういうこともあるのかもしれないけど。ネズミを実験に使うことも多いみたいだから」

「あれは実験用のネズミじゃなかった」ジュリアスが言った。「野生のネズミだ」

グレースは目をうえに向けて、ジュリアスの顔を見た。「つまり科学者や研究所の職員は容疑者から外せるってことね。あいにく研究所自体、このあたりにはないけど」

「容疑者は絞れないってことだな」ジュリアスは静かに言った。

「ああ」デヴリンは手帳を閉じた。「シアトル警察に電話して、メールの件を担当してる刑事と話してみるよ。情報をすり合わせれば、容疑者が浮かんでくるかもしれない」

「ありがとう」グレースは言って、ポジティブかつ熱意に満ちた表情を浮かべようとしたが、ふたりの顔を見るかぎりでは、うまくいっていないようだった。

「礼を言うのはまだ早い」デヴリンは上着のポケットに手帳をしまった。「これからどうするつもりなんだ？」

グレースは犯罪に用いられた冷蔵庫を悲しい思いで見つめた。「冷蔵庫のなかのものを全部捨てて、新しい冷蔵庫を買いにいくわ」

デヴリンは冷蔵庫に目を向けた。「まだ新しいように見えるけど」

「母があの冷蔵庫を買ってから、まだ一年も経ってないの」グレースは言った。「保証期間中だと思うけど、もう二度とあのなかに食べものを入れたくない」

「なかのものを捨てたい気持ちはわかるけど、冷蔵庫はこのまま使ってもいいんじゃないか?」デヴリンは言った。

グレースの肩をつかむジュリアスの手に、ふたたび力がこもった。「なかのものを捨てるのを手伝うよ。それがすんだら新しい冷蔵庫を買いにいこう」

14

ジュリアスは売り場にずらりと並ぶ新品の冷蔵庫を眺めた。まるで武器商人のショールームに足を踏み入れたようだ。光沢のある硬い表面はハイテク兵器を思わせた。

「冷蔵庫にこんなにたくさん種類があるなんて知らなかったよ」ジュリアスは言った。

グレースが、ネズミの死骸とウォッカのボトルを見つけて以来初めて愉快そうに微笑んだ。その弱々しい笑顔を見た瞬間、自分でも驚いたことに、ジュリアスはほっとした。

デヴの質問に気丈に答えるグレースを見ているのは、これまでに経験したどんなことよりもつらかった。誰からも質問されず、つらい過去も忘れられる安全な場所に、グレースを連れ去りたくなった。ティーンエイジャーだったグレースが自分を殺そうとした男の血にまみれている姿が、今も脳裏から離れない。

「これまでにこの手の買いものをしたことがないのね」グレースが言った。

「ああ」ジュリアスは認めた。「シアトルにあるマンションの家電はインテリア・コーディネーターが選んでくれたし、ハーレーから買った家には必要なものはみんなそろってて、冷蔵庫もあった」

冷蔵庫を買うというのは、自分が考えつく〝普通とはちがう二度目のデート〟のなかでも、いちばん変わったものだとジュリアスは思った。

「いっしょに来ることはなかったのに」グレースは言った。「ほんと、来る必要はなかったわ」

「いや、あったね」ジュリアスは言って、ふたりのほうに近づいてくる店員に目を向けた。

「でも、たしかにここではなんの役にも立たなさそうだ。どんな冷蔵庫がいいか決まってるのかい?」

「母が買ったのと同じ型の最新版が欲しいと言えばいいのよ」グレースはため息をついた。

「貯金がだいぶ減ることになるけど」

ジュリアスは自分が買うと言おうかと思ったが、やめておいた。断られるのは目に見えていた。

グレースはジュリアスを横目で見た。「ありがとう」

「何が?」

「冷蔵庫を買い替えなきゃならないことを理解してくれて」

「そう思うのも無理はないから」

庫内をいくら拭こうが消毒しようが、そこにネズミの死骸があったことを忘れることはできない。

「わかってくれるのね。本当にありがとう」

「だからといって、今の冷蔵庫を売っちゃだめだということにはならない。きっと何百ドルかにはなるぞ」

グレースはまた微笑んだ。「たしかにそうね。売れるまで裏のポーチに出しておくわ」

「今日じゅうに新しい冷蔵庫を届けてもらうのは無理なんじゃないかな」ジュリアスは言った。「もう五時近い。夕食はどこかに食べにいかないか？」

グレースはためらった。「ありがとう。でも食べにいく気になれないの。帰りに何か買って、家で食べるわ」

「いいね」

グレースの目がジュリアスに向けられる。「あなたもうちで食べるってこと？」

「ランチを食べられなかったんだよ」

「わたしだって相談にのってもらえなかったわ」

「今夜はひとりになりたくないだろう？　あんなことがあったあとなんだから。よかったら、ぼくもきみの家で夕食を食べさせてもらえないか？」

「わたしはベジタリアンよ」グレースは警告した。

「それぐらいなら我慢できる」

グレースは少し考えてからうなずいた。「わかったわ。ありがとう。あなたって親切なのね。わたしがひとりにならないよう気を遣ってくれて」

「ぼくは親切なことでは知られてない」

「じゃあ、なんで知られているの？」

店員がふたりのまわりをうろつきはじめた。「お金を稼ぐのが得意なことで」

「すばらしい才能ね」グレースは目をおもしろそうに輝かせて言った。「その才能を手にできるなら何を差し出してもかまわないと、たいていの人は思ってるわ」

気づくと店員がすぐ近くまで来ていた。

「ねえ」ジュリアスは言った。「ぼくには投資の才能はあるけど、冷蔵庫を買うことに関する知識は小さなショットグラスにも満たない」

「大丈夫よ」グレースは言って、店員の前に進み出た。「その知識ならわたしが持ってるから」

15

六時半には、ふたりはグレースの家のキッチンに戻っていた。店員は新しい冷蔵庫の配達をできるだけ急がせると約束した。ジュリアスは、グレースが町のグルメ食料品店で夕食の品を買うあいだに選んだコロンビアヴァレーのシラー種のワインの栓を開けていた。

キッチンに立ってこうしたことをするのは、本来ならとてもくつろげ、安らぎを感じるものだろうが、股間に熱い欲望がくすぶっていてはそうもいかなかった。どうにも落ちつかない気分だった。まるで安全ネットなしで綱渡りをしているようなものだ。今度こそ、へまするなよ、アークライト。

この状況における性的な面をコントロールできるぐらいには年もとっているし、経験も積んでいるはずだった。だが、うまく説明できないが、グレースといるとこれまでに感じたことのない気持ちになる。その気持ちをどうすればいいのかわからなかったが、ひとつのことだけははっきりしていた。グレースとのあいだに起こっていることがなんなのかわかるまで、できるだけ彼女のそばにいたい。

ふたつのグラスにワインを注いで向きを変えると、グレースがオーブンのドアを閉めるために身をかがめるのが見えた。ジーンズにゆったりした濃いブルーのセーターという、朝会ったときのままの恰好だ。ジュリアスは、ジーンズに包まれた、いい感じに丸みを帯びたヒップに見とれた。

グレースはオーブンのドアを閉めて身を起こし、琥珀色の髪を手で耳にかけた。グレースの眉がかすかにひそめられるのを見て、彼に見られていることに彼女が気づいていたのがわかった。

「何?」グレースが尋ねた。

「いや、別に」ジュリアスはワインの入ったグラスを渡した。「飲めよ。あくまでも薬として」

「そうね」グレースは言って、ワインをごくりと飲み、木の椅子に腰をおろした。「ありがとう。ちょうど飲みたかったの」

ジュリアスはグレースと向かい合って座った。「きみの人生は波乱に富んでいるね、ミス・エランド」

「たしかに、ここ最近、わたしの人生は普通じゃなくなってるわ」グレースはまたワインを飲んだ。

「今の状況にぴったりのウィザースプーン流のアファメーションはないのかい?」

グレースは少し考えてから、首を横に振った。「ないわ。必死に考えれば思いつくかもしれないけど」

「じゃあ、ポジティブに考えればすべてうまくいくとか、ウィザースプーン流のアファメーションの力を信じるのとは別に、ときには現実を見ることも必要だと認めるんだね？」

「まあ、そうね」

「よかった」ジュリアスはグラスを掲げて敬礼した。「夕食はなんだい？」

「豆腐の串焼き《サテ》と海藻サラダよ」グレースは椅子の背にもたれて脚を伸ばし、目を閉じた。

「そう聞いて興奮したでしょ」

「ぼくの好物だ」ジュリアスは断言した。

グレースは目を開けて、おもしろがっているような顔をした。「警告したわよね」

「そのメニューでなんの問題もないよ。それはそうと、なんやかんやあって、ぼくが今日の午後に訊いたことに、まだ答えてもらってないよね」

忘れたふりをされるかもしれないと思ったが、少し誠実すぎるぐらいのグレースがそんなことをするはずもなかった。

「本当に明日の晩つきあってくれる人が必要なの？」グレースは尋ねた。

ジュリアスは片方の手をわずかに動かした。「もちろん、ひとりでもなんとかなる。これが初めてじゃないからね。でも、できればぼくと並んで主賓のテーブルについてもらいたい。

その手のイベントで会話をするのがいやなんだ。ぼくも含めて、誰もおもしろいことを言わないからね。もっとも、イベントの性質を考えれば、同じテーブルを囲む十人の人たちと意味のある会話ができると思うほうが無理があるけど。それに明日の晩は余興もある。〝最低最悪のスピーチ〟として広く知られてるものを聞ける」

グレースがぷっと吹き出し、グラスのなかのワインが大きく波打った。

「最悪になるって、どうして決めつけてるの？」笑いがおさまると、グレースは尋ねた。

「ぼくのスピーチかい？　そうなるに決まってるからだ」

グレースはジュリアスの表情をうかがった。「どうしてそう言い切れるの？」

「これまでの経験からだよ」

グレースは考えこむような顔になって、ジュリアスを見つめた。「前にもしたことがあるスピーチなの？」

「この数年で、同じようなスピーチを数え切れないぐらいした。投資家のグループや企業家の協会やなんかに呼ばれるんだ。ＭＢＡのクラスで話すよう頼まれることもある。どうして同じところから何度も呼ばれるのかわからないよ。ぼくは人前で話すのが得意じゃないのに。嘘じゃない」

グレースはグラスを置いて、テーブルのうえで腕を組んだ。「聞かせて」

「何を？」

「スピーチよ。明日の晩、話そうと思ってることを話してみて」

彼女が真剣に言っていることに、ジュリアスは気づいた。

「忘れてくれ。今夜は〝最低最悪のスピーチ〟なんて絶対にしたくない」

「取引をしましょう。明日の晩、わたしにそのビジネスディナー兼チャリティーオークションとやらに出席してほしいなら、今ここで、あなたのスピーチを聞かせてちょうだい」

ジュリアスは、グレースが本気で言っているのかどうかたしかめようとして彼女の顔を見つめたが、その目はあくまでも真剣だった。

「どうして聞きたいんだい？」

「純粋な好奇心からよ」

少し考えてから言った。「スピーチの原稿を読ませるよ。それでいいだろう？　きみが半分も読まずにやめることに二十ドル賭ける」

「二十ドル？」グレースはにやりとした。「あなたはもっと大きなお金で勝負してるものだとばかり思ってた」

「二十ドルで足りないなら二万ドルでもいい」ジュリアスは肩をすくめた。「どちらでも変わらない」

「あなたはつくづくお金に飽きてるのね。でも、あなたの言うとおりよ。いくら賭けるかは関係ない。賭けは賭けだわ。わたしは二万ドルは賭けられないから二十ドルにして。原稿はどこ?」

「ネット上に保存してる。本当に読みたいなら、きみのパソコンで読めるようにするけど」

「本当に読みたいわ」グレースは言った。

ジュリアスはうなった。「いいだろう。すぐに読むのがいやになるはずだ。パソコンを立ちあげて、二十ドル用意してくれ。言っておくが、つけはきかないぞ。現金払いのみだ」

「わかったわ」

グレースは立ちあがって、居間に姿を消した。戻ってきたときには、ノートパソコンに加えてレポート用紙とペンも持っていた。グレースはノートパソコンをジュリアスの前に置いた。

ジュリアスは仕方なくネットに接続して〝最低最悪のスピーチ〟をダウンロードすると、何も言わずに画面をグレースのほうに向けて、彼女が読めるようにした。

グレースは口笛を吹いた。「データが多いわね」

「ビジネスに関するスピーチだからね」

グレースはジュリアスが不安になるほど集中して読みはじめた。

「それは〝アメリカの最高の小説〟じゃないよ」ジュリアスは警告した。

「〝アメリカの最高の小説〟なんてものは存在しないわ」グレースはうわの空で言った。「この国はとても大きくて、住んでいる人の考え方もさまざまなんだから、すばらしい本がたった一冊だけなんてことはありえない。すばらしい本はたくさんあるし、この先も書かれるはずよ。芸術は日々生み出されるものなの」

いい返事が思いつかなかったので、ジュリアスはワインのお代わりを注いで椅子の背に身を預け、賭けの決着がつくのを待った。

読んでいる途中でグレースがレポート用紙とペンに手を伸ばし、ジュリアスはひどく不安になった。〝最低最悪のスピーチ〟はそこまでひどいのだろうか。まあでも、これでグレースは明日の晩、いっしょに来てくれる。そう思うとうれしくなって、ジュリアスはいっそう深く椅子に腰かけた。シアトルのマンションでグレースとひと晩いっしょに過ごしている自分を思い描く。イベントが終わるのはだいぶ遅い時間のはずだ。クラウドレイクまで車で一時間かかる。マンションに泊まって、こちらには次の日の朝帰ってくるほうが自然というものだ。

グレースが〝最低最悪のスピーチ〟を読みすすめるにつれて、ジュリアスの想像もふくらんでいった。彼のマンションに泊まることをグレースに提案するにあたっての戦略を練っていると、彼女がようやく画面から目を上げて、ワインが入ったグラスに手を伸ばした。

「なるほどね」グレースは言った。「このスピーチはすばらしいスピーチになる可能性を秘めてなくもないわ」

ジュリアスは左右の眉を吊りあげた。「そうかな」

「長すぎるし、事実や数字が多すぎる。正式なビジネスの会合でのプレゼンとしてならいいかもしれないけど、あくまでもディナーのあとのスピーチなんでしょ？」

「だから？」

「言ってたわよね？　ビジネスにおける決断は、いつも感情に基づいて下されるって。ディナーのあとのスピーチこそ感情に基づいてなされるべきよ。ううん、すべてのスピーチがそう」

ジュリアスはまごついた顔でグレースを見た。「感情？」

「そう。でも、このスピーチにも望みはあるわ。ここに語られているこまごましたことの背後にある感情に訴える部分に焦点を絞れば、明日の晩、あなたはすばらしいスピーチができる」

「自分の限界はわかってる。ぼくはお金を稼ぐことではすばらしい手腕を発揮するが、スピーチでは無理だ」ジュリアスはグレースのレポート用紙をちらりと見た。「感情に訴える部分に焦点を絞るというのはどういうことだい？」

「スピーチを聞いている側は事実や数字は覚えていないという調査結果があるの。覚えているのは、スピーチによってもたらされた感情だけなんですって」グレースは言った。「現在の投資環境についてのスピーチには、感情に訴える部分をそれほど盛りこめるとは思えないから、ひとつに絞りましょう」

ジュリアスはいぶかしげに目を細めた。「このスピーチには感情に訴える部分なんてひとつもないんじゃないかな」

グレースはおつにすました笑みを浮かべ、ペンの先で自分が書いたメモの一部を指した。

「ここにあるわ。あなたを導いてくれた人について語った部分」

「導いてくれた人?」ジュリアスは言葉を切った。「海兵隊をやめたあと雇ってくれた人のことかい?」

「あなたはその人にチャンスをもらい、会計記録や損益計算書の読み方を教わったと言ってる」

ジュリアスはゆっくり笑顔になった。話題が〝最低最悪のスピーチ〟のことになって初めて愉快な気分になっていた。

「ぼくの最初の雇用主は海兵隊だった。そういう人間が一般社会で仕事に就き、新たな人生を始めるのは簡単なことではないと、彼はわかってたんだ。ぼくみたいに限られたスキルしか持たない人間ならなおさらだ。ぼくは彼に運転手として雇われて、彼が後部座席でするビジネスに関する会話からたくさんのことを学んだ。そして、ついには彼の〝片づけ屋〟になった」

グレースは目を興味深そうに輝かせた。「何を片づけてたの?」

「彼を困らせてるさまざまな問題だよ。仕事は多岐にわたった」

グレースは人差し指でテーブルを軽く叩きながら考えこんだ。

「その仕事の呼び方は変えたほうがいいわね」彼女は言った。「片づけ屋じゃちょっと裏社会のにおいがするもの。ギャングのボスや堕落した政府の役人が片づけ屋を使うのよ」

ジュリアスはグラスの縁越しにグレースを見つめた。「何かいい言葉があるのかい？」

「エグゼクティブ・アシスタントでいいと思うわ。片づけ屋と同じで、その仕事は多岐にわたってる」グレースは満足そうに小さく微笑んだ。「好奇心から訊くんだけど、どういう経緯で彼の運転手になったの？」

「会社の人事部に履歴書を送ったんだけどなんの音沙汰もなかったから、直接社長室に行って、ドアの前で一日じゅう座ってたんだ。毎日そうしていたら、社長室に出入りするたびにぼくの顔を見なきゃならないことにうんざりしたのか、一週間後に社長が面接してくれた」

グレースはぱっと顔を輝かせた。

「それよ」目をきらきらさせて言う。「そのエピソードに決まり。気に入ったわ。きっと聞いてる人たちを感動させられる」

「そうかな」

「こう言うのよ。どうかまわりを見まわして、昔ながらの方法ではドアのなかに足を踏み入れられない人間を少なくともひとりは見つけ、わたしを導いてくれた人がそうしてくれたように、ドアをもう少しだけ大きく開けてあげてくださいって」

背筋がぞくりとした。「モチベーションアップの方法を説く講師みたいなことを言えというのか?」

「そう考えてもらってもいいわ」

「どうかしてる」ジュリアスはひとつひとつの言葉をはっきり口にして言った。「明日の晩ぼくのスピーチを聞くのは、ビジネスにかかわってる人たちと、その大事な人たちだ。モチベーションアップ・セミナーの受講者じゃない」

「聞き手には変わらないわ。聞いている人たちの感情に訴えるのよ。自分はいい人間なんだと思わせること。彼らのなかにいる天使を目覚めさせるの」

「明日の晩、会場にいる天使をみんな集めたとしても、このなかの何人が画びょうの頭で踊れるだろうと頭を悩ませることにはならないはずだ。そもそも天使なんかひとりもいないだろう。その点においては、ぼくを信じてもらっていい」

「それはどうかしら」グレースは言った。「たしかに、自分のことしか考えてないナルシストも何人かはいるだろうし、統計学的に見れば、反社会的人間も何人かいると思う。暴力的なタイプじゃないことを祈るわ。でも、ほとんどは、自分はいい人間だと思いたがってる人たちだと思うの。あなたは彼らのいい部分に気づかせてあげればいいのよ」

「そして自分はいい人間だと思わせるのか?」

「というか、それぞれの自尊心に訴えるのね。ひとりひとりの名誉にかかわる問題だと気づかせるの」

「ぼくのスピーチを聞くのはビジネスにかかわってる人たちなんだぞ、グレース。彼らが気にしてるのは収益や損失だけだ」

「ビジネスをしてる人たちにとって、そうしたことが大事なのはわかるわ」グレースは寛容な態度を示して言った。「それにお金を稼ぐのし。でも名誉を稼ぐのは、ちっとも悪いことじゃない。あなたはお金を稼ぐのがとてもうまいみたいだだし。でも名誉も大事なはずよ。あなたのスピーチを聞く人たちのなかにも、名誉を重んじる人がたくさんいるはず。何はともあれ、彼らには遺産を残せる可能性があることに気づかせるの。彼らが導いてあげる人たちが、その遺産よ」

「ぼくが名誉を重んじてるなんて、どうしてわかるんだい?」

グレースはにっこりした。「あなたは海兵隊員だもの。一度、海兵隊に忠誠を誓った者は死ぬまで海兵隊員だって、誰でも知ってるわ」

ジュリアスはどう答えればいいのかわからなかったので、レポート用紙に目を落とした。

「きみは理想郷に住んでるみたいだね。きみが言うようなスピーチなんて、どう始めたらいいのかさえわからないよ」

「あなたの個人的な体験から始めましょう。のちに、あなたを導いてくれることになる人の下で働くことになった経緯を話すの。わたしを信用して、言うとおりにして。ウィザースプーンさんがセミナーで話す内容も、いつもわたしがいっしょに考えてたのよ。自分が何をすればいいのかはわかってる。スピーチを聞いている人たちを夢中にさせられるはずよ」

「心温まるスピーチをしたあと、どうやって終わらせればいいんだい？」

「海兵隊と同じように考えてみて。聞いている人たちに任務を与えて、それを遂行するように言うの。スピーチが終わるころには、みんな自分はすばらしい人間だと思ってるはずよ。それが肝心なことなの」

ジュリアスは何も言わずにグレースをまじまじと見た。

「どうしてそんなに海兵隊に詳しいんだい？」しばらくして尋ねた。

「父が海兵隊員だったの」グレースはかすかに微笑んだ。「わたしが赤ん坊だったとき、乗ってたヘリコプターが墜落して死んだわ。父のことを直接知る機会はなかったけど、母が父の話をたくさんしてくれたから。それで、いろいろ知ってるの」

ジュリアスは少しのあいだ物思いにふけった。

「わかったよ」彼は言った。「きみの言うとおりにやってみる。言っておくけど、もとの〝最低最悪のスピーチ〟をしたときより、悲惨なことになるかもしれないぞ。ぼくはモチベーションをアップさせるスピーチなんて、まったく得意じゃないから」

「やる気になったのね。その意気よ。悪い予想なんかしないで、ポジティブに考えて」

「実際、ひとついいこともある」

「なんなの？」

ジュリアスはゆっくり笑みを浮かべた。「スピーチが大失敗に終わるのを、きみはその目で見ることになるんだ。〝ほら、ぼくの言ったとおりだったろう〟と言ってやれる。誰もが言う側になりたいと思ってる言葉だろう？」

「わたしの言ったとおりに書き直せば、きっとうまくいくわよ」グレースは立ちあがってオーブンのほうに向かった。「それはそうと、海兵隊をやめたあなたに初めて仕事をくれた人の名前を聞いてなかったわね。あなたを導いてくれた人よ」

「ハーレー・モントーヤだ」

「ハーレー？」グレースは驚いた声で言って、くるりと振り返った。「あなたのお隣さんの？　あなたのクラウドレイクの家のもとの持ち主の？」

「そのハーレーだよ」

グレースはにっこり微笑んだ。「すてき《スイート》だわ」

「ハーレーを知る人が彼がどんな人間なのか説明しようとしたとき、真っ先に頭に浮かぶ言葉は、スイートじゃないだろうけどね」

16

ふたりは九時過ぎまでかけて〝最低最悪のスピーチ〟を書き直した。途中、休憩にして豆腐サテと海藻サラダを食べたが、どちらも驚くほどおいしいとジュリアスは思った。少なくともグレースがテーブルの向かい側に座っているときには。

「これでいいと思うわ」グレースは言って、原稿をパソコンに保存した。「みんな気に入るわよ」

ジュリアスはレポート用紙に書いたメモに目を落とした。「気に入られるかどうかわからないが、ぼくが話すとみんなが思ってる内容じゃないのはたしかだ」

「聞いている人たちの注意を引くには驚かせるのがいちばんよ」グレースは立ちあがった。「ちょっと体を動かしたいわ。雨もやんだことだし、散歩にいかない？」

ジュリアスは窓の外を眺めた。「外は寒い」

「それほど寒くないわ」

「それに暗い」

「月が出てるし、遊歩道には街灯もある。念のために懐中電灯を持っていけばいいわ」

月明かりのもとグレースと散歩するのが、ふいにすばらしい考えのように思えてきた。そうすればもう少し彼女といっしょにいられるし、明日の晩、ふたりでシアトルの彼のマンションに泊まるという壮大な計画を披露する方法を思いつくかもしれない。

すでに気分がよくなってきた。ポジティブに考えればすべてうまくいくというばかげた考え方にも一理あるのかもしれない。

「きみの言うとおりだ」ジュリアスは言った。「ずっとパソコンの前でスピーチを考えてたんだから、体を動かしたほうがいいかもしれないな」

グレースはそれを着ると赤ずきんちゃんみたいに見えるジャケットを着て、ジュリアスは椅子の背にかけておいた革ジャケットを着た。ふたりは裏のポーチに出て、グレースがドアの鍵をかけた。

夜の空気は冷たかった。湖のほとりに出ると、ジュリアスはグレースが次の一歩を踏み出すのを待った。右に行けば町に出て、公営のマリーナに突き当たる。左に行けば、遊歩道は彼の家の前を通って、夜のとばりと木々に覆い隠されている廃墟となった精神科病院へと続く。

グレースが町の明かりのほうに歩きはじめてもジュリアスは少しも驚かず、彼女と並んで歩きだした。しばらくのあいだ、ふたりは心地よい沈黙のなか歩きつづけた。少なくともジュリアスは沈黙を心地よく感じた。銀色の月の光が湖面を輝かせ、遊歩道につらなる低い街灯が幻想的な光を投げかける。懐中電灯をつける必要はなかった。

「〝最低最悪のスピーチ〟を手直ししてくれてありがとう」しばらく歩いてから、ジュリアスは言った。

「どういたしまして。それはそうと、あなたはわたしに二十ドルの借りがあるのよ」

「踏み倒したりしないよ」

「冷蔵庫を買い替えずにはいられない気持ちを理解してくれてありがとう」グレースはいったん言葉を切ってから続けた。「貸し借りはなしね」

「貸し借りはなし？」

「好意を受けたら好意で返すということ」

「ああ、なるほどね。わかったよ」ジュリアスは足を止めた。「好意を受けたままでいるのがいやなのかい？　それとも相手がぼくだから？」

グレースも立ち止まった。「そういうわけじゃないわ。いいえ、もしかしたらそうなのかもしれない。まだ、よくわからないんだけど」

「そんなんじゃ答えになってないよ」

「わたしのことを暇つぶしの道具みたいに思ってほしくないの」

ジュリアスはグレースが言ったことの意味を理解しようとしたが、できなかった。

「なんだって？」

「聞こえたでしょ」グレースは首をめぐらせてジュリアスを見た。顔がジャケットのフードの陰になっていて、目の表情は読めなかった。「あなたは退屈してるだけなのよ。わたしが今抱えてる問題に首を突っこめばいい気晴らしになるなんて、思ってほしくない」

ジュリアスはグレースを見つめた。怒りがふつふつとわいてくる。

「そんなにくだらない思いこみ、初めて聞いたよ」ジュリアスはいらだった声で言った。

「これまで男とうまくいかなかったのも無理はないな」

「なんですって?」グレースは怒って声を張りあげた。「結婚に失敗して、それ以来、ろくにデートもしていないのは、あなたのほうじゃない」

「誰がそんなことを言ったんだ?」ジュリアスは問いつめた。

「アイリーンよ。わたしの友だちの。ブラインドデートはうまくいかなかったけど、あなたをコンサルタントとして雇ったと話したら、ひどく驚いたみたいで、いろいろ話してくれたのよ。わたしにあなたのことをもっと知らせたほうがいいと思ったみたい」

「ぼくはひとりの男としてきみと向き合ってるんだ」ジュリアスはグレースの肩を両手でつかんだ。「これだけははっきりさせておく。ぼくは気晴らしがしたくて、きみの問題に首を突っこんでるんじゃない」

「そうなの?　じゃあ、どうして?」

「知るもんか」

グレースを引き寄せ、彼女が何か言う前に唇に唇を押しつけた。

ジュリアスは気晴らしになることを求めてはいなかったが、たしかに何かを求めていた。だが、それがなんであるのか自分でもわからなかったので、とりあえずはセックスということにしようと思った。相手はグレースにかぎるが。

ジュリアスにとってグレースとキスすることは、昨日の夜、彼女がデヴリンとアイリーンの家に入ってきたときから決まっていた、当然のなりゆきだった。だが、グレースは驚いたらしく、身を強ばらせた。

ジュリアスは、グレースとのあいだにある熱を取りちがえて、とんでもない過ちを犯したのだろうかと思いながら、生まれてからこれまでで最も長く感じた三秒間を過ごした。

だが心臓が四度目に打ったとき、グレースのしなやかな体に震えが走るのを感じた。グレースは手袋をした手を、ジュリアスの胸にあてた。

そしてキスを返してきた。こうするのがいいことなのかどうか迷っているような、ためらいがちなキスだ。ジュリアスは熱いキスを続けて、彼は試してみる価値のある男だとグレースに思わせようとした。

グレースはジュリアスに身を寄せ、のどの奥でせっぱつまったような小さな音を立てると、欲望と性的エネルギーに満ちたキスで応じてきた。ジュリアスの体に稲妻が走った。

ジュリアスはグレースの肩をつかんでいた手を下におろし、ジャケットのファスナーを開けた。両手をジャケットのなかに差し入れて、官能的な曲線を描くヒップをつかむ。彼のものはすでに硬く強ばっていた。グレースのすべてが五感を刺激する。グレースのにおいに目がくらみ、ゆるやかなカーブに触れていると、彼女のもっと個人的な部分に触れたくなった。

長いあいだ、誰かとつきあうことに興味を持てなかったのも無理はない。自分はこの人を待っていたのだ。今ようやく、それに気づいた。

グレースが両手をジュリアスの首にまわして自分のほうに引き寄せ、口を小さく開けた。その瞬間、ジュリアスは熱い欲望の渦にのまれた。

くぐもった携帯電話の着信音が水晶のような大気を砕いた。グレースがはっと身を強ばらせ、ジュリアスもわれに返った。

「くそっ」小さな声で言う。

グレースはジュリアスから離れて、鋭く息を吸いこんだ。

ふたりはそろってグレースのジャケットのポケットを見た。グレースがポケットからゆっくり携帯電話を出して、画面に目をやった。

「ウィザースプーンさんのアカウントからメールが届いたわ」ささやくような声で言う。

「ナイラもしつこいわね」

「それはメールを送ってくる頭のおかしい人間がナイラ・ウィザースプーンだったとしての話だ」ジュリアスの全身を激しい怒りが駆け抜けた。「今度はなんて言ってきたんだい?」

グレースはメールを開いて、そこに書いてあることを、なんの感情もこもっていない抑揚のない声で読みあげた。「〝今を心ゆくまで楽しみます。たしかなのは今だけだから〟」

「それもウィザースプーン流のアファメーションかい？」ジュリアスはそう尋ねたが、答えはすでにわかっていた。

「ええ、でも、まだ終わりじゃない」グレースの声はかすかに震えていた。「〝残り三十九時間〟」

「今日の昼間にナイラがきみに与えると言ってた四十八時間の猶予のことみたいだな」ジュリアスは言った。「見せてくれ」

グレースは何も言わずに携帯電話をジュリアスに渡した。ジュリアスはメールを調べ、本当の送り主を示す手がかりを探したが、スプレーグ・ウィザースプーンのアカウントから送られてきていることしかわからなかった。

「これではっきりした」ジュリアスは言った。「今夜は朝まできみといっしょにいる」

「なんですって？」

驚きに満ちたその言葉は勇気づけられるものではなかったが、おまえはもっと難しい交渉もまとめたことがあるじゃないかと、ジュリアスは自分に言い聞かせた。

「ナイラ・ウィザースプーンなのか、ほかの誰かなのかわからないが、彼女の死んだ父親の名前をかたってメールを送ってきてる人間は、きみをとことん怖がらせようとしてるみたいだ。夜にきみをひとりにしてはいけないと思う」

「ジュリアス、心配してくれてありがとう」グレースは真剣な表情で言った。「でも、あなたの知らないことがあるの。わたしは眠りが深いほうじゃないのよ。ストレスを感じてるときは、特にそう。それに悪夢も見る。最近は特によく見るわ。それで夜中に起きあがって家のなかを歩きまわることもあるの。気味が悪いって言われるわ」

「誰に？」

「そういうことまで話したくはないんだけど」

「わかったよ。でも、ぼくはきみが夜中に家のなかを歩きまわっても平気だ。ぼく自身、ときどきそうするから」

グレースは納得していない顔でジュリアスを見た。「そうなの？」

「ああ」ジュリアスは言った。「そうなんだ。ぼくの家に寄ってから、きみの家に帰ろう。取ってくるものがある」

グレースは人差し指を立てた。「ひとつははっきりさせておきたいんだけど、わたしの家に泊まるなら、客用寝室で寝てもらうわよ」

「わかったよ」

ジュリアスはグレースが歩きだすのを待ったが、彼女はどちらに向かえばいいのかわからないようだったので、彼女の腕を取って、遊歩道を引き返した。

17

ふたりはグレースの家とアグネス・ギルロイの家の前を通り、小さな入り江を通り過ぎてジュリアスの家に着いた。

ジュリアスは裏のポーチの階段をのぼってキッチンのドアを開け、明かりをつけると、脇にどいてグレースを先に家のなかに入らせた。グレースはわくわくしながらキッチンに足を踏み入れた。好奇心でいっぱいだった。

グレースの考えでは、キッチンはとても私的な空間だ。キッチンを見れば、そこを使っている人間について多くのことがわかる。ジュリアスの家のキッチンはレトロな雰囲気をかもし出していた。古い家電や食器棚やタイル貼りのカウンタートップを見ていると、過去にタイムスリップしたような気分になる。けれども旧式のガスレンジやクロームメッキのトースターから年代もののコーヒーメーカーまで、どれも清潔に保たれ、修理がなされていて、今でも使われていることはまちがいなかった。

海兵隊員のキッチンね、とグレースは思い、笑みが浮かびそうになるのをこらえた。電気コードはきちんと束ねられ、キャニスターは背の低いものから高いものへと、はねよけのカバーの前に一列に並べられている。塩入れとコショウひきでさえ気をつけの姿勢で立っているように見えた。シアトルにあるジュリアスのオフィスとマンションのなかも、ここと同じように規律と秩序が保たれているのだろう。

「髭剃りとか必要なものをバッグに入れてくるよ」ジュリアスは言った。「ここで待ってて。そんなに長くかからないから」

グレースはキッチンのなかをゆっくり歩きまわりながら、そこから受ける印象を心にとめた。あらゆるものがジュリアスの秘密を明かしてくれる。彼がひとりで生活することを覚えてから、かなり経つようだ。

ジュリアスがキッチンの入口にふたたび姿を現した。手に黒い革のダッフルバッグを持っている。

「さあ行こう」ジュリアスは言った。

グレースはジュリアスを見た。「もう一度言うけど、朝までわたしのお守りをしてくれる必要はないのよ。親切にしてくれて、ありがたいと思ってるけど——」

ジュリアスはわずかに二歩、大またで歩いてグレースの前に来ると、つべこべ言うなとばかりに唇にキスして、彼女を黙らせた。ジュリアスが顔を上げると、目に謎めいた表情が浮かんでいるのが見えた。

「いや」ジュリアスは言った。「その必要はある。コンサルタントの仕事の一部だと考えてくれ」

「ちょっとやりすぎじゃない？　これまでに何度、顧客とひと晩過ごしたの？」

ジュリアスはゆっくり笑みを浮かべ、いたずらっぽい笑顔になった。グレースの鼓動が速くなったが、不安や恐怖からではなかった。さすが〝錬金術師アークライト〟だ。

「仕事によって必要とされることがちがう」ジュリアスは言った。「いつも柔軟に対処するようにしてる」

わたしも彼もセックスのことを考えているわけじゃないわ、とグレースは自分に言い聞かせた。とはいえ、ふたりの頭の奥にそのことが火種のようにくすぶっていて、彼女が注意していなければ大きく燃えあがることもわかっていた。ジュリアスとそうなるのはまだ早い。彼について知らないことがたくさんある。

ふたりで裏のポーチに出て、ジュリアスがドアに鍵をかけた。階段をおりていると、隣の家の裏のドアが勢いよく開かれ、ハーレー・モントーヤの禿げ頭がポーチの明かりを浴びて輝いた。ハーレーは色あせたセーターにカーキ色のズボンという恰好だった。彼はポーチの端まで来て、手すりをつかんだ。

「話し声が聞こえたもんでな」大声で言う。「やあ、グレース。ふたりで何をしてるんだい？　湖のまわりを散歩するには時間が遅いんじゃないか？」

「どんなに遅い時間でも湖のまわりを散歩するのはいいもんですよ」ジュリアスが言った。

「ばか言うんじゃない」ハーレーは言った。「おっと、乱暴な口をきいてすまなかった、グレース。おまえが持ってるのはダッフルバッグだな、ジュリアス。グレースのところに泊まるのか」

「そのつもりです」ジュリアスは言った。「グレースが何者かにストーカーされてることはもう聞いていらっしゃるでしょう？」

「ああ」ハーレーは目を凝らすようにしてグレースを見た。「冷蔵庫にネズミの死骸が入れられてたとアグネスから聞いた。悪趣味なことをする人間がいるもんだな。でも心配することはない。ジュリアスがきみを守ってくれる」

「わたしが家でひとりにならなくてすむよう、親切にもうちに泊まると言ってくれたの」

「明日には町じゅうの人間が知ることになるぞ」ハーレーは警告した。

グレースは〝彼には客用寝室で寝てもらうの〟と言おうとして口を開いたが、弁解がましく聞こえそうだと思い直した。どちらにしろハーレーは信じないだろうし、明日の朝、そう聞いた町の人たちも誰ひとりとして信じないだろう。

「セキュリティシステムを入れて、犬を飼おうかと思ってるの」代わりに言った。

ハーレーはふんと鼻を鳴らした。「ジュリアスがいれば問題ない。セキュリティシステムや犬と同じぐらいには役に立つ」

「ありがとうございます」ジュリアスは言った。「最高の褒め言葉として胸にしまっておきますよ」

「ああ、そうしてくれ」ハーレーは言った。「グレースを頼む。じゃあ、おやすみ」

ハーレーは家のなかに戻り、ドアを勢いよく閉めた。

ジュリアスがグレースの腕を取り、ふたりは庭を通って、遊歩道に出る門に向かった。

グレースは緑豊かな庭を見まわした。「あなたがこの庭をつくったの？」

「もちろん、ちがうよ」ジュリアスは言った。「ハーレーが自分の家の庭と同じように手入れしてくれてるんだ」

ふたりはグレースの家に戻りはじめた。

「ハーレーの言うとおりね」少ししてグレースは言った。「あなたがうちに泊まったことは、明日のお昼にはクラウドレイクじゅうの人に知られてるわ」

「何か問題でも？」

しばらく考えてから言う。「いいえ、別に問題じゃない。問題なのは、冷蔵庫にネズミの死骸とウォッカのボトルが入ってたことと、何者かが気味の悪いメールを送ってきてること。あなたを客用寝室に泊めることにはなんの問題もない」

「物事に優先順位をつけられる女の人って好きだな」

家に着くと、グレースは洗濯してあるリネン類をクローゼットから出し、ジュリアスの手を借りて、客用寝室のベッドを整えた。

割られた窓ガラスにできた穴はジュリアスがベニア板でふさいでくれていたが、もう片方の窓ガラスはそのままになっていたので、完全に外が見えないわけではなかった。窓の外に目をやると、雲が流れて月を覆い隠すのが見えた。また雨になりそうだ。

実際にしてみてわかったが、いっしょにベッドを整えるのは、落ちつかなくなるほど親密な行為だった。少なくともグレースにとってはそうだった。枕にカバーをつけ終えたときには、室内の空気は明らかにぴんと張りつめていた。

ジュリアスはまるでどこでも生きていける野良猫か、旅行かばんに入れて持ち歩いているもので暮らすのに慣れている人間のようにくつろいでいる。グレースは整えたばかりのベッドを挟んでジュリアスを見つめた。

「お客さま用のバスルームは廊下の先よ」ジュリアスと同じように何気ない態度をとろうと決めて言った。「キッチンにセサミシード・クラッカーがあるから、おなかが空いたら食べて」

「ありがとう」ジュリアスは言った。

グレースはドアに向かった。「じゃあ、おやすみなさい」

ジュリアスはドアの前口までついてきた。

「おやすみ」

グレースはためらった。彼に言っておきたいことがあったのだ。とはいえ、寒い戸外で月明かりのもと交わした熱いキスのことを、どう持ち出せばいいのかわからなかった。

くるりと向きを変えて廊下を歩きはじめ、ジュリアスの視線を感じながら、比較的安全な自分の寝室に逃げこんだ。

服を脱いでネグリジェに着替え、そのうえにガウンを着てスリッパを履き、バスルームに歯を磨きにいった。

少ししてバスルームから出ると、客用寝室のドアは少し開いていたが、明かりは消えていた。耳をすましてみたが、客用寝室からはなんの音も聞こえてこなかったので、寝る前の儀式となっている安全確認に取りかかった。

今夜は確認する場所が少なくてすむと思った。客用寝室のクローゼットのなかとベッドの下は見なくてすむ。それらの場所にモンスターが隠れていたとしても、ジュリアスなら退治できると、どういうわけかわかっていた。

明かりを消すと、グレースがどこにつけたらいいかよく考えて家じゅうに設置した常夜灯が灯り、頼もしい光をまわりに投げかけたが、客用寝室は暗いままだった。ジュリアスが常夜灯のプラグを抜いたのだろうとグレースは思った。

自分の寝室に戻ってベッドの端に腰かけ、呼吸法を練習した。何も考えないようにしても、さまざまな考えが頭に渦巻き、気を散らせようとする。何度も繰り返し息をすることに集中するのがこつだった。

呼吸法の練習を終えると、ベッドに横になって布団をかけ、陰になっている天井を眺めて、ジュリアスを客用寝室に泊めることにしたのは正しい決断だったのだろうかと考えた。彼を泊まらせてもなんの害もないと自分を納得させられたと思った次の瞬間には、あまりいい考えではなかったのかもしれないという思いがわいてくる。自分で定めたルールを破ったのだから。

とはいうものの、もしモンスターが暗闇から襲ってきても、今夜はひとりで戦わなくてもいいと思うと気分が楽になった。

最終的には、ウィザースプーン流のアファメーションのひとつに従うことにした。〝創造性を発揮して難しい問題に取り組みます〟ジュリアスと向き合ううえでこのアファメーションがどう役に立つのかよくわからなかったが、なんだか元気づけられるような気がした。

ジュリアスは両手を頭のうしろで組んでベッドに横たわり、客用寝室の天井を眺めながら、グレースがしていたことについて考えた。グレースは家のなかを歩きまわって、彼が閉めた鍵がきちんと閉まっていることを確認し、食器棚やクローゼットのドアを開けては閉めていた。彼女が立てる物音から判断するに、確認作業は順序よくおこなわれていて、まるで毎晩そうしているかのようだった。

そこまで徹底して安全を確認するのは度を越していると思う人間もいるかもしれないが、ジュリアスには理解できた。敵はどこにひそんでいるかわからない。

18

小さな衣擦れのような音が、グレースを浅い眠りから起こした。はっきりとは覚えていないが恐ろしい夢を見ていたらしく、息は乱れ、鼓動も激しくなっている。気持ちを落ちつけるのに何秒かかかった。

〝わたしの心は嵐の目のようにおだやかです。とても落ちついています〟

少し開けておいたドアの外に目をやると、黒い人影が動くのが見えた。とたんに恐怖に襲われ、全身に震えが走った。すばやく布団をはいで起きあがる。戦うか逃げるか選べるよう早くベッドから出ろと、本能が告げていた。

そこで理性が働いた。廊下にいるのはジュリアスだ。そうに決まっている。何か用があったか、気になることがあって、起きてきたのだろう。

鼓動は規則正しくなり、呼吸も落ちついた。こんな時間にこの家に男の人がいることに慣れていないだけだ。グレースはガウンを着てスリッパを履き、廊下に出た。

思いがけないことに居間は暗闇に沈んでいた。常夜灯がついていないことに気づくのに何秒かかかった。電球が切れたのだろう。朝になったら交換すること、と心にとめた。

するとジュリアスの姿が目についた。窓辺に立ち、カーテンの隙間から暗い外を眺めている。黒っぽい色の丸首のTシャツに、寝る前に穿《は》いていたカーキ色のズボンという恰好で、足は裸足だった。

「どうしたの？」グレースは小さな声で尋ねて、居間に足を踏み入れた。「何を見てるの？」

「特に何も」ジュリアスは言って、窓に背を向けた。「ただちょっとおかしな感じがしたんだ。誰かに——」

「見られてる？」

ジュリアスは肩をすくめた。「どうしてなのかわからないけど目が覚めた。道路を走る車の音で目が覚めたのかもしれない。ここは夜になると、とんでもなく静かだから」

「あなたが常夜灯を消したのね」

「ぼくの影がカーテンに映るのを見られたくなかったんだ。部屋に戻るときに、またつけようと思ってた」ジュリアスはグレースを見た。「それでいいだろう？」

「ええ、いいわ」グレースは両腕で自分の体を抱いた。「例のメールが届くようになってから、毎晩、誰かに見られてるような気がしてならないの。気のせいだって自分に言い聞かせてるんだけど」

「何者かがきみを監視してるのはまちがいない。わからないのは、そいつがこのクラウドレイクにいるのか、それともどこかほかの場所にいるのかということだ。そいつがきみを監視してる理由がわかれば、正体もわかるはずだ」

ジュリアスは窓辺を離れてグレースの前に来て、彼女の額にキスした。

「ベッドに戻るんだ。今夜きみはひとりじゃない」

「わかってるわ。ありがとう」

ふたたび空気が張りつめ、今にも何かが起こりそうな雰囲気になった。波が打ち寄せる崖のうえに立っているようなものだとグレースは思った。何が待ち受けているかわからない深い海に思い切って飛びこみたいが、ジュリアスと親密な関係になるのは危険なことだとすでにわかっていた。

ふたりとも長いあいだ何も言わなかった。何か重要なことが起こるのをひたすら待っているかのように。

自分が初めに行動を起こさなければならないのだとグレースは気づいた。ジュリアスは決断を彼女にゆだねている。欲しいものを手に入れるために待つことを知っているのだ。まるでハンターのように辛抱強い。

この人は今までの人とはちがう。道に迷っている人間ではない。よく考えないと。

グレースは再度、心を落ちつかせた。

「じゃあ、また朝に」彼女は言った。

「ああ、ここで会おう」

ジュリアスは約束した。

グレースは廊下に出て、自分の寝室に戻った。ベッドに入ると、今度は夢も見ずにぐっすり眠った。彼女がモンスターに襲われないよう、今夜はジュリアスが見張ってくれていた。

19

夜の空気は冷たく湿っていて今にも雨になりそうだったが、暗闇と木々に覆われた、監視するには絶好の場所を、まだ離れるつもりはなかった。

数分前、湖畔の家のなかで灯されている常夜灯の光が動いた。誰か――おそらくグレース――がベッドから出たにちがいない。自分がストーカー行為を受けていることに、グレースはようやく気づいたようだ。今日、新しい冷蔵庫を買いに走る彼女を見ているのは楽しかった。ボーナスポイントをあげてもいい。まさかあそこまでするなんて。あの女はさぞかしおびえているにちがいない。

今のところ狩りは計画どおりうまくいっている。こんなに病みつきになるほど楽しいなんて思ってもみなかった。

ジュリアス・アークライトの登場は予想外だったが、たいした問題ではない。彼は軍事用語で言うところの〝攻撃が容易な標的《ソフトターゲット》〟だ。

グレースはそれ以上に攻撃しやすい標的だった。

20

タイヤが砂利を踏む音が、ドライブウェイに車が入ってきたことを告げた。グレースはデータを保存した。新しく雇ったコンサルタントの指示に従って、自分が持っているスキルの一覧表をつくろうとしていたのだ。今朝ジュリアスが帰ってから、ずっとまじめに取り組んできたのだが、たいして進んでいなかった。アファメーションを呼びものにした料理本やブログを書くぐらいしか能のない人間を雇いたいと思う雇用主がそれほどいるとは思えなかった。

作業が進んでいない理由はほかにもあった。今朝、ジュリアスといっしょに朝食をとったときのことが、頭から離れないのだ。

目が覚めたら、男の人が自分の家のキッチンに立って、驚いたことにコーヒーを淹れてくれているというのは、とんでもなく落ちつかないことだった。自分にふさわしい男性が現れたら、男を家に泊めないというポリシーを考え直してもいいと、かねてから思っていたが、これまでそういう男性は現れなかった。

けれども昨夜、ジュリアスを泊めてしまった。その事実を前にしても、彼が自分にふさわしい男性なのかどうか判断がつかなかった。

ジュリアスは戸惑っているようすをいっさい見せず、起きて自分とグレースのためにコーヒーを淹れるのが毎朝の習慣ででもあるかのようにふるまっていた。冷蔵庫に入っていたものは昨日、全部処分してしまっていたので、メニューはピーナツバターを塗ったトーストとオレンジ二個になった。ジュリアスと朝食をとるのは意外なほど楽しく、そう感じたことを心配するべきなのだろうかとグレースは頭を悩ませた。

ジュリアスが帰るところを誰にも見られないようにするのは無理な話だった。アグネスはとても早起きなのだ。ジュリアスがグレースの家をあとにして自分の家に帰るために遊歩道を歩きはじめると、アグネスが裏のポーチに出てきて、彼に向かってほがらかに手を振った。グレースがキッチンの窓から見守るなか、ジュリアスは足を止めて少しのあいだアグネスと言葉を交わした。ジュリアスだけでなくアグネスまでもが、そうすることは日常のひとコマにすぎないようにふるまっていた。

グレースはその光景を見て、ハーレー・モントーヤの言うとおりだと思った。ジュリアスが彼女の家に泊まったことは、今日の正午までには町じゅうのみんなが知ることになるだろう。案の定、アグネスは九時過ぎに、彼女が所有する燃費のいい小型の自動車に乗って出ていった。午前中のうちに用事をすますのが好きなのだ。

そして任務を遂行して、今から一時間前に帰ってきた。

グレースは立ちあがって窓辺に足を運んだ。朝方は雨が降っていたがすでにやんでいて、雲に切れ間ができている。天気予報によると、午後はまた雨になるそうだが、今のところは冬の日射しがいくらか降り注いでいた。

ドライブウェイに入ってきたBMWが家の前で停まるのをグレースは見守った。車に見覚えはなかったが、運転席からおりてきた男を見ると、驚きのあまり息が止まりそうになった。

「最悪」誰もいない室内に向かって声に出して言う。

だめよ、と次の瞬間、思い直した。自分を訪ねてきた人間にはポジティブな態度で接しなければならない。それに彼は、彼女が持つあまり一般的ではないスキルに興味を示してくれる可能性がある、唯一の人間かもしれないのだから。

さらにラーソン・レイナーはスプレーグ・ウィザースプーン殺しの容疑者でもあった。

グレースがドアを開けると、ちょうどラーソンが人差し指で呼び鈴を押そうとしているところだった。彼の爪は美しく磨かれていた。

ラーソンはグレースに、彼の売りである〝簡単な十のステップであなたの人生をよりよいものにしてさしあげます〟スマイルを向けてきた。ブルーの目に、黒っぽい髪をして、アスリートのような引きしまった体をしている。顎はがっしりしていて歯は白く輝き、こめかみのところには白いものがまじっていた。そうした容貌に加えて、誠実で正直な態度が、彼を実生活で演じている役割そのものの人間に見せていた。まさにモチベーションアップの方法を説く人間になるために、生まれてきたような人物だった。

「やあ、グレース」ラーソンは言った。

ラーソンは今の仕事を始めるにあたって話し方のレッスンを受けたと、ウィザースプーンが言っていた。その成果は、マイクを通してだけでなく直接話しても相手に感銘を与える、温かみがあり、よく響く声となって現れていた。

「あなたがわたしに会いにいらっしゃるとは思ってもみませんでした」グレースは言った。

「また会えてうれしいよ」ラーソンは心配そうに彼女を見た。「どうしてたんだね？ ずっと心配してたんだよ。きみはトラウマになるような経験をしたから」

「ご心配ありがとうございます。元気にやってますから」グレースは明るい声で、できるだけ元気よく言った。

隣の家の玄関ドアが開き、アグネスがガーデニング用の刈り込みばさみを手にポーチに現れた。グレースは努めて元気よく手を振った。アグネスが手を振り返してくると、刈り込みばさみが日の光を浴びてぎらりと光った。アグネスはにっこり笑い、庭仕事をするために階段をおりはじめた。

アグネスは今日の午後、またいくつか用事をすませに町に行くだろうとグレースは思った。二十四時間のうちにふたりの男がグレースのもとを訪れたという事実は、町の人たちの興味を引くにちがいない。

　ふと、アグネスの好奇心を利用できるかもしれないと思った。ラーソンが人を殺すとは思えないが、彼とウィザースプーンが互いによく思っていなかったことはたしかだ。ふたりは長いあいだライバル関係にあった。ラーソンがウィザースプーンを殺したくならないとはかぎらない。ラーソンとふたりきりになるのは危険だ。アグネスに証人になってもらおう。

　グレースはポーチに出ると、ドアが背後で閉まるのに任せて、手すりの前に足を運んだ。

「アグネス」声を張りあげて言う。「こちらはラーソン・レイナーさんよ。あなたも名前を聞いたことぐらいあるんじゃないかしら。モチベーションアップの方法を説いてる方で、とっても有名なの。レイナーさん、隣人のアグネス・ギルロイさんです」

「まあ、驚いた」アグネスは言って、二軒の家の敷地を隔てる生け垣までいそいそと歩いてきた。「テレビで拝見してますよ、レイナーさん。なんてすてきなのかしら。実物もハンサムなのね。お会いできてうれしいわ」

　ラーソンの目にいらだちの表情がよぎったが、声は変わらず温かかった。

「こちらこそ、お会いできてうれしいです、ギルロイさん」彼は言った。

「あら、どうかアグネスと呼んでちょうだい。こんなところまでグレースに会いにこられるなんて、おやさしいのね」

「グレースのことは同じ業界で働く仲間だと思っていますから」ラーソンは言った。「ご存じでしょうけど、グレースはとても大変な目にあったんです。どうしているのか心配になりまして」

「なんて思いやりがあるんでしょう」アグネスはそう言うと、グレースに向かって笑みを浮かべ、ウインクした。「ここ最近、興味深い殿方がたくさんあなたに会いにくるわね、グレース。今のうちに楽しんだほうがいいわよ。年を取れば取るほど選択肢は少なくなるから」

グレースは頬が熱くなるのを感じた。

「ご忠告ありがとう、アグネス」グレースは言って、ラーソンに向き直り、声を落として言った。「はっきりさせておきたいのであえて言いますけど、わたしのことを本気で心配してくださっていたら、もっと早くに来られたはずですよね。なかに入って、今日ここにいらした本当の理由を教えてください」

ラーソンは目をしばたたいた。彼がグレースのことを気遣って訪れた可能性を彼女があっさり否定したことに驚き、深く傷ついているらしい。一瞬、眉間に皺が寄り、顎が強ばったが、結局はグレースのあとについて家のなかに入った。

グレースはラーソンをキッチンに案内して、コーヒーを淹れる支度を始めた。

「おかけください」

ラーソンは少しためらったあと、テーブルに足を運び、グレースがいるところから見て反対側の席についた。

「コーヒーでいいですか？」グレースは尋ねた。

「ありがたくごちそうになるよ」ラーソンは言った。「ちょうど飲みたいと思ってたんだ。シアトルから長い時間、車を運転してきたからね。今朝は道が混んでた。幹線道路で事故があったんだ」

「ミルクはお入れにならないといいんですけど」グレースはラーソンの顔を見ながら、ガラスのポットに水を入れた。「冷蔵庫が使えないんです。新しい冷蔵庫が今日の午後来ることになってるんですけど。なかに入ってたものを全部捨てなきゃならなくて」

「ミルクも砂糖もなしでいい」ラーソンは言って、冷蔵庫に目を向けた。「まだ新しいようだが」

「売るつもりなんです」グレースは保証期間について訊かれる前に言った。

ラーソンの表情を注意して見ていたが、どうやら彼はすぐに冷蔵庫に興味を失ったようだった。ネズミの死骸を入れたのは彼ではなさそうだ。グレースは水をコーヒーメーカーに注ぎ、コーヒーの粉を量って入れて、スイッチを入れた。

「まわりくどい話はなしにして単刀直入に言おう」ラーソンは言った。「わたしのもとで働かないかときみを誘いにきたんだ」

働き口を提供された。まだビジネスプランをつくってもいないのに。ジュリアスに話すのが待ち切れなかった。

「そうでしたか」グレースは言った。「お誘いいただいてうれしいんですが、このところいろいろ考えていて、これまでと同じ業界で働きつづけるかどうか決めかねているんです。これを機会に、何かほかの仕事に就いたほうがいいんじゃないかと思って」

「よくわかるよ」ラーソンは言った。

「そうですか?」

ラーソンは決意に満ちた目をして言った。「わたしは多くの点でウィザースプーンとはちがっているが、きみという人間やその能力については高く評価している。きみはウィザースプーン・ウェイの宝だったが、正当な評価を受けていなかった。もらうべきものをもらっていなかったにちがいない。わたしのところに来てくれたら、今までの給料の二倍払うと約束しよう」

これまでの給料の二倍払うという申し出より、ラーソンの必死なようすのほうに、グレースは興味を引かれた。彼女が知るラーソンはつねに自信に満ちていて、自分には強いカリスマ性があると信じていたのに。

「ずいぶん気前がいいんですね」グレースは言った。「でも、さっきも言ったように、これまでとはちがう業界で働こうかと思ってるんです。モチベーションアップの方法を説く人間のアシスタントとして一生を終えるために生まれてきたんじゃない気がして。ウィザースプーン・ウェイ流のアファメーションにも〝新たなことに挑戦すると人生は豊かになります〟というものがあります」

ラーソンはそう聞いて明らかにいらだったようだったが、あくまでも誠実な態度を崩さなかった。

「可能性を試したいと思うのは自然なことだ」彼は言った。「だが、自分の能力についてネガティブに考えているのはいただけないし、それはきみの考えちがいだと思う」

「ネガティブになんて考えていません」グレースは腕を組み、コーヒーメーカーが置かれたカウンターにもたれた。「新たなことに挑戦したいと言っただけです」

「きみの才能はこの業界でこそ花開く。これまでその機会を充分に与えられてなかっただけだ。それもすべてウィザースプーンのせいだ。わたしは誰よりも彼のことをよく知っている。あの男はたしかにうまくやっていたが、自分以外の人間を利用してた。しかも、やり方が巧妙で、利用されている側は手遅れになるまでそのことに気づかない」

「ご自分のことをおっしゃってるように聞こえますけど」グレースは冷ややかに言った。

ラーソンは顔をしかめた。「たしかにわたしも彼がのしあがるために利用された人間のひとりだ。わたしがウィザースプーンと最後にした口論の内容を、あのときオフィスにいたきみたちも聞いていたはずだ。マコーミック社のセミナーの仕事を失って堪忍袋の緒が切れた。顧客から電話があって、おたくのセミナーはもう受けないと言われたのは、この半年で五度目だ。調べてみたら、どの会社もウィザースプーン・ウェイにセミナーを依頼してたんだ」

「ウィザースプーンさんが手をまわして、あなたから顧客を盗ったと思われてるんですか？」グレースは尋ねた。

「あの男がわたしから顧客を盗ったと、わたしは知ってるんだ」ラーソンは言った。

裏のポーチを歩く足音がした。グレースが驚いて窓の外に目をやると、ジュリアスの姿が見えた。ジュリアスはドアを開けて、なんのためらいもなく、当然のようにキッチンに入ってきた。そのまま歩いてグレースのところに来ると、彼女の恋人でもあるかのように、唇にすばやくキスしてから、ラーソンのほうを向いた。

「客が来ていたんだね」ジュリアスはグレースに向かって言った。

ラーソンはすでに立ちあがり、にっこり微笑んでいた。先ほどまで固く握りしめられていた手が、握手のために差し出されている。「ラーソン・レイナーです。グレースと同じ業界で働く仲間ですよ」

「わたしはそうは思ってないけど」グレースは言った。

けれども、ふたりとも彼女の言葉を聞いていなかった。たとえて言えば、互いのまわりをまわるのに忙しかったのだ。男性ホルモンのにおいが漂ってくるかのようだった。ジュリアスとラーソンは、ふたりの男がその近辺にひとりしかいない女を互いに自分のものだと主張したがっているときにやるように、相手を値踏みしていた。

ジュリアスとラーソンが彼女を寝室に連れ去って自分の好きにするために戦っているのな

らさぞかし気分がよかっただろう、とグレースは思った。とはいえ、ふたりにそれぞれ別の理由があることもわかっていた。ラーソンは彼女が持つ限られたスキルを利用したがっているだけだし、ジュリアスは保護本能をかき立てられているにすぎない。

「ジュリアス・アークライトです」ジュリアスは言った。

ふたりはぞんざいな仕種で短く握手を交わした。

ラーソンはふいに興味を引かれたような顔をした。「アークライト・ベンチャーズの?」

「そうです」ジュリアスはさらりと言った。

まるで誰もが莫大な収益をあげ大成功を収めているベンチャーキャピタル企業を所有しているかのような口振りだったが、その言葉にはほかの響きもあった。自分のものはなんとしても守るし、その能力もあると、相手にわからせようとしているような響きだ。ジュリアスは退屈しているライオンかもしれないが、ライオンには変わりないのだ。

ラーソンは満面の笑みを浮かべ、目を輝かせた。称賛の表情のつもりらしい。顧客になりそうな相手を見つけた抜け目のないセールスマンの表情によく似ていると、グレースは思った。

「会えてうれしいよ」ラーソンは言った。「わたしはきみのファンなんだ。きみの会社の業績はすばらしい。よくぞあそこまでしたものだ。きみには有望な市場やトレンドを見出す才能がある」

「いっしょに働いてくれてる人間が優秀なだけです」ジュリアスは言った。

ラーソンは思慮深そうにうなずいた。「すぐれたリーダーは部下を信頼し、正当に評価する」輝くような笑みをグレースに向けて続ける。「わたしが今日ここに来たのはグレースの才能に心からの敬意を払っているからだ。彼女にわたしのもとで働いてほしいと思ってね」

ジュリアスの目が凍りつきそうに冷たくなった。「そうなんですか?」

グレースは彼に警告するような目を向けた。「わたしに働き口を提供するために、わざわざ会いにきてくださったよ」

「仕事の内容は?」ジュリアスは尋ねた。

「それをグレースに説明しようとしていたときに、きみが来たんだ」ラーソンは言い、グレースに向かって微笑んだ。「チーム・レイナーの一員になることを考えてほしい」

「わたしはチームプレーが得意なほうじゃないんです」グレースは言った。

「きみ専用のオフィスを用意するし、創造性を存分に発揮できるよう、あらゆる支援を惜しまない。きみが望む自由も保障する」ラーソンは真剣な表情になって言った。「繰り返すが、給料はウィザースプーンが払っていた額の二倍払う。さらに、最低でも一年はわたしのもとで働くと約束してくれたら、きみがセミナーを受注するたびに歩合を支払う」

「かなりいい条件ですね」グレースは言った。「でも、やはりすぐには決められません。今わたしの身にはいろいろなことが起こってるし、さっきも言いましたけど、これを機にほかの仕事に就いたほうがいいような気がしてるんです」

ラーソンはふたたび笑顔になったが、その輝きはいくらか失せていた。「きみが新しいことに挑戦したいと思っているのはよくわかる。わたしならその願いを叶えてあげられる。フルタイムのスタッフとしてチームに加わる気になれないのなら、わたしのコンサルタントになるというのはどうかな？」

「わたしがあなたに何をしてあげられるっていうんです？」グレースは尋ねた。「あなたは業界のトップですよ。ウィザースプーンさんがいなくなった今、あなたはモチベーションアップの方法を説く人間として、太平洋岸北西地域でいちばんの人気を誇るようになるはずです。いいえ、太平洋岸全域でいちばんになるかもしれません。わたしの力なんて必要ありませんよ」

「いや、それはきみの思いちがいだ」ラーソンは片方の手を上げてグレースを制した。「そんなふうに謙遜することはない。ウィザースプーン・ウェイの料理本やブログを書いてたのはきみだと、わたしは知ってるんだ。ウィザースプーンがマスコミで大きく取りあげられるようになったのは、きみのおかげだ。それなのに、彼はきみを正当に評価しなかった。きっとセミナーの収益の歩合ももらっていなかったんだろう」

グレースは押し黙った。ジュリアスが考えこむような顔で彼女を見る。グレースにはその表情が意味するところがわかるようになっていた。いい兆候でないことは明らかだ。とはいえ、ジュリアスにも、ここで何も言わずにいるぐらいの良識はあるにちがいないと思った。

「つまり、どういうことなんですか？」グレースは静かに尋ねた。

ラーソンは手で髪をかきあげた。「わかるだろう？　わたしが用いているソーシャルメディアを、きみに管理ならびに運用してもらいたいんだ。きみの料理本のアイディアも採用させてもらって、ポジティブ・シンキングときみが考えるアファメーションをテーマにしたライフスタイル全般に及ぶシリーズに発展させたい。料理本もブログもアイディアを出したのはきみだとわかってるんだ」

「つまり、わたしにあなたのブログと料理本のゴーストライターになれとおっしゃってるんですね」

「まあ、そうだ」ラーソンは言った。「ブログも料理本もレイナー・セミナーズの名前あってのものだと、きみもわかっているだろう。でも、きみには充分な報酬を払うと約束するし、きみの貢献は各段階できちんと評価されるようにする」

「さっきも言ったとおり、すぐにはお答えできません」グレースは言った。

「どうしてだね？」ラーソンは疑うようにジュリアスをちらりと見てから、グレースに目を戻した。「どこかからもっといい条件を提示されているのか？」

「いいえ」グレースは正直に言った。「この先どう生きたらいいか決めかねているだけです」

「大金を稼ぎながら、この先の生き方を考えたらどうかね」ラーソンは言って、自分が言ったことの印象を強めようとするかのように間を置いてから続けた。「もうひとつきみに知っておいてほしいことがある」

「なんです？」

「きみの同僚だったクリスティ・フォーサイスとミリセント・チャートウェルにも、同様の申し出をするつもりだ。きみたち三人ともに来てもらいたいと思ってる。わたしのもとに来れば、きみたちは自分の値段を自分で決められるようになる」

グレースはラーソンを見た。「わたしたち三人のうちの誰かが横領犯だとは思わないんですか？」

グレースが驚いたことに、ラーソンはくすりと笑った。「まだ聞いてないのかね？　会社の金を横領していたのはウィザースプーン本人だったそうだ」

グレースは信じられない思いでラーソンを見つめた。「まさかそんな」

ジュリアスがコーヒーメーカーの前に足を運んだ。「どうやらそうらしい。そのことを知らせにきたんだ。財務記録を調べた結果、会社の金を横領していたのはスプレーグ・ウィザースプーン本人である可能性が高いことが明らかになったそうだ」

「でも、そもそもウィザースプーンさんが稼いだお金なのよ」グレースは言った。「どうして自ら盗んだりするの？」

「理由はいくつか考えられる」ラーソンが言った。「秘密にしたい目的のために金を使っていたとか」

「たとえばどんな目的です?」グレースは思わず強い口調になって訊いた。

ラーソンは肩をすくめた。「ウィザースプーンはギャンブルにはまっていたという噂がある」

「そんな……とても信じられないわ」グレースは茫然として言った。

ジュリアスがコーヒーをマグカップに注ぎながら言った。「成功してる事業主が自ら多額の金を横領する理由はほかにもある。専門家がさらに詳しく調べているところだから」

グレースはジュリアスをちらりと見た。〝専門家〟というのはアークライト・ベンチャーズのスタッフのことだと、彼女にはわかっていた。

「横領の件はすでに解決済みだ」ラーソンはそう言うと、名刺を出してグレースに渡した。

「警察の捜査が進めば、ウィザースプーンはギャンブル絡みで殺されたと明らかになるだろう。物騒な世のなかだ。ここにわたしのプライベート用の番号が記してある。何か訊きたいことがあったら、いつでも電話してきてくれ。すぐに折り返し電話するから」

「わかりました」グレースは言った。ウィザースプーンがギャンブルにはまっていたという噂があると聞かされたショックから覚めやらず、ほかになんと言えばいいのかわからなかった。

「きみはこの業界で生きていくように生まれついているんだよ、グレース」ラーソンは微笑んだ。「才能を発揮できる場所がありさえすればいいんだ」腕時計に目をやる。「もう行くよ。シアトルで約束があるものでね」

「結局コーヒーは飲んでいただけませんでしたね」グレースは言った。

「また別の機会にごちそうになるとしよう」ラーソンは言った。「会えてうれしかったよ、ジュリアス。いつかきみの都合がいいときに、レイナー・セミナーズがきみのために何ができるか話し合いたいものだ。じゃあまた、グレース。なるべく早く答えを聞かせてくれ。いつまで待てるかわからないから」

ラーソンはキッチンを出て居間に足を運んだ。グレースは彼のあとについていき、玄関ドアを開けた。

ラーソンはポーチの階段をおりて車に乗った。ジュリアスがグレースのうしろに来た。ラーソンの車が道路に出て走り去るのを、ふたりはいっしょに見送った。

「なんだか必死だったね」ジュリアスが言った。

「会社を発展させたいと強く願っているのよ」グレースは言った。

「いや、ラーソン・レイナーは必死だった。きみが欲しくてたまらないんだ。きみはよっぽど優秀なんだな」

「アファメーションを考えるのは得意だったし、料理本はわれながらいい思いつきだったと思うわ」グレースは言った。「でも、ラーソンのもとで働けるとは思えない」

「どうして?」

「ポジティブ・シンキングの力を本気で信じていないように見えるからよ。詐欺師とまでは言わないけど、ウィザースプーンさんのように仕事に命を懸けていない。ウィザースプーンさんは人々を助けたいと本気で思ってた。ポジティブなエネルギーの存在を信じていたわ。わたしは彼の考え方に感動したの」

ジュリアスは左右の眉を上げた。「ラーソンには感動させられないのか?」

「ええ」

「ひとつ忠告しておく。きみを感動させてくれる人のもとでしか働く気がないなら、雇い主の候補はとんでもなく少なくなるぞ」

グレースはため息をついた。「それはわたしも気づいてたわ」

21

グレースはジュリアスに先立って家のなかに入り、彼に向き直った。

「ウィザースプーンさんが会社のお金をギャンブルに使っていたと警察が考えてるというのは本当なの？」

「今はまだ、その可能性が高いというだけにすぎない。その証拠となる事実がいくつか出てきたそうだ。でも、ぼくはまだそう決めつけるのは早いと思う。もっとよく調べるよう、うちの者に指示した」

「ウィザースプーンさんがギャンブルをしてたなんて、とても信じられない。でも、もしそれが事実なら、状況は大きく変わってくる。容疑者の幅も広がるわ」

「いや」ジュリアスは言った。「そうなったとしても容疑者の幅は広がらない。ウォッカのボトルの件があるからだ。マフィアのボスに雇われたプロの殺し屋が、きみに罪をかぶせるために、わざわざきみの過去を調べて、ウォッカのボトルを現場に置くようなことをするとは思えない。そんなことをする必要はないからね。プロは殺しをしても、たいていの場合、まんまと罪をまぬがれるものなんだ。ウィザースプーンが殺されたのは、もっと個人的な動機からだと思う。それにストーカーの件もある」

「なんだか日を追うごとに謎が深まっていくみたい」

「いや、ようやく事件の全体像が見えてきたような気がする。でも、しばらくのあいだはレイナーの申し出に飛びつくようなことはしないでもらえるとありがたい。きみが彼のもとで働くのは、あまりいい気がしないんだ」

「どうして？」

「あの男にはどこか胡散臭いところがある」

「彼はモチベーションアップの方法を説いて稼いでる人間だから」グレースは言った。「あなたがその手のビジネスをどう思ってるかはよくわかってる」

「彼にあるのはセールスの才能だけだ」ジュリアスは言った。「それに、ぼくはまだ彼をウィザースプーン殺しの容疑者のひとりと考えてる」

「ウィザースプーンさんは殺される少し前にラーソンと激しく言い争ってたの」グレースは言った。「ふたりはウィザースプーンさんのオフィスにいたけど、ミリセントとクリスティとわたしはすぐ外にいたから、ふたりの声がよく聞こえたのよ」

「ふたりはなんのことで言い争ってたんだい？」ジュリアスは尋ねた。

「ウィザースプーンさんはロサンゼルスでのセミナーの仕事を受注したばかりだった。ラーソンはその仕事は自分が受注できると思ってたのね。ウィザースプーンさんがそれを妨害したと責め立てた。ウィザースプーンさんが人を使って、レイナー・セミナーズは経営難に陥ってると顧客に知らせたと思ってたの」

「モチベーションアップのセミナーの講師を雇う側にとって、どうしてそれが問題になるんだい？」ジュリアスは訊いた。「経営難になれば、セミナーをする側のモチベーションはますますアップするんじゃないか？」

グレースはジュリアスに戒めるような目を向けた。「少しもおもしろくないわよ。たしかセミナーのテーマは〝ポジティブ・シンキングによる財産管理〟だった」

ジュリアスは苦笑いした。「なるほどね。そいつはまずいな」

「そんなテーマのセミナーの講師を、今にもつぶれそうな会社の経営者に頼もうとは思わないでしょ」

ジュリアスは考えこむような顔をした。「レイナーの会社が経営難に陥っているというのは事実なのか？」

「数カ月前からそう噂されているけど、真偽のほどはわからないわ」

「レイナーとウィザースプーンのあいだには何か複雑な経緯があったみたいだな」ジュリアスは言った。

「ええ、そうなの」グレースは言って、キッチンに向かった。「ふたりは組んで仕事を始めたんだけど、そのあと喧嘩別れしたの。それ以来、強く反目し合ってるって、モチベーションアップ界では噂されてたわ」

ジュリアスは注意を引かれた顔をした。「モチベーションアップ界なんてものがあるのかい？」

「ええ、もちろん。とても小さな業界だけど。ウィザースプーンさんやラーソンと同じレベルの人は、ほとんどいないから」

「ふたりが喧嘩別れした原因は？」

「女の人がかかわってるの」グレースは言った。「ウィザースプーンさんの二番目の奥さんよ。ちなみにナイラを産んだのは最初の奥さん。聞いた話では、二番目の奥さんはウィザースプーンさんより三十歳近く若くて、とても魅力的な女性だったそうよ。ラーソンはその奥さんと関係を持ったみたい。男の人はふたつのことでしか争わないって聞くわ。つまりお金と女よ」

「それはぼくも聞いたことがある」ジュリアスは言った。「でも、それはどうかと思うな」

「そうなの？」グレースはジュリアスを見つめた。「どうして？」

「男はお金と女のことでは争わないと言ってるんじゃない。自分を必要としていない女のことで争うのは無駄だし、お金ならほかのところにいくらでもあると言ってるんだ。どうしてそんなことのために、刑務所に入れられるかもしれない危険を冒すんだ？」

「さあ、どうしてかしらね」グレースは愉快になって言った。「でも、進んでその危険を冒す人はいくらでもいるわ。刑務所はお金やドラッグのために人を撃った人間であふれてるし、嫉妬で人を殺した人間もたくさんいる」

「それは否定できない」ジュリアスは言った。「でも、そうしたことは人を殺すもっともな理由とは言えないよ」

グレースはジュリアスがコーヒーを飲むのを見守った。

「ずいぶん禅的な考え方ね」

「というより常識的な考え方だよ」ジュリアスは窓辺に足を運んだ。「それに男はお金と女のことでしか争わないというのは正しくない。人を殺す現実的な動機はほかにもある」

グレースは自分の分のコーヒーをマグカップに注いだ。「たとえば?」

「権力を得たいという気持ちや復讐だ」

カウンターにもたれて言う。「なるほどね。でも、ウィザースプーンさんを殺したのがラーソンだとすると、お金も女も動機として充分に考えられるわ」

ジュリアスはコーヒーを飲んだ。「ラーソン・レイナーがスプレーグ・ウィザースプーンの奥さんと関係を持ったのはいつごろの話なんだい?」

「わたしが雇われる前よ。たしか四年か五年前だと思う」

「ラーソンはウィザースプーンの奥さんだった女性と結婚したのか?」

「いいえ。奥さんだった女性は離婚で裕福になったあと、ラーソンとは別れたらしいわ」

「そうなると嫉妬から殺人を犯した線は薄くなるな」ジュリアスは言った。「残るはお金だ。ウィザースプーンは実際にラーソンの顧客を盗んだのかい？」

グレースはきっと顎を上げた。「ウィザースプーンさんが何か姑息なことをしたとは絶対に思えないけど、レイナー・セミナーズの顧客が何社かうちの顧客になったのは事実よ」

ジュリアスは考えこむような顔でうなずいた。「きみのおかげだな」

「会社の業績アップにつながるアイディアをいくつか実行に移せただけよ」グレースは控えめに言った。「わたしの持つスキルはかぎられてるけど、才能と呼べるものも少しは持ってるというわけ」

「そして今ラーソン・レイナーはきみという人間とそのスキルを欲しがっている」ジュリアスは言った。「なにも驚くことじゃない。野望に燃えた政治家が選挙に負けてすぐにすることのひとつが、選挙に勝った政治家の選挙参謀を務めてた人間を雇おうとすることだ。ビジネス界でも同様のことが起こる」

グレースはいいかげんにしてというように片方の手を振った。「やめてよ。わたしはモチベーションアップの達人でもなんでもないわ」

「名刺にこう記したら人の目を引くぞ。〝ポジティブ・シンキングの達人　モチベーションアップ界での成功を願う方のためにアファメーションを考えます〟」

「ときどき、あなたは自分を印象づけるために無理に皮肉を言ってるんじゃないかと思うことがあるわ」グレースは言った。

「ぼくは現実的な人間なだけだ」

「そんなのたわ言よ」

ジュリアスは左右の眉を吊りあげた。「たわ言だって？」

「なんなの？　わたしがたわ言という言葉を知らないとでも思ってた？」

ジュリアスは微笑んだ。「きみがたわ言という言葉を知ってるかどうかなんて、今まで考えたこともなかったよ。その疑問自体、頭に浮かばなかったからね」

「わたしは豊富な語彙《ごい》を持ってるんだけど、そのときそのときで適切な言葉しか使わないの」

「ぼくが自分を現実的な人間だと言ったときに、たわ言という言葉を使うのが適切だと思ったのか？」ジュリアスは尋ねた。気を悪くしているのではなく、単純に興味を引かれているような口振りだ。

「ええ、たわ言という言葉がふさわしいと思うわ」グレースはきっぱり言った。「あなたが自分を現実的な人間だと思っているのは、必要とあらば非情な決断を下せるからでしょ。ほかの誰よりも早く何が大事なのか見抜いて、感情に惑わされずに決断を下す」

ジュリアスは考えこむような顔をしてうなずいた。「それがぼくの流儀だ」

「でもね、ジュリアス。あなたは契約を結んだり目標を達成したりするために、罪もない人間をバスの前に押し出したりしない。あなたは皮肉屋かもしれないけど、自分なりの行動規範を持っていて、それを固く守ってるのよ」

ジュリアスは世間知らずもいいところだといわんばかりに首を横に振った。「どうしてそんなことが言えるんだ?」

グレースは微笑んだ。「その気になれば、もっとうまく悪い男を演じられるはずだもの」

22

　ラーソン・レイナーが帰ってから四十五分後に、新しい冷蔵庫が配送されてきた。配送係はこれまで使われていた冷蔵庫を快く裏のポーチに運び、売れるまでのあいだ雨風にさらされても大丈夫なように分厚いビニールシートでくるんでくれた。

　犯罪に用いられた冷蔵庫がようやくキッチンからなくなったのを見て、グレースの目に安堵の色が宿ったことにジュリアスは気づいた。彼女の気持ちはよくわかった。

　その一時間後に新しい窓ガラスも入れられた。そのあとグレースは光り輝く冷蔵庫に入れる食料品を買いにいくと言い張った。

　なんやかんやで、ジュリアスが腰を落ちつけて、新しい顧客にビジネス界の実情を説明しはじめたときには一時近くになっていた。

「はっきり言っておこう」ジュリアスは言った。「人を元気づけ幸せな気持ちにさせるアファメーションを考える才能というのは、高収入が望める主要産業のほとんどで有益なスキルとは見なされない」

「じゃあ、主要じゃない産業を狙おうかしら」グレースは言った。

「そういう産業の就職口はろくにないし、あったとしても低賃金なことが多い」

「言えてる」

「きみのスキルを表現する別の方法を考えないと」

「楽観的なアファメーションを考えられるということを伝える方法がいくつあるかしら」

「まだわからない」ジュリアスは言った。「でも、前向きに考えようじゃないか」

グレースはジュリアスをにらみつけた。「少しもおもしろくないわ」

「そうだな。じゃあ、作業に戻ろう」

ふたたび雨が降りはじめていたが、暖炉には火が燃えていた。この家はそれほど大きくはないが、居心地がよく、とてもくつろげるとジュリアスは思った。履歴書の作成は難航していたが、そうすることでグレースのそばにいられるのなら、どれだけ時間がかかってもかまわないとすでに心に決めていた。

グレースがお茶を淹れるために立ちあがったちょうどそのとき、電話のベルが鳴った。メールの着信音ではなく、電話がかかってきたことを告げるベルだったが、グレースがびくりとしたのをジュリアスは見逃さなかった。

グレースは電話に出て、相手と短い会話を交わした。

「はい」グレースは言った。「ええ、もちろんです」時計に目をやる。「道が混んでなければ二時半か遅くても三時までには行けると思います」

グレースは電話を切って、ジュリアスを見た。

「シアトル警察からよ。ウィザースプーン・ウェイのオフィスに何者かが不法侵入したんですって。それがいつのことなのかはわからないし、何か大事なものが盗まれたのかどうかもわからないけど、ウィザースプーンさんが殺されたことと何か関連があるかもしれないから、オフィスに来て、盗まれたものがないか、わたしたちで確認してほしいと言われたわ」

「わたしたち？」ジュリアスは訊いた。

「ウィザースプーンさんのもとで働いてた、わたしも含めて三人のことよ」グレースは説明した。「ミリセントとクリスティにも、オフィスに来て確認してくれるよう頼んだんですって」

「どちらにしても今夜のビジネスディナー兼チャリティーオークションのためにシアトルまで行かなきゃならなかったんだから」ジュリアスは言った。「きみときみの友だちが警察と話をするあいだ、ぼくはオフィスで二、三仕事を片づけるよ」

「わかったわ」グレースは言った。

「それはそうと、今夜のことで提案があるんだけど」

グレースの全身に緊張が走った。「そうなの？」

「ストーカーの件が解決するまで、夜はきみのそばにいようと思うんだ」

「そうなの？」グレースは繰り返した。

「今夜はシアトルに泊まらないか？　夜中に車で長い距離を帰ってくるより、そうしたほうがいいと思うんだ。ぼくのマンションに客用寝室があるから」

グレースは考えをめぐらせた。ジュリアスの言うとおりだ。どちらにしろ、同じ屋根の下でひと晩過ごすのだとしたら、クラウドレイクに帰ってこようが、そのままシアトルに泊まろうがたいしたちがいはない。

「泊まるのに必要なものをバッグにつめるわ」グレースは言った。

ジュリアスが笑みを浮かべ、グレースは再度、悪いオオカミといちゃつく危険性について考えた。

23

「よくもまあここまでめちゃくちゃにしていったわね」ミリセントが言った。「犯人はウィザースプーンさんがオフィスに隠してたと思ってたものを盗みにきたのよ。それが見つからなくて頭にきたんだわ」

「今回のことが殺人事件とかかわりがあるとはかぎらないと警察は見てるのよ」グレースは指摘した。「おまわりさんがそう言うのを、あなたも聞いたでしょ。警察はただの泥棒かもしれないと考えてる。ここしばらくオフィスが使われていないことに気づいた何者かが、ドラッグを買うお金欲しさに侵入した可能性が高いって」

「なくなってるのはノートパソコンだけだしね」クリスティも言った。「その手の犯人が真っ先に盗もうとするものよ」

三人はウィザースプーン・ウェイの受付エリアにいた。警察官は三人からなくなっているものを聞いて、少し前に帰っていった。そのあと、オフィスをウィザースプーン・ウェイに貸している管理会社が、元社員がオフィスに残していた私物を持ち帰ることを許可してくれた。管理会社の警備員が、それがすんだらオフィスを施錠するために、廊下で待っていた。

グレースがスプレーグの遺体を発見した日以降、三人がオフィスに入るのを許されたのはこれが初めてだった。クリスティとグレースはデスクに残していたものを入れるために小さめの段ボール箱を持ってきていた。ミリセントは美しく輝く、キャスターつきのハード・スーツケースを引いてきていた。

黄色い規制テープはすでに外されていたが、オフィスのなかはつむじ風が吹き荒れたかのようなありさまだった。ミリセントの言ったことは部分的には正しいのかもしれないとグレースは思った。犯人はきっと盗む価値があるものがなくて頭にきたのだろう。

オフィスのインテリアを決めたのはウィザースプーン本人だった。彼が人々に目指すよう言っていたおだやかで調和のとれた心の状態を反映するインテリアにしたいとウィザースプーンは主張し、そのためにミニマリストのインテリア・コーディネーターを雇った。使われているのはグレーとオフホワイトのみで、ガラスの花瓶に飾られた花だけがオフィスに色を添えていた。必要に応じて花を換えるのはクリスティの役目だった。クリスティは植物の扱いを心得ていると、ウィザースプーンはつねに言っていた。

それぞれのオフィスのデスクは、現代の企業に不可欠なハイテク機器を隠せるよう工夫されていた。天板にはめこまれた小さなコントロールスクリーンに指をすべらせれば、パソコンや電話などの機器はすべて禅的な雰囲気をかもし出すなめらかな天板の下に消えた。

インテリアの仕上げとして、ウィザースプーンは風水の専門家を雇い、正しい方角に家具を置いた。その専門家の指示に従って、オフィスの隅に小さな噴水を設置するなど、風水では重要とされることもすべておこなわれた。その噴水からはもう水は出ていなかった。

「どうしてナイラ・ウィザースプーンはパソコンを持ち去らなかったのかしら」ミリセントが言った。

「そんなことする理由がないじゃない」クリスティが言った。「ネットオークションに出すとも思えないし」

「ナイラは今それどころじゃないんだと思うわ」グレースは言った。

クリスティは自分の体を抱くようにして首を横に振った。「警察が考えてるとおりだと思う。今回のこととウィザースプーンさんの身に起こったことは、なんの関係もないのかもしれないわ。グレース、あなたがウィザースプーンさんの遺体を発見したとき、犯人が何かを盗んでいった形跡はなかったって言ってたわよね」

「ええ」グレースは言った。「でも、ちゃんと確認する時間があったわけじゃないから。遺体を見つけてすぐに家の外に出たの」

ミリセントはふんと鼻を鳴らした。「それは賢明だったわね」

「でも、家のなかが荒らされた形跡がなかったことは覚えてるわ」グレースは言った。「それに盗みが目的で侵入した犯人に殺された可能性があるとは新聞にも書いていなかった。ここに侵入したのがウィザースプーンさんを殺した犯人だったとしたら、ウィザースプーンさんのご自宅からも高価なものが盗まれていたはずよ」

「なくなったパソコンのことはナイラに心配してもらうわ」ミリセントは言った。「ウィザースプーンさんがギャンブルにはまってたって話、もう聞いてるわよね?」

「ええ」グレースは言った。「でも、そのために会社のお金を使ってたなんて、とても信じられない」

「わたしも」クリスティが言った。

「あら、わたしは信じられるし、それで多くのことの説明がつくと思うわ」ミリセントは言った。「正直言って、ほっとしてるの。横領となると、経理を担当してたわたしが真っ先に疑われるもの。これで職探しに専念できる。あなたたちのところにもラーソン・レイナーが来たでしょう?」

「ええ」クリスティが言った。「いい話だと思うけど、ラーソンが殺人事件にかかわっていないとはっきりするまで、返事はしないでおこうと思うの」

「ラーソンはわざわざクラウドレイクまでやってきて、レイナー・セミナーズで働かないかと言ってきたわ」グレースは言った。「まだどうするか決めてないの。クリスティの言うとおりよ。決めるのは、ウィザースプーンさんを殺した犯人がわかってからのほうがいいと思う」

ミリセントが声をあげて笑った。「あなたたちとちがって、わたしは雇用主に関してそれほどうるさくないの。わたしは働き口を探してるし、レイナー・セミナーズはモチベーションアップ・ビジネスにおいて、この地域のトップになろうとしてる。わたしはラーソンの申し出を受けるわ」

クリスティは膝のうえの枯れた花を見おろした。彼女のデスクのうえの花瓶から引き抜かれて床に放り投げられていたのを拾ったのだ。「私物を持ち帰るほかに何かしなきゃならないかしら。わたしたちがここを掃除していくと思われてないといいけど」

受付デスクは、かつてはクリスティの持ち場だった。彼女はそこに陣取り、司令官さながらにウィザースプーンの予定を管理し、マスコミをさばいていたのだ。

「あなたたちはどうか知らないけど」ミリセントは小型のスーツケースを引いて自分のオフィスに向かいながら言った。「わたしがここを片づけると思ってる人がいたら、予想が外れて驚くでしょうね。ここを片づけるべきなのは荒らした本人よ。わたしじゃないわ。じゃあ、デスクのなかのものを取ってくる」

ミリセントは彼女のオフィスに姿を消した。

「なんだか悲しいわね」クリスティが言った。

クリスティは高機能のオフィスチェアに座り、デスクのうえで倒されていたフォトフレームを手に取ると、家族の写真が入ったそれを大事そうに段ボール箱に入れた。

「今のわたしたちにぴったりのアファメーションはある、グレース?」ミリセントがオフィスから声を張りあげた。

「〝今日わたしは新しい可能性の扉を開きます〟というのはどう?」グレースは言った。「料理本にのってるフェンネルのローストのレシピに添えたアファメーションよ」

「フェンネルは嫌いだわ」ミリセントが叫び返してきた。

引き出しが勢いよく開け閉めされる音がそれに続いた。

クリスティが顔をしかめ、ミリセントのオフィスのほうを向いた。

「彼女ならこの先もうまくやっていくわね」小さな声で言う。

グレースは微笑んだ。「そうでしょうね。あなたとわたしがウィザースプーンさんのもとで身につけたスキルは、次の雇用主になる可能性がある人たちに売りこみやすいものじゃないけど」

「ウィザースプーン流のアファメーションを持ち出すのはやめてね。今は悲しみに浸りたいの」

「わかったわ」グレースは言った。

自分のオフィスに足を運んで入口に立ち、室内の惨状を眺めた。引き出しに入っていたファイルはすべて取り出されて、床に放り出されている。持ち帰りたいものはたいしてなかった。私物はほとんど置いていなかったのだ。ミニマリストのインテリア・コーディネーターの手によるオフィスには、私物を置いておける場所はないも同然だった。

デスクに段ボール箱を置いて、数少ない私物を入れはじめた。ウィザースプーン・ウェイのロゴが入った大きなマグカップに、ビルの空調の調子が悪くなったときのためにデスクのいちばん下の引き出しに入れておいた青い膝かけに、ランチタイムに近くのドッグパークに行って、街で飼われている犬たちがはしゃぐのを見ながらランチを食べるときに履いていたスニーカー。

会社で飲むために持ってきていたハーブティーのティーバッグを段ボール箱に入れていたとき、オフィスの外から聞き覚えのある甲高い声が聞こえてきた。

「さわらないで」ナイラ・ウィザースプーンがきつい口調で言った。「何ひとつ手を触れちゃだめ。ここは父の会社なんだから。あなたたちの誰かがペン一本でも盗んだら、警察に通報するわよ」

「落ちつくんだ、ナイラ。彼女たちは私物を取りにきたにすぎない。廊下にいた警備員が言ってただろう？　彼が目を光らせてるから大丈夫だ」

よく響く豊かな声。バーク・マリックの声だ。彼がモチベーションアップ・セミナー業界に進出したら、きっと大成功を収めるだろう。

オフィスの入口まで行ってみると、ナイラが怒りに身を震わせて、受付エリアの中央に立っていた。骨ばった顔が怒りにゆがみ、いつにも増して西の国の悪い魔女のように見える。

バークはナイラがクリスティに殴りかかるのを止めようとするかのように、彼女の肩をつかんだ。

ナイラが人に見せびらかせる婚約者を手に入れたのはまちがいない。バークは遺伝子の宝くじに当たったような容姿をしているうえ、驚くほどあざやかな緑色の目と艶やかな黒っぽい髪と鍛えあげられた体を引き立たせるには、どんな服を着ればいいか心得ていた。彼はベッドですばらしい働きをすると、女ならひと目見るだけでわかるような男だった。

「三人とも、早くここを出ていきなさい」ナイラは命令した。「あなたたちにここにいる権利はないわ」

「わたしたちがここにいるのは警察に呼ばれたからよ。私物を持ち帰っていいと管理会社が許可してくれたわ」クリスティが冷静に言った。「ご心配なく。盗む価値のあるものは椅子とデスクぐらいしかないから。中古のオフィス家具として売れば、いいお金になるはずよ」

ブランドもののバッグをつかむナイラの手に力がこもった。「出ていけと言ったのよ。早くしなさい。ここにある、かつて父のものだったものはすべて、今はわたしのものよ。気づいてないかもしれないから言っておくけど、わたしは父のただひとりの相続人なの。今すぐ出ていかないと、警察に通報して、あなたたち三人とも窃盗の罪で逮捕させるわよ」

ミリセントが彼女のオフィスの入口に現れた。「そう騒ぐことはないわ、ナイラ。ちょうど帰るところだったの」クリスティとグレースに向かって言う。「そうよね?」

クリスティはため息をついて、段ボール箱を持ちあげた。「ええ」

グレースはデスクに戻って段ボール箱を持ちあげ、オフィスの外に出た。三人はそろってドアに向かった。

「待って」ナイラが叫んだ。「箱のなかのものを見せなさい」

バークが先ほどより強くナイラの肩をつかんだ。「心配いらないよ、ナイラ。きっと入ってるのは彼女たちの私物だけだ」

「そんなことわからないじゃない。この人たちは信用できないわ」ナイラは大声で言い返した。「わからないの？　このなかのひとりが父を殺したのよ」

あたりに沈黙がおりる。いちばん初めに動いたのはグレースだった。彼女はナイラのもとに行って、段ボール箱を差し出した。

「さあどうぞ」グレースは言った。「かわいいマグカップとハーブティーはあげてもいいわ。でも膝かけはだめ。誕生日に姉からもらったものだから」

ナイラは唇をきっと結んで、段ボール箱のなかを見た。

クリスティが段ボール箱を持って、グレースに続いた。「どうぞ、ナイラ。見てちょうだい。ティッシュの箱と家族の写真が入ったフォトフレームよ」

「こんなことまでしなきゃならないなんて信じられない」ミリセントはぶつぶつ言いながら、ピンヒールを履いた足でしゃがみ、スーツケースを開けて、なかのものを見せた。ブランドもののスカーフが二枚にピンヒールのパンプスが一足にマグカップが一個。「どちらのスカーフもあなたには似合わないと思うけど。あなたには黒いスカーフのほうが似合うわ。そう思わない？」

「さっさと出ていって」ナイラは押し殺した声で言った。「三人ともよ。二度と戻ってこないで」

「いい考えね」ミリセントが言った。

そして立ちあがり、スーツケースを引いてドアに向かった。グレースとクリスティもそのあとに続いた。三人は黙ってエレベーターの前まで行き、ミリセントがボタンを押した。

「ほんと、とんでもない女だわ」ミリセントは言った。

「ナイラが父親のことを怒ってたのは、あなたたちも知ってるはずよ」グレースはふたりに思い出させた。「今彼女は、父親が死んで、関係を修復することが永遠にできなくなったという現実と向き合っているの。深い悲しみに沈んでるのよ」

クリスティは小さく鼻を鳴らした。「ばか言わないでよ。ナイラは父親と仲直りしようなんてしてなかったじゃない。父親のほうがどうだったかはわからないけど。ナイラは深い悲しみとやらに沈んでる自分に酔ってるのよ。いい？　ウィザースプーンさんを殺したのはナイラよ」

「そうだとしても驚かないわ」ミリセントは言って、再度エレベーターのボタンを押すと、振り返ってオフィスのほうを見た。「相続人は彼女だけなんでしょ?」

グレースはミリセントの視線を追った。「ミスター・パーフェクトには別の考えがあるようだったけど」

ミリセントが冷たい笑みを浮かべた。「わたしもクリスティと同じ意見よ。ふたりが共謀して殺したんだとしても驚かないわ」

「お金がなくなったことは当然の報いよ」クリスティが言った。

24

「以上が、これまでわたしがたどってきた道です。ハーレー・モントーヤさんが導いてくださらなかったら、今夜こうしてここに立つこともなかったでしょう。わたしたちの多くが、過去を振り返ったとき、困難な時期にチャンスを与えてくれ、進むべき道を示してくれた人の存在に気づくはずです……」

グレースはようやく息をついた。ジュリアスはうまくやっていた。たしかにモチベーションアップ・セミナーの講師や、選挙戦を戦う政治家としては、合格点に達していないかもしれない。けれどもジュリアスは〝最低最悪のスピーチ〟の改訂版を自信たっぷりに発表して、聞いている人たちに感銘を与えていた。

聴衆の注意を引くのは情熱だ。ジュリアスは情熱のこもった口調でスピーチを始め、会場にいる人たちの注意を引きつけた。スピーチが退屈な事実や数字の羅列ではないとわかると、照明が落とされた宴会場は静まり返った。グラスが鳴る音も、スプーンが皿にあたる音も、ほとんど聞こえなかった。ウェイターでさえ、宴会場のうしろで足を止めて、スピーチに聞き入っていた。

「……ビジネスの世界で成功を収めたわたしたちには真の力を行使する機会が与えられています。永遠に受け継がれる力。人生を変えることができる力です。

まわりを見まわして、スタートラインにつこうとしていたときのあなたを彷彿《ほうふつ》とさせる人間を最低でもひとり見つけてください。次に、あなたがこれまでにしてきたことを正しいこととまちがったことにわけます。そして、誇りを持って思い出せることに注目してください。当時、お金や契約を失うことになっても、自分は正しいこと、立派なことをしていると思えたことです。あなたを彷彿とさせる人間、どんな人間になりたいかまだ決められないでいる人間に、そこから学んだことを話してあげてください。あなたに与えられた任務は、未来をつくる手助けをすることです」

ジュリアスはスピーチ原稿をまとめ、くるりと向きを変えて、フロアより高くなっている演壇を歩きはじめた。スピーチが終わったことに聴衆が気づくのに、少し時間がかかった。いい兆候だ、とグレースは思い、スピーチの出来栄えに満足した。もう少し聞きたかったと思わせるのがこつだ。

ジュリアスが階段をおりはじめたちょうどそのとき、割れんばかりの拍手が起こり、フロアにおりるころには、聴衆の半数が立ちあがっていた。主賓のテーブルについていたグレースもほかの人たちと同様に立ちあがり、夢中で拍手した。ジュリアスがテーブルに戻ってきたときには、残りの半数の聴衆も立ちあがっていた。

自分の顔が輝いているのがグレースにはわかった。彼女はジュリアスににっこり微笑みかけた。

「とてもよかったわよ」鳴り響く拍手の音に負けじと声を張りあげる。「すばらしかったわ」

「すばらしかったかどうかはわからないけど、少なくとも寝てる人はいなかったかな」

ジュリアスはふいにグレースを抱き寄せてキスした。抱き合って交わす長いキスではなく、親密な関係にあるふたりが勝利を祝って交わす短いキスだ。恋人同士が交わすキスだった。聴衆には気に入られたようだった。スピーチより気に入られたかもしれないとグレースは思った。

キスを終えたときには、グレースの顔は熱くなり、息は乱れていて、まわりにいる人たちはみな笑顔になっていた。

ジュリアスがグレースのために椅子を引いた。

「ありがとう」彼はグレースにだけ聞こえる声で言った。「きみに借りができたな」

「そんなことないわ」グレースはすかさず言った。

「いや、ある」ジュリアスは椅子の背をつかんで言った。「座ってくれ。きみが座らないと誰も座れない」

「あら、そう?」グレースは会場内を見まわした。人々はなおも立ったままでいるが、拍手の音は小さくなっている。そろそろ座ったほうがよさそうだ。

グレースは椅子に腰をおろした。彼女を座らせると、ジュリアスも隣の椅子に腰かけた。ほかの人たちもそれにならった。

主賓のテーブルを囲む人々が、小声で称賛の言葉を口にした。ジュリアスのふたつ隣に座る銀行家が、導入が検討されている金融政策について彼の意見を訊いた。グレースは水の入ったグラスを手に取り、口に運びかけたが、危うく落としそうになった。ジュリアスがテーブルの下でもう片方の手をつかんだのだ。

ジュリアスはグレースの手をそっと握った。先ほどのキスと同じぐらいか、それ以上に親密な行為に思えた。彼はわたしのおかげで〝最低最悪のスピーチ〟をしなくてすんだことをありがたく思ってるだけよ。スピーチが終わってほっとしてるんだわ。わたしのアドバイスに感謝してるだけ。手を握られたからって、なんの意味もない。グレースはそう自分に言い聞かせた。

司会者が聴衆の注意をふたたび自分に向けさせ、ジュリアスにスピーチの礼を言うと、進行表に従って閉会の言葉を述べて、オークションは二十分後に博物館のメインウィングで開始されるが、事前入札はまだ受けつけていると説明した。

再度、全員が立ちあがり、ジュリアスはすぐに大勢の人間に囲まれた。会場にいる人々の半数が彼と話をしたがっているようだった。どことなく見覚えがある人も大勢いた。新聞や地元のテレビ局が放映している番組で見たにちがいないとグレースは思った。

グレースはほかの人たちがジュリアスに近づけるよう、その場を離れようとした。するとジュリアスがうしろを見ずに手を伸ばしてきて、彼女の手首をつかんだ。

足を止めて、ジュリアスに身を寄せ、耳もとに口を近づける。

「トイレに行きたいの」ささやき声で言った。

ジュリアスは先端技術の研究に対する国の財政支援不足に関する議論を中断して、グレースを見た。

「ロビーにいるから」そう言って、手を放す。

「すぐ行くわ」グレースは約束した。

好奇心に満ちた視線が向けられるのを感じながら、人ごみを縫うようにして誰もいない静かな廊下に出た。まわりを見まわすと廊下の端に〝ご婦人〟の標示が見えたので、そちらのほうに向かった。

グレースがトイレに入ると、ずらりと並ぶ洗面ボウルの前に三人の女性が立っていて、三人とも彼女をよく知っているかのように会釈し、微笑みかけてきた。グレースは三人ともこれまで会ったことのない女性だとわかっていたが、微笑み返して個室に向かった。今夜ジュリアスといっしょにいたから挨拶されたのだと思った。ジュリアスが太平洋岸北西地域のビジネス界でどういう立場にいるのか、クラウドレイクにいるとすぐに忘れてしまう。

個室から出てきたときには、女性たちはすでにいなくなっていた。グレースはひとりになれたことにほっとしてため息をつき、クラッチバッグを開けて口紅を取り出した。余分な口紅をティッシュで拭き取っていると、ドアが勢いよく開いた。

入ってきたのは三十代初めとおぼしき人目を引く女性だった。ブロンドの髪をうしろで優雅なシニヨンにし、黒と白の二色使いのカクテルドレスを着て、黒いハイヒールを履いている。

先ほど会った三人の女性たちと同じように、彼女が誰だか気づいたのがその目つきでわかったが、女性は笑みを浮かべなかった。

「ジュリアスのお連れの方ね」女性は言った。敵を前にして、戦う覚悟はできているとでもいうような、決意に満ちた険しい声だった。

「いっしょに来るよう誘われたもので」グレースは言った。

不穏な空気が流れ、グレースは次にどうすればいいのかわからないまま、相手の出方を待った。女性はドアまでの道をふさいでいる。知らずにそうしているのだろうが、もしかするとわざとかもしれなかった。

「わたしはダイアナ・ヘイスティングズ」激しい感情を抑えこもうとしているような、かすれた声。「ジュリアスの元妻よ」

「そうでしたか」グレースはドアに目を向けた。不安が高じて、これは非常事態だと確信できるまでになっていた。できるだけ早くここから逃げなければならない。今ここで起こっていることがなんであれ、いい終わり方をしそうにないのは目に見えていた。「グレース・エランドです。はじめまして。さしつかえなければロビーに戻りたいんですが。人を待たせてるので」

「ジュリアスね。ジュリアスのもとに行くんでしょ」

「ええまあ」

「あなたが新しいガールフレンドなのね」ダイアナは戸惑っているような顔をした。「彼のタイプじゃないみたいだけど。自分でもそう思わない？」

「さあ、わかりません。それにあなたは勘ちがいなさってます。ジュリアスとわたしはただの友だちです。ビジネスプランのつくり方について、彼にアドバイスしてもらってるんです」

嘘ではない、とグレースは思った。何度かキスはしたが、ジュリアスとは寝ていない。それにビジネスプランの件は純然たる事実だ。

「ジュリアスは今夜人前であなたにしたようなキスを、友だちにはしないわ」ダイアナは言った。「まわりにいる人たちに自分はこの女と寝ていると知らせたいんじゃなきゃ、男はあんなふうにキスしない」

「ちょっと、やめてください、ヘイスティングズさん。いいえ、ダイアナと呼ばせてもらってもいいかしら。ジュリアスとわたしは出会ってまだ日が浅いんです。共通の友人がお膳立てしたブラインドデートで出会ったの。今夜はジュリアスに頼まれて来ただけです。彼は今夜いっしょに来る相手を探してて、わたしが――その相手として――都合よかっただけよ」

「嘘よ」ダイアナは自信たっぷりに首を横に振り、グレースに近づいた。「いえ、彼があなたを今夜ここに連れてくるのに都合がいいと思ったことはたしかだと思うわ。でも、まちがいなくあなたは彼と寝てる。さっきのあなたたちを見れば明らかよ」

グレースは怒りがこみあげてくるのを感じた。「それはちがいます。でも、もしそうだとしても、今のあなたにはなんの関係もないことでしょ」

ゴールドの革のパーティーバッグをつかむダイアナの手に力がこもった。「あなたが彼と寝ていたとしても、わたしにはどうでもいいことだわ。本当だったら、あなたに共感を覚えてもいいはずだけど。あなたは彼と結婚したときのわたしと同じぐらい世間知らずみたいだから。でもどういうわけか、同情する気にもなれない。あなたたちふたりがつきあおうがどうしようが、わたしにはなんの関係もないから。わかった？」

状況は悪化する一方だった。ダイアナは顔を真っ赤にして目に怒りを燃やしている。グレースは本能的に声をやわらげた。

「ええ、よくわかったわ。ほかに用がないようなら、これで失礼します」

グレースはダイアナの横を通ってドアに向かおうと、歩きはじめた。

「いいえ、まだ用はすんでないわ」ダイアナはその場を動かなかった。「あなたが彼とつきあおうがどうしようが、わたしはかまわない。ジュリアスは冷酷で情け容赦のない計算高い男だけど、それで傷つくのはあなたであって、わたしじゃないもの。そのことは置いておいて、彼に伝えてほしいことがあるの」

「何か言いたいことがあるなら、彼に直接言ってください。今ロビーに行けば会えるわ。そこにいるはずだから。どいてもらえませんか？」

ダイアナはどこうとしなかった。小さなパーティーバッグを手が白くなるぐらいきつく握りしめている。

「あの男に伝えて。あなたが何をしようとしてるのか、わたしにはわかってるって」ダイアナは言った。「シアトルじゅうの人間が知ってるって伝えてちょうだい」

グレースはダイアナの体に触れることなくドアまで行けるか考えたが、無理そうだった。ふたたび怒りがこみあげてきた。

「わたしは伝書鳩なの？」

「ジュリアスに伝えて。あなたが復讐しようとしているのはわかってる。そう思うのも無理はないけど、あなたが復讐するべき相手はわたしであって、わたしの夫や家族ではないって。彼らにはなんの罪もない。ジュリアスのしていることはまちがってるし、なんの意味もないわ。わたしは彼にとって大切な存在じゃなかったんだから。わたしは取引のひとつ、彼が所有する資産のひとつにすぎなかった。彼はわたしを愛してなんかいなかった。彼との結婚生活はまるで悪夢のようだったけど、彼がここまで残酷になれるなんて、当時は思っていなかったって。そう伝えてちょうだい」

「なんですって?」グレースはあまりにも驚いたのでそれ以上言葉が出てこず、黙ってダイアナを見つめた。

ふいにドアが開いた。ダイアナは仕方なく脇にどいたが、ふたりの女性が入ってきたことに気づいていないようだった。彼女の注意はグレースだけに向けられていた。

「ジュリアスは夫の会社をつぶそうとしてる」ダイアナは怒りに満ちた声で言った。「誰もが知ってることよ。ジュリアスは彼のもとを去ったわたしに復讐しようとしてるの。負けを認めるわけにはいかないから。彼は錬金術師アークライトよ。つねに勝たなきゃならないの」

トイレに入ってきたふたりの女性は無言のまま魅入られたように目の前の光景を見つめていたが、ダイアナは気にもとめていなかった。

グレースはどうしようかと考えた。彼女とドアのあいだには今や三人の女性が立ちはだかっている。ウィザースプーン・ウェイ流のアファメーションのひとつが脳裏に浮かんだ。

〝嵐の目になれば、まわりの混沌とした状態をコントロールできます〟

ダイアナに微笑みかけるには最大限の努力が必要だったが、どうにかやってのけた。

「あなたが今おっしゃったことはどれも誤解です、ヘイスティングズさん」グレースは言った。「噂は正しくありません。ジュリアスはご主人の会社をつぶそうとなんてしていないって、わたしが保証するわ」

ダイアナの目に涙が光った。「今夜あの男はたいそうご立派なスピーチをして、長く受け継がれていくものや名誉や人生を変えることの大切さを説いてたけど、彼がエドワードやその家族にしてることを見れば、そんなことは露ほども思ってないのは一目瞭然だわ。ジュリアスにそう言ってやって」

「あなたがご自分で思われてるようにジュリアスのことをよくご存じなら、彼についてほかにも知ってることがあるはずよ」グレースは言った。

ダイアナは顔をしかめた。「え？」

「ジュリアスはとても優秀なビジネスマンよ。あなたも言ってたように、錬金術師アークライトと呼ばれてるわ」

「そんなこと、よくわかってるわよ」ダイアナはメイクがよれるのもかまわず、手の甲で目をこすった。「彼がビジネス界の伝説的な存在だということは充分に承知してる」

「じゃあよく考えてみて」グレースは言った。「ジュリアス・アークライトが本気でご主人の会社をつぶそうとしてるのなら、ご主人の会社はもう何カ月も前に倒産してるはずよ。今ごろは跡形もなくなってるわ。ジュリアスはひとたび心を決めたら容赦ないから。それはあなたもご存じでしょう?」

ダイアナは何も言わずにグレースを見つめた。あとから入ってきたふたりの女性はなおもその場に立ち尽くしている。しばらくのあいだ、誰も動かなかった。

グレースはほかに言うことを思いつかなかったので、向きを変えて、備えつけのペーパータオルを一枚引き抜き、ドアへの道をふさいでいる三人のほうに向かった。

「すみません、通してください」

そう言って歩きつづけると、ふいに三人が脇にどいた。グレースはそのままドアに進み、壁の標示に従ってペーパータオルを用いてドアを開け、ペーパータオルをごみ箱に捨ててから、廊下に出た。

ドアが静かに閉まり、婦人用トイレで身じろぎもせずに立ち尽くす三人の姿を隠した。

25

人ごみを縫うようにして近づいてくるグレースを見て、ジュリアスには彼女が姿を消していた短い時間に何か——たぶん不愉快なこと——があったことがわかった。

グレースは光沢のある黒い生地でできたシンプルなドレスを着ていた。襟ぐりは開きすぎておらず、長袖で、スカート部分も細身にできている。髪はうしろでねじりあげ、ひとつにまとめていた。有能なビジネスウーマンに見えるようにしたかったのだろうが、セクシーな泥棒のように見えるとジュリアスは思った。近くまで来ると、その目に安堵と警戒の色が宿っているのがわかった。

グレースの腕を取って、本能的に彼女の背後を確認したが、怪しい人間はいなかった。

「何かあったのか？」声を落として訊く。

グレースは鼻に皺を寄せた。「何分か前に女子トイレでちょっとした騒ぎがあったの」

ジュリアスは戸惑った。

「トイレでどんな騒ぎが起こるっていうんだ？」しばらくして尋ねた。

「あなたの元奥さんに出くわしたの。いえ、元奥さんがわたしに向かってきたというほうが正確かしら。もしかすると、わたしのあとを追ってトイレに来たのかもしれない」

「なんてことだ」

グレースは唇を引き結んだ。「覚悟して。それだけじゃないから。目撃者がいたの」

「わかったよ。順を追って話してくれ。まずは、どんな騒ぎだったか聞かせてほしい」

「ダイアナ・ヘイスティングズがわたしに食ってかかってきたの。どうしていいかわからなかった。彼女はとても怒ってたのよ、ジュリアス。それと同時におびえてもいた。最悪の組み合わせだわ」

ジュリアスはダイアナがグレースのことを怒る理由を考えたが、思いつかなかった。

「嫉妬したわけじゃないよな。彼女がきみに嫉妬するはずがない」自分が知る純然たる事実として口にする。「彼女のほうからぼくのもとを去ったんだから。でもそうなると、どうしてきみに食ってかかったりするんだ？」

「わたしに怒ってたわけじゃないの」グレースは最大限の辛抱強さを発揮してるのがわかる口調で言った。「わたしは身代わりにすぎない」

「誰の？」

ジュリアスはウサギの穴に落ちていくような気がしはじめていた。女子トイレで起こったことに口を挟まないほうがいいと、男なら誰もが知っている。そう記された手引き書もきっとあるはずだ。

「ダイアナはあなたのことをとても怒ってると同時に恐れてもいる」グレースは静かに言った。「その気持ちをわたしにぶつけてきたのよ。たぶん、あなたと向き合うのが怖いのね。あなたが彼女とエドワード・ヘイスティングズへの復讐として、ヘイスティングズ家が守ってきた会社をつぶそうとしてると思ってるの」

ようやくパズルのピースが収まるべき場所にはまった。ジュリアスはほんの少し心と体の緊張を解いた。

「なるほど」ジュリアスは言った。「その件か」

「身もふたもない言いまわしね」グレースは眉をひそめた。「ええ、その件よ。彼女から伝言を預かったわ。あなたが……よくないことをしようとしてるのはわかってるって」

ジュリアスは目をしばたたいた。「その言葉どおりに言ったのか？」

「いえ、そうじゃないわ」グレースは強ばった口調で言った。「もっと強い言葉を使ってたけど、そんなことはどうでもいいことでしょ」

「心配いらないよ。ヘイスティングズ社で起こってることは、ぼくとはなんの関係もない。この一年半、ヘイスティングズ社は自ら墓穴を掘りつづけてるんだ」

「会社の業績が悪化してるのはあなたのせいじゃないって、わたしもダイアナに言ったの」

そう聞いてジュリアスは不思議なほどうれしくなった。

「本当に？」ジュリアスは尋ねた。「ヘイスティングズ社の業績を悪化させてるのはぼくじゃないって、彼女に言ってくれたのか？」

「当然でしょ。それで事態が収まるとは思えないけど」

ジュリアスは少し考えてから言った。「悪くとらないでほしいんだけど、ヘイスティングズ社の財政状況についてきみは何を知ってるんだい？」

「何も知らないわ」グレースは認めた。「わたしはわかりきってることをダイアナに指摘しただけ」

「わかりきってることって？」

「あなたはとても優秀だから、もし本当にあなたが一年半も前からヘイスティングズ社をつぶそうとしてたら、ヘイスティングズ社はとっくの昔に倒産して、今ごろは跡形もなくなってるはずだって言ったの」

「わお」

ジュリアスはほかに言葉が見つからなかったので、グレースを連れてオークション会場に入った。会場内にいるほぼ全員の目がふたりに向けられた。グレースの体に緊張が走るのがわかった。

「気にするな」グレースと並んで座りながら、彼女の耳もとで言った。

「そう言うのは簡単よね」

「きみが目をつけた高すぎる値がついてるガラス作品を競り落として、とっとと帰ろう」

「そうね。でも言っておくけど、あの美しいガラス作品を競り落とさなきゃならないと言ったのはあなたのほうよ」

「何か競り落とさなきゃならないと言っただけだ。別になんだってかまわなかった」

「あれは本当に美しいガラス作品よ」グレースは熱心に言った。「あなたのマンションに飾ったらすてきだと思うわ」

あのボウルはきみのものだとジュリアスは言いかけた。先ほどグレースがそれを見たときに目を輝かせたのを見ていたのだ。だが、言葉を口にするより早く、グレースが黙りこんだことに気づいた。ジュリアスは不安になって、グレースの全身にすばやく目を走らせた。

「大丈夫かい？」

「もちろんよ」グレースは静かに言った。

彼女の目はステージに向けられている。そのやけに落ちつき払った、おだやかな表情を見て、ジュリアスは思いついたことがあった。

「呼吸法の練習でもしてるのか？」彼は尋ねた。

「まあそんなところ。ウィザースプーン・ウェイ流のアファメーションを心のなかで唱えてるの」

「どういうアファメーションなんだい？」

「〝わたしの心は安らかでネガティブなエネルギーを寄せつけません〟」

「どういう効き目があるんだ？」

「黙って、心の準備をして」

26

バーク・マリックは背が高くセクシーな美しい男だった。高い頬骨と魅惑的な緑色の目が、彼をバンパイアさながらに危険でミステリアスな存在に見せている。ミスター・パーフェクトは完璧すぎて逆に胡散臭いとミリセントは思ったが、彼が興味深い男であるのはたしかだった。

バークがボックス席にやってきて、優雅な仕種で彼女の向かい側に座るのを、ミリセントは見守った。マティーニを飲んでいたが、やけにのどが渇くのは興奮とともに不安も感じているからだろうと思った。スプレーグ・ウィザースプーンを殺した可能性が非常に高い男に、取引を持ちかけようとしているのだ。

バークは殺人犯かもしれないと思うと、どういうわけかますます興奮した。

「メッセージを受けとった」バークは言った。「いったいどういうつもりなんだ？」

彼のイメージにぴったりの、映画やドラマに出てくるバンパイアの声のように低い、官能的な声。ミリセントの体の奥が期待にうずいた。女がよく知らない危険な香りがする男と寝ようと決めたときに感じる感覚だ。けれどもバークは行きずりの相手ではない。ミリセントが、数カ月前、バークが突然舞台に現れたときから練ってきたシナリオのなかで、重要な役割を与えられている男だ。たしかに当初の筋書きとは変わってしまったが、変更を受け入れなければ何も手にできない。暴力的な継父とドラッグ中毒の母親といっしょに暮らすことより悪いことはこの世にないと結論づけた人生の早い時期に、ミリセントはそう学んでいて、その教えが正しいことが、それ以降の人生で証明されていた。

今最も注目されている地区であるサウス・レイク・ユニオンにあるバーは、この時間、ミリセントの予想どおり混んでいた。騒々しい話し声や笑い声や店内に流れる音楽のおかげで、誰にも聞かれることなくバークと話ができそうだった。

「ここで会うことを承知してくれてありがとう」ミリセントは言った。

彼女はこれからものすごく大胆なことをしようとしていた。今までに一度もしたことがないようなことを。けれども〝勇気を出して安全地帯から出て初めて人は輝くのです〟とウィザースプーン・ウェイ流のアファメーションにもある。アファメーションはマーケティングのツールとしては最高だが、とんでもなくばかげていると、ミリセントはかねてから思っていたが、このアファメーションには真実も含まれていると認めるのはやぶさかではなかった。

ひとつたしかなことがある。危険を冒さなければならないときがあるとすれば、それは今だ。

「互いの利益になることについて話がしたいということだったが、いったいなんの話なんだい？」バークは言った。

ミリセントは満足して微笑んだ。「あなたがわたしの思ってたとおりの人だとわかってうれしいわ、バーク。あなたはすぐに本題に入るのが好きな人だと思ってた」

「この場合の本題とは？」

「お金よ」ミリセントは言った。「それもたくさんの」強調するために間を置いてから、声を落として続ける。「あなたの計画がうまくいってたらあなたが手にするはずだった金額よりは少ないけど、かなりの額よ。しかも、さらに増やせる可能性もある」

バークは目に警戒の色を宿しながらも、美しく完璧な笑みを浮かべた。

「なんのことを言ってるのかさっぱりわからないな」

「わたしがグレース・エランドと同じぐらい世間知らずだと思ってるのね」

ウェイトレスがテーブルにやってきて、期待に満ちた顔でバークを見た。

「ご注文は？」

バークはミリセントのグラスを見て、片方の眉を上げた。

「ウォッカ・マティーニよ」ミリセントは言った。「ドライで氷はなし《ストレートアップ》。オリーブはひとつ」

バークは微笑んだ。「ぼくもそれにしよう」

「かしこまりました」ウェイトレスは言った。「すぐにお持ちします」

ミリセントはウェイトレスが人ごみのなかに消えるのを待ってから、オリーブが刺さったプラスチック製の小さなピックで、マティーニを物憂げにかきまわした。

「説明するわ」ミリセントは言った。「わたしは公認会計士の資格は持ってないし大学にも行ってないけど、お金を扱うのは得意でパソコンにも強いの。ウィザースプーンさんの税金の計算や投資も任されてた。ビジネスで用いてた口座だけでなく私用の口座にもアクセスできたの。ウィザースプーンさんは日常のこまごましたことに煩わされるのをいやがった。物事の全体像を見る人だったから。わたしは請求書の支払いも任されてた。ナイラに関するものもすべて。月初めにナイラのお小遣いを彼女の口座に振りこんでたのもわたしよ」

バークの目に驚きと称賛の色が宿ったが、警戒しているというよりもおもしろがっているようだった。

「そいつは興味深いな」バークは言った。「でも、きみは今、失業者の身だ」

「失業者でいるのも、そう長くはなさそう。ウィザースプーンさんのライバルのなかで最も強敵だったのはラーソン・レイナーよ」

「それで？」

「ラーソンは、モチベーションアップ・セミナー・ビジネスにおいてウィザースプーンさんの後がまに座るいちばん簡単な方法は、ウィザースプーン・ウェイを力のある会社に変えた人間を雇うことだという結論に達したの」

バークはうなずいた。「ライバル会社のスタッフを雇うのは理に適ってる。レイナーから自分のもとで働かないかと誘われたんだね？」

「ええ。喜んで申し出を受けると答えたわ。そのあと、あなたのことを考えたの」

「というと？」

「ウィザースプーンさんが死ぬまでの数カ月間、あなたが彼を脅迫していたのを、わたしは知ってるのよ。月の終わりに〝医療費用〟とされてる口座に送金してたのはわたしなんだから」

「もう一度言うけど、なんのことを言ってるのかさっぱりわからないな」バークは言った。

けれども、その声にはいらだちが表れていた。

ミリセントはバークの言葉を無視した。「ウィザースプーンさんはとても巧妙だった。口座を開くとき、年老いた親戚の終末医療にかかる費用を入れる口座だと聞かされた。少しも疑わなかったわ。死にかけているおばさんが最高のケアを受けられるようにするなんてウィザースプーンさんらしいと思ったし、彼にはそうできるだけの財力もあったから」

「作家になることを考えたほうがいいんじゃないか、チャートウェルさん」

「ミリセントと呼んでちょうだい。あなたとわたしはこれからとても親しいお友だちになるんだから。話を続けるわね。あなたは賢明にも無理のない額を要求した。月に数千ドル。個人で最高の看護を受けようと思えば、それぐらいのお金がかかるのは誰もが知ってる」

バークはなおも平然とした顔をしていたが、その目が険しくなったのが薄暗い照明のもとでもわかった。だが、彼が何か言う前に、ウェイトレスがマティーニを持ってきた。

ふたたびふたりだけになると、ミリセントはマティーニを飲んでグラスをおろし、微笑んだ。

「次の章に進むわね」ミリセントは言った。「あなたはウィザースプーンさんをゆすって手に入れてたお金を、お小遣い程度にしか考えてなかったんでしょ？　あなたはもっと大きなものを狙ってた。ナイラが相続する遺産よ。でも、その額は思ったよりだいぶ少なくなったんじゃない？　計画どおりにことが進まなかったら、潔くあきらめて、ほかの可能性に賭けてみる必要があるんじゃないかしら」

バークは考えこむような顔をしてマティーニを飲んだ。

「ぼくが何を計画してたっていうんだ？」

「わたしはウィザースプーンさんの財産がいくらあったか正確に知ってるの。でもクイーン・アン・ヒルにある邸宅と車と何枚かの絵画を残して、多額の財産が消えてしまったのよ」ミリセントは微笑んだ。「警察は横領を疑ってるけど、お金の行方を突き止めるのは不可能だわ」

バークの顔が強ばった。「金が消えたのはきみの仕業だというのか？」

ミリセントはふたたびマティーニを飲んで、グラスをおろした。「わたしはお金を扱わせたら一流なの。ウィザースプーンさんに訊いてみるといいわ。やだ、それは無理ね。彼は死んだんだから。彼が人知れず何かに――正確にはギャンブルね――はまってたかどうかも、今となっては誰にもわからない」

「ネット上で口座を操作したのか？」

「ええ」得意気な口調にならないよう気をつけたが、うまくいかなかったようだ。

「口座を操作して、ウィザースプーンがギャンブルで負けた分を払うために自分の会社から金を横領してたように見せかけたんだな」バークは低く口笛を吹いた。「お見事だ、チャートウェルさん。感心したよ」

「ありがとう。ウィザースプーンさんは莫大な遺産を遺したの。そのお金は海外の口座にあるわ。それだけじゃない。わたしは同じことをもう一度やれる自信がある」

バークの目が光った。彼女が言っていることの意味を理解したのだ。「ラーソン・レイナーのもとで？」

ミリセントはにっこり笑って、オリーブを食べた。

「どうやって？」バークは熱心な口調で尋ねた。

ミリセントは幸福感に包まれた。誘惑のダンスの効果はあったようだ。これで具体的な話に移れる。彼女とバークはプロ同士として仕事の話をしている。バーで会った男を口説くより、はるかに興奮した。

「モチベーションアップ・セミナーの講師がブレイクしたら、どれだけお金が入ってくるか、知ったらきっとびっくりするわよ」ミリセントは言った。「そして、その一部をくすねる方法はいくらでもある」

バークは顔をしかめた。「レイナーがブレイクするというのか？」

「すでにそこそこ成功してるけど、ウィザースプーンさんがいなくなった今となっては、向かうところ敵なしよ。ルックスもいいしカリスマ性もある。あと必要なのはウィザースプーンさんが隠し持ってた妖精の粉だけ。うまくいけば、わたしたちは好きなだけ甘い汁を吸えるわ」

「誰が妖精の粉をかけるんだ？」

ミリセントはくすりと笑った。「グレース・エランドに決まってるじゃない。魔法の力を持ってるのは彼女よ。グレースがウィザースプーンさんをトップにのしあげたの。ラーソン・レイナーに同じことをしてやれないと考える理由はないわ。それにラーソンもそれをわかってるのよ。今日、彼の会社に誘われたとき、グレースとクリスティも誘ってると言ってた。ウィザースプーン・チーム全員を欲しがってるの」

「でも、彼がいちばん必要としてるのはグレースだ。彼女が断ったら？」

「どうして断るの？　グレースは仕事を必要としてる。ラーソンは彼女がウィザースプーン・ウェイでもらってたお給料の二倍払うって言ってるんだし、利益の分け前も約束してるにちがいないわ。グレースは申し出を受けるわよ。信じて」

バークはまたマティーニを飲み、椅子の背にもたれた。

もう大丈夫、とミリセントは思った。プロの詐欺師はおいしい話を目の前にぶらさげられたら食いつかずにはいられないものなのだ。人をだましてお金を巻きあげることで得られる快感は何ものにも代えがたい。

「ひとつ疑問に思ったんだけど」バークが言った。「どうしてぼくを誘ったんだい？　ぼくに何をさせようとしてるんだ？」

「わたしは組織のトップからお金をくすねる方法は知ってるけど、海外の口座にあるお金を洗浄するのはそんなに簡単なことじゃない。パートナーが必要なの」

「ウィザースプーンから盗んだ金を洗浄するのに手を貸してほしいのか？」

「レイナー・セミナーズからいただくお金も」ミリセントは言った。「レイナー・セミナーズはウィザースプーン・ウェイ以上に稼ぐ会社になるかもしれない。わたしたちもパートナーとして長くやっていきましょう」

「ナイラはこの計画にどうかかわってくるんだ？」

ミリセントは手を振って、バークの言葉を退けた。「彼女は関係ないわ」

バークは考えこむような顔をした。「ぼくにはもう彼女は必要ないというのか？」

「あなたがお金のためにナイラと結婚しようとしてたのは知ってるわ。というか、ウィザースプーン・ウェイで働いてる誰もがそう思ってた。ウィザースプーンさんも含めて。でもナイラがもらうはずだった遺産の大部分が消えたのよ。それがどこにあるか知ってて、手に入れることができるのは、わたしだけ。あとは、わたしたちふたりで、ナイラにも警察にも怪しまれずに、それをこっちに持ってきてきれいにする方法を見つければいいだけよ」

「きみは困ってるんだな」バークはおもしろがっているようだった。「金を洗浄してくれる人間が必要なんだ」

「誰かがそうしてくれないと、名前もないような島で死ぬまで暮らすはめになるわ。わたしはここが好きなの。そうした島では買うものもろくにないでしょ」

「取り分は半々にしてほしい」

「もちろんよ」ミリセントはグラスを掲げた。「さっきも言ったとおり、わたしたちはパートナーなんだから」

バークはテーブルに指を打ちつけた。「どうしてぼくを信用できると思うんだ？」

「決まってるでしょ。わたしたちはお互いを必要としてるからよ」

バークはふたたびマティーニを飲んで考えこんだ。圧力をかけるときだとミリセントは思った。

「よく聞いて、バーク。わたしはあなたがウィザースプーンさんをゆすってた証拠を持ってるの。月ごとの支払いをしてたのはわたしだから。お金の動きをたどってニューヨークの口座を突き止めたわ。もしわたしが不幸な事故にでもあったら、その証拠が警察に届くことになってる」ミリセントはマティーニのグラスの脚のまわりに指で正確な三角形をつくった。「ウィザースプーンさんを脅迫してたことが明らかになったら、あなたはウィザースプーンさん殺害の容疑者のトップに躍り出るでしょうね」

バークは状況を理解したようだった。「ぼくたちはパートナーだ」

「よかったわ」ミリセントは空になったグラスを脇に押しやり、ハンドバッグに手を伸ばした。「ふたりだけでお祝いができる場所に行かない？」

「たとえば？」

「わたしのアパートメントなら、ここから歩いていけるわ」

バークはゆっくり笑顔になった。「それは都合がいいね」

27

「やっぱりもらえないわ」グレースが言った。「こんなに高価なもの」

「そうかな？」ジュリアスは言った。

「贈りものとしては高すぎるでしょ」グレースは言い返した。

ジュリアスはマンションの駐車場の彼のスペースに車を入れてエンジンを切り、グレースに目を向けた。

グレースは助手席に座り、ていねいに包まれたガラスのボウルを、まるで値がつけられないほど貴重な宝石でもあるかのように、両手で大事そうに抱えていた。実際にはそれほど貴重なものではなかった。ジュリアスが、サラダも盛れないボウルに大金を払ったことはたしかだが、決して貴重なものではない。

彼にガラスのボウルを渡されて、これはきみのものだと言われたときのグレースの表情こそが、何ものにも代えがたい貴重なものだとジュリアスは思った。グレースはまだ納得していなかった。

「ぼくが持ってても仕方ないだろう？」ジュリアスは辛抱強く言った。「ガラス作品に興味はないし。選んだのはきみだぞ。気に入ったんだとばかり思ってた」

「気に入ったわ。とてもきれいだもの。ふさわしい場所に飾られて照明を浴びている姿が目に浮かぶわ。きっとマルチカラーの大きなダイヤモンドのように美しく輝くはずよ」

「よかった。どこでも好きなところに飾ればいい」

グレースはショックを受けたような顔をして、ジュリアスを見つめた。「あなたは気に入ってないの？　事前にオークションに出される品を見ていたときに、そう言ってくれたらよかったのに。そしたら、こんなに高いもの選ばなかった」

「競《せ》り落とす価値のあるもっと安い美術品があったわけじゃないだろう？　ぼくにとって、それはただのガラスのボウルだ。きれいだとは思うよ。でも芸術はよくわからないんだ」

「芸術はいいわよ。五感が刺激されるわ」

ジュリアスは彼の車の助手席に座るグレースの姿に見入った。数分後には、グレースは彼のマンションの居間にいるはずだ。すでに午前零時をまわっていて、ふたりともこれから長い距離を走ってクラウドレイクに帰りたいとは思わなかった。残された問題は、グレースが客用寝室と彼の寝室のどちらで寝るのかということだけだ。

今夜グレースに会ったときから上がっていた体温が、さらに何度か上昇した。

「ぼくの五感はすでに目いっぱい働いてる。これ以上の刺激はとても受けつけられない」

グレースはぴくりと眉を動かした。「いったいなんの話をしてるの?」

ジュリアスはその質問には答えずにSUVをおり、車のうしろをまわって助手席のドアを開けた。

グレースは包みを両手でジュリアスに渡した。

「車からおりるまで持ってて。お願いだから気をつけてよ」

ジュリアスは片方の腕で包みを抱えた。ボウルは驚くほど重かった。大きなガラスの塊なのだから無理もなかった。

グレースが高さのある助手席からおりるのを、空いているほうの手で助ける。いつしか彼女が彼の車からおりるのを見るのを楽しむようになっていた。グレースは毎回ちがうおり方をする。どのおり方も、見ていておもしろい。今夜はとびきり高いヒールの靴を履いているから、綱渡りさながらのバランス感覚が要求されるはずだった。グレースは慣れた仕種で車の外に出て、右足のつま先を軽く地面についてから、両足でおりた。

「この車にははしごが必要よ」

ジュリアスは微笑んだ。「ダンスを習ったことがあるのか訊こうと思ってたんだ」

「エアロビのクラスに出たことがあるだけよ」グレースは言った。「どうして?」

ジュリアスはSUVのドアを閉めた。「習ったことがあるんじゃないかと思ったんだよ。トレーニングを受けた人間のような動きをするから」

「ボウルを返して」グレースはジュリアスから包みを受けとった。

ジュリアスは車のキーをポケットに入れた。「落としたりしないよ」

「そうかもしれないけど、あなたがこの芸術作品にふさわしい敬意を払って扱うとは思えないから」グレースは両手で包みを持った。「それに荷物を運ぶ人間が必要よ」

「たしかにそうだ」

ジュリアスはSUVのバッグドアを開け、荷室に積まれたふたつの荷物を見て小さく微笑んだ。彼のダッフルバッグの横に、グレースのキャスターつきの小型スーツケースが置かれている。いい光景だった。ふたりが親密な関係であるかのように見えた。

荷物を出して、バッグドアを閉めた。

「エレベーターは向こうだ」そう言って、駐車場の中央を顎で示す。

グレースは包みを大事そうに抱えて、階段とエレベーターがあるほうに歩きはじめた。

「このボウル、本当にいらないのなら、親戚の人か仲がいいお友だちにでもあげたらいいわ」

グレースがボウルを受けとろうとしないことに、ジュリアスはいらだちはじめた。「それはきみのものだ」

「わかったわよ。怒らなくてもいいじゃない」

「怒ってなんかない」ジュリアスは言った。「事実を述べただけだ。そのボウルはきみのものだよ」

「どうもありがとう」

グレースのやけに礼儀正しい口調が、ジュリアスをいっそういらだたせた。

「信じられないな。そんなボウルのことで喧嘩してるなんて」

「ほんと、変よね。高価な美術品を持つのは初めてだから腰が引けちゃって」

「高価な美術品なんて、ぼくだって持ってない。少なくとも、ぼくはそう思ってる。マンションの内装を任せたインテリア・コーディネーターは、彼女が言うところの〝仕上げ〟に大金を費やしたけど、ぼくは家のなかにあるもののどれひとつとして美術品だなんて思っていない。高価な品というだけだ」

「とても裕福なのに」グレースは言った。「美術品を集めないで、何を集めてるの?」

「お金かな。それ以外のものを集めたいと思ったことがないんだ」

「前にも言ったように、あなたは退屈してるのよ」

ジュリアスは、ここ何日かは退屈していない――少なくともグレースといるときには――と言いかけたが、ふいに誰かが駆けてくる音が静かな駐車場に響いたので、はっと足を止めた。黄色い蛍光灯の光のなか、人影が動いた。

黒ずくめの恰好をした男がふたり、車とコンクリートの壁のあいだの暗がりから飛び出してきた。ひとりはグレースのほうに向かい、もうひとりは両手で長いパイプを握って、ジュリアスに向かってきた。

ジュリアスはダッフルバッグとスーツケースを手から離し、横に一歩動いて、振りおろされたパイプをよけた。重そうな金属のパイプは、一秒前にジュリアスの胸があった場所の空気を切り裂いた。

男は一歩うしろによろめいたが、すぐに体勢を立て直して、ふたたびパイプを振りおろしてきた。ジュリアスは床のうえで一回転して男の脚にぶつかった。男はどさりと床に倒れ、うめき声をあげた。

ジュリアスは立ちあがり、パイプをつかんで、男の手から取りあげた。床に倒れている男はそのことに気づいていないようだった。胸を押さえて肺に空気を取りこむのに必死だったのだ。

ジュリアスが向きを変えると、もうひとりの男がグレースを壁に押しつけているのが見えた。男はグレースののどにナイフを突きつけていた。

「動くんじゃない」男は険しい声で言った。「おまえのボーイフレンドと充実した時間を過ごしたいだけなんだ。すぐに終わる」

「もう終わったみたいよ」グレースは言って、ジュリアスのほうを見た。

男はつられて振り返り、仲間が駐車場の床でうなっているのを見て、驚いた顔をした。

「動くな」ジュリアスに向かって怒鳴る。「少しでも動いたら、こいつののどをかき切るぞ。

本当にやるからな」

男がパニックに襲われ、ひどく興奮しているのが、ジュリアスにはわかった。へたに動くと危険だ。ナイフを持つ男とその仲間が、追いつめられて、何をしでかすかわからない。

グレースはなおも両手でガラスのボウルの包みを持っていたが、ふいに両手を突き出して包みを高くあげた。男の腕が払われ、ナイフの刃が彼女の首からそれた。

すかさずグレースはナイフを持つ男の股間を蹴った。彼女がハイヒールのつま先ですばやく正確に標的をとらえるのを見て、男の股間を蹴るのは初めてではないらしいとジュリアスは思った。

だが、そのあとグレースはバランスを崩し、包みをコンクリートの床に落として、自分もその横に勢いよく倒れた。

グレースに蹴られた男は股間をつかんで、よろよろとうしろに下がった。ジュリアスは男の脚を払って腕をつかみ、強くねじりあげた。

男は悲鳴をあげた。ナイフがコンクリートの床に落ち、金属的な音を立てた。

グレースはハイヒールを蹴るようにして脱いで立ちあがり、壁に設置されている火災報知器に駆け寄ると、思い切りレバーを引いた。駐車場内にけたたましい音が鳴り響いた。

階段に続くドアが勢いよく開き、ジュリアスのよく知る人間が現れた。夜勤のドアマンのスティーヴだ。

「すぐに警察が来ます」スティーヴは火災報知器のベルに負けじと声を張りあげた。

その言葉といっこうに鳴りやまないベルが、ふたりの男にとって強壮剤のような役目を果たした。パイプを振りまわしていた男はふらつきながらも驚くほどの速さで立ちあがり、路地に出るドアに向かった。

ナイフを手にしていた男も仲間のあとを追おうとしたが、ジュリアスは男をつかまえて、自分のほうに向かせた。

「彼女にナイフを突きつけたな」ジュリアスは言った。「許せない」

すばやく二度、手刀チョップをお見舞いする。男はふたたび床に倒れ、今度は起きあがらなかった。

ジュリアスはもうひとりの男を追いかけようかと考えたが、今から追っても無駄だとあきらめた。すでに逃げてしまっているだろう。

「防犯カメラが犯人たちの映像をとらえてます。警察に提出しますよ」なおもベルが鳴り響くなか、スティーヴが大声で言った。「あなたたちが襲われるのを映像で見たんですが、ここまでおりてくるのに時間がかかって」

ジュリアスはうなずき、グレースに目をやった。床にかがみこんで、ガラスのボウルの包みを調べている。包むのに使われている紙の表面がでこぼこになっているところをみると、ボウルはすでに割れているようだった。

グレースは立ちあがって、彼のほうを向いた。ジュリアスは腕を広げた。そして彼のほうにまっすぐ歩いてきたグレースを、きつく抱きしめた。

「とてもきれいだったのに」グレースはジュリアスの胸の前で言った。

「ああ、そうだね」ジュリアスは言った。「あのボウルのことで、ひとつ思いちがいをしてた」

「どんな？」

「なんの役にも立たないと思ってたんだ」

遠くからパトカーのサイレンが聞こえてきた。

28

「今夜はこんなふうに終わらせるつもりじゃなかったのに」ジュリアスが言った。

グレースは鏡のなかでジュリアスと目を合わせ、自分の心のなかにさまざまな感情が渦巻いていることに気づいた。なかでも強いのは、声をあげて笑いたいという、理不尽な衝動だ。きっとアドレナリンのせいだろう。いや、単にあんなことがあったあとだからかもしれない。駐車場で襲われているあいだに体内を駆けめぐった化学物質の効果はすでに薄れつつあるが、今でも体が震え、気持ちが落ちつかなかった。

ジュリアスも同じようにさまざまな感情に襲われ、落ちつかない気持ちでいるはずだが、たとえそうだとしても、彼は彼女よりはるかにうまくそれを隠していた。きっと経験の差だろう。

けれどもジュリアスにしても完璧に平静を装えているわけではなかった。彼の目に小さな氷と炎が宿っていることにグレースは気づいた。

ふたりはジュリアスのマンションのマスターバスルームで、ふたつ並んだ洗面ボウルを前に立っていた。警察はふたりの供述を取り、ナイフを手にしていた男を逮捕して、帰っていった。何かわかったら、すぐに知らせてくれることになっていた。

グレースは鏡に映るジュリアスを見つめ、どうしてこんなにセクシーなのだろうと考えた。今この瞬間、最も考えるべきでないのはセックスのことだが、気づくとジュリアスの目に宿る熱だけでなく、乱れた髪や、無造作にゆるめられた黒い蝶ネクタイにまで魅了されていた。

広々としたバスルームに来る途中で、ジュリアスはタキシードを脱ぎ、椅子の背にかけていた。黒檀《こくたん》と金でできたカフスボタンはすでに外されて黒い御影石の天板のうえに置かれ、照明を浴びて美しく輝いている。糊の利いた白いシャツの襟は開かれ、カールした黒っぽい胸毛がのぞいていた。あちこち汚れてはいたものの、悪者と戦ったあとのジェームズ・ボンドみたいだとグレースは思った。

息をして。

そう自分に言い聞かせたが、不安の発作に襲われているわけではなかった。少なくとも今のところは。発作はこのあとで襲ってくるにちがいない。まったくいやになる。いざというときのための薬はちゃんと持ってきてあると、グレースは自分に思い出させた。

これでひとつの問題の答えが出た。今夜どこで寝るかという、今日いちばんの問題の答えが。客用寝室で寝よう。パニックの発作に襲われて、ジュリアスのベッドで目を覚ますなんて、考えるのもいやだ。ロマンティックな夜にはほど遠い。ヴィクトリア時代の人々が神経衰弱と呼んだ状態に陥るのが避けられないのなら、ひとりのときにそうなりたかった。

けれども、しばらくのあいだはセックスのことが頭から離れそうになかった。駐車場で襲われたあとにそうしたように、またジュリアスの腕のなかに飛びこみたい。そのまま彼を寝室に連れていって、ベッドに押し倒したかった。

息をして。

意識的にゆっくり息を吐き出して、鏡に映る自分の姿をじっくり眺める。少しもセクシーには見えなかった。路地を引きずりまわされて、裏口の階段に捨てられた女のように見えた。うしろでひとつにまとめて凝ったシニヨンにし、丁寧にピンでとめた髪は、駐車場で男たちと戦った短い時間でほどけていた。ドレスもめちゃくちゃになっていた。スカート部分が縫い目で裂け、太ももまであらわになっている。ナイフを突きつけてきた男の股間を蹴ったときに裂けたのだろう。ドレスの脇と背は破け、駐車場の床の土で汚れている。ドレスを脱いだら、腰と肩に痣ができているにちがいない。片方の膝をコンクリートの床ですっていて、傷口から血がにじみ出ていた。左の手のひらの付け根がひりひりする。足の裏は真っ黒になっていた。

すでに最悪の状態だったが、痣やすり傷の痛みはこの程度ではすまないとわかっていた。悪夢や不安の発作があとからやってくるのと同じように、あとから痛くなってくるはずだ。セックスをしたいだけでなくシャワーも浴びたかった。それは理解できた。シャワーを浴びたいと思うのは当然の気持ちだ。けれども、どうしてこれほどジュリアスと寝たいのかは、自分でもわからなかった。今夜ジュリアスの腕に抱かれたいと願うほど強く、男の人の腕に抱かれたいと思ったことは、これまでに一度もなかった。

息をして。

グレースは両手で洗面台の縁をつかんで体を支えた。

「どんなふうに終わらせようと思ってたの？」グレースは尋ねた。

「あらためてそう訊かれると、よくわからないけど」ジュリアスは言って、少し考えてから続けた。「〝最低最悪のスピーチ〟をしてるあいだ初めて誰も寝なかったことを祝して、一杯やるとか」

「一杯ね……」グレースは抑揚のない声で繰り返した。

会話に意識を集中しようとしたが、鏡のなかの彼女を見つめるジュリアスの表情が気になってならなかった。冷静な仮面はさらにはがれ、目にむき出しの欲望が宿っている。体の奥深くがいっそう強くうずきはじめた。張りつめた空気のなか、グレースは洗面台をつかむ手に力をこめた。

「飲みたくないなんて言わないでくれよ」ジュリアスは言った。「ぼくはどうしても飲みたいんだ」

グレースはゆっくりうなずいた。「いいわね。一杯やりましょう。でも、その前にシャワーを浴びたいの」身震いして言う。「汚い手でさわられたから」

ジュリアスの目が険しくなった。

「あの男たちはぼくたちのことを待ってた。ぼくたちは運悪く襲われたわけじゃない。待ち伏せされてたんだ」

グレースはぞっとした。「ナイフを持ってた男は、わたしのボーイフレンドと充実した時間を過ごしたいだけだって言ってたわ」

「あいにくその言葉はどんなふうにも解釈できる。きみにはストーカーがいるけど、ぼくにも何人か敵がいるからね」ジュリアスは眉間に皺を寄せて考えこみ、首を横に振った。「そのなかの誰かがさっきのふたりみたいな街のちんぴらに頼るとは思えないけど。ぼくが倒してきた人たちなら、もっとましな人間を雇える」間を置いて言う。「あるいは自分で手を下す」

「あの男たちはわたしのストーカーじゃないと思うわ。どちらの男にも会ったことないもの」

「誰かがぼくを排除するために雇った人間だという可能性もある」ジュリアスはどこかうわの空で言った。

グレースは鏡のなかのジュリアスを見つめた。彼が言ったことの意味に気づき、ショックと恐怖に襲われた。

「わたしのせいなのね」ささやき声で言う。「わたしのせいで、あの男たちに襲われたんだわ」

鏡のなかで茫然と見開かれたグレースの目をジュリアスの目がとらえた。

「それはちがう」ジュリアスは言った。「自分のせいだなんて二度と言うな。悪いのはあの男たちと、彼らを雇った人間だ——そういう人間がいたとしたらだが。ほかには誰も悪くない。わかったか?」

その言葉には命令しているような強い響きがあった。

グレースは鏡に映るジュリアスを見つめた。「ジュリアス」

ジュリアスはグレースの肩をつかんで、自分のほうに向かせると、唇にキスした。情熱の炎をかき立てる、欲望に満ちた激しいキスだった。

グレースは抵抗しなかった。するつもりもなかった。

「ええ」ジュリアスの口の前で言う。「わかったわ」

ジュリアスにしがみつき、片方の脚を巻きつけた。ドレスの縫い目がさらにうえまで裂ける音がした。

ジュリアスはいっそう激しくキスしてきた。彼の手が彼女の腰に触れ、さらに下へとおりるのをグレースは感じた。ジュリアスはドレスの裂け目を見つけると、繊細な布地をつかんで太ももの付け根までひと息に破り、そのまま腰まで押しあげて、レースの飾りがついたシルクの小さな下着をあらわにした。

次の瞬間、グレースはジュリアスにヒップをつかまれて抱えあげられ、そそり立ったものに押しつけられていた。彼のものが硬く張りつめているのがズボンの布地越しにわかった。

グレースはこれまでに経験したことがないほど強烈な欲望に襲われ、荒く息をついていた。ジュリアスが解放のときに導いてくれるのが待ち切れなかった。そんな自分に驚いている自分もいたが、興奮している自分もいて、今は興奮している自分のほうが前面に出ていた。まさに新しい自分だった。存在しているのはわかっていて、これまで何度か見つけようとしたが見つけられずにいた自分だ。恋人たちを燃えあがらせ、夢中にさせて、常識では考えられないようなことまでさせる情熱に、グレースは駆り立てられていた。

苦労しながらボタンを外し、どうにかシャツの前をはだけさせると、ジュリアスの胸に手を触れて、温かな肌とその下で隆起するたくましい筋肉の感触を味わった。そのあいだもジュリアスはグレースを軽々と抱えあげていた。

ジュリアスはグレースを床に立たせてドレスのうしろのファスナーをおろすと、細い袖から腕を抜かせて、前身ごろを腰まで引きおろした。

彼がしようとしていることにグレースが気づく前にブラジャーのホックを外し、左右の胸のふくらみを手で包んだ。乳首が手のひらでこすられて硬くとがるのがわかった。

あらゆる感覚がとぎすまされていた。ジュリアスが荒く息をしていることから、彼が必死に自制心を保とうとしているのがわかり、グレースはそこまで彼を興奮させていることに女として誇らしくなったが、彼女のほうも押し寄せる興奮にわれを忘れそうになっていた。このめくるめく快感の先に待ち受けているものを早く知りたかった。

ジュリアスはグレースの下着のなかに手を差し入れ、そのまま下にすべらせるようにして脱がすと、下着を脇に放り投げて、彼女の腰をつかんだ。

そしてふたたびグレースを抱えあげて、洗面台の縁に座らせた。冷たい御影石がヒップに触れ、グレースは鋭く息を吸いこんだ。

「冷たいわ」

「今だけだよ」ジュリアスは請け合った。

革が金属をこする音がして、ジュリアスがベルトを外したのがわかった。ファスナーをおろす音がそれに続き、グレースが目を下に向けると、大きくそそり立ったものが見えた。初めて不安のようなものを感じた。

「まあ」グレースは言った。

ジュリアスはそばの引き出しから小さな包みを取り出すと、包みを破って、なかからコンドームを出し、すばやく自分のものにかぶせた。

ジュリアスはグレースの両膝に手を置いて、脚を開かせ、そのあいだに入った。熱くうるおった部分に触れられ、グレースは身を震わせて彼の肩をつかんだ。ジュリアスは彼女の敏感な部分をゆっくりなでた。グレースはジュリアスに体を押しつけ、彼の指を自分のなかに入れさせようとした。指を入れてほしかった。ジュリアスは残酷にも彼女をじらしつづけ、感じすぎて息もできないほどの状態まで追いこんだ。これ以上我慢できそうになかった。

「すごく濡れてるね」ジュリアスはグレースののどに唇を寄せて言った。「ぼくを求めてる」

「早く」グレースはそう命令して、ジュリアスを引き寄せた。「今すぐして」

お願いではなく、あくまでも命令だった。

ジュリアスはグレースが彼をあますところなく感じられるように、ゆっくりなかに入ってきた。これほど広げられ、満たされたのは初めてだとグレースは思った。すべてを変えてしまうはずの解放のときを、今にも迎えようとしていた。これまでわからなかった彼女の秘密の一面が明らかになろうとしていた。

ジュリアスをきつく締めつけて首をそらせ、バスルームの照明のまばゆい光に目を閉じて、マニキュアのはげた爪を彼の肩にめりこませた。

ジュリアスはうめき声をあげ、グレースのヒップをつかんで、腰を前後に動かしはじめた。出ていこうとする彼をグレースはさらにきつく締めつけ、自分の奥深くにとどめようとした。けれどもジュリアスはグレースと同じように自分が主導権を握ると決めていて、彼のほうがはるかに力が強かった。

そう、彼のほうが強いのはたしかだが、それと同時に弱くもあると、グレースにはわかっていた。ジュリアスは肩の筋肉を強ばらせ、彼女がきつく締めつけるたびに必死で自分を抑えていたが、それも限界に近づきつつあるようだった。

次の瞬間、グレースは絶頂に達し、めくるめく快感の渦にジュリアスを引きこんで、彼にきつくしがみついた。ジュリアスは最後に一度、グレースの奥深くに突き入れた。

歓びに満ちたかすれたうなり声がタイル貼りの壁に囲まれたバスルームに響いた。ジュリアスのものはグレースのなかで、永遠とも思えるほど長いあいだ、強く脈打っていた。

ようやくそれがおさまったときには、ジュリアスはグレースの腰を挟んで洗面台に手をついて体を支えながら、ぐったりと頭を垂れていた。深々と息を吸いこみ、顔を上げた。

「今夜は」ジュリアスは言った。「こんなふうに終わらせたいと思ってたんだ」

29

ジュリアスはグレースのなかから出た。グレースは一瞬顔をしかめた。まだ感じやすくなっていたし、彼のものはとても大きかったからだ。ジュリアスはグレースの顔をうかがってから、彼女をそっと洗面台からおろした。脚に力が入らず、グレースは洗面台の縁をつかんで体を支えた。

「大丈夫かい？」

グレースはどうにか弱々しい笑みを浮かべた。「トラックに轢《ひ》かれたような姿をしていることは別にして？　ええ、大丈夫よ」

「今の状況にぴったりのアファメーションは？」

「〝トラックに轢かれても死にません。いっそう強くなるだけです〟というのはどう？」

ジュリアスは哲学者のような顔をしてうなずいた。「前向きな考え方だ」鏡に映る自分の姿を見て顔をしかめ、汚れて皺になったシャツを脱ぎはじめた。

「きみがトラックに轢かれたみたいに見えるとしたら、ぼくは列車に轢かれたみたいに見えるな」

グレースはふいにまた声をあげて笑いたくなったが、どうにかこらえ、鏡のなかのジュリアスに微笑みかけるだけにとどめた。

「悪者をつかまえたばかりの男にしては悪くないわよ」

「きみが股間に蹴りを食らわせて倒したあとの話だ。しかもきみはハイヒールを履いてた」

ジュリアスは初めて満足そうな笑みを浮かべた。「これからもそうしたいと思ってるわけじゃないから、こんなことを言うのはいやなんだけど、ぼくたちはすばらしいチームだったね」

グレースも笑みを浮かべた。「ええ、そうね」

ジュリアスは真顔になってグレースを見つめた。「どこであああした護身術を学んだんだい？」

「トレーガー事件に巻きこまれたあとで母に受けさせられたセラピーの一環だったの。悪夢に悩まされて、ずっと眠れなかったから」

「そうだろうね」ジュリアスは、血のイメージが浮かんで眠れなかったり、パニックに襲われたりするのはよくあることで珍しくもないといわんばかりに言った。

「しばらくのあいだは精神科医に診てもらってたんだけど、護身術のクラスを受ければ自分をコントロールできるようになるんじゃないかと母が考えたの。トレーニングは今でも続けてるわ」

「そうだと思ったよ」ジュリアスは言った。「ダンスか体操か武術を習ってるような動きをするから」

「トレーニングを続けてるのはわたしだけじゃないはずよ」グレースは言った。「あなたもいい動きをするわ。かなり強いわよね。海兵隊仕込み？」

「最初に戦い方を教わったのはそうだ。そのあと健康を維持するために武術を習った。きみと同じように今でもトレーニングは続けてる」ジュリアスはいったん言葉を切って続けた。

「ハーレーの片づけ屋をしてたときは——」

「ハーレーのエグゼクティブ・アシスタントをしてたときということよね」グレースは口を挟み、すらすらと言った。

ジュリアスはかすれた笑い声をあげた。

「ああ、そうだ。ハーレー・モントーヤが抱えてる問題には複雑なものもあった。彼がかかわってた土地開発プロジェクトのなかには、地元警察の協力をあてにできない地域が対象になっているものもあったからね。それに仕事で海外に行くと誘拐のターゲットにされる。外国の企業の幹部を誘拐して身代金を要求するのは、地球上の多くの場所で大きなビジネスになってるんだ」

グレースはうなずいた。「あなたはハーレーの片づけ屋兼ボディーガードだったのね。それで多くのことの説明がつくわ」

「でも、シアトルで悪者と戦ったのは初めてだ」ジュリアスは皺だらけになったシャツを見おろした。「最後に駐車場でトラブルに巻きこまれたのがいつだったのかは思い出せないけど」

グレースはかすかに微笑んだ。「駐車場は危険な場所だというものね」

「ああ、それはぼくも聞いたことがある」ジュリアスはグレースを見つめた。「本当に大丈夫かい？」

グレースは鏡のなかの自分に注意を戻した。「シャワーを浴びる必要はあるけど」

「ぼくもだ」ジュリアスは美しく輝く蛇口やハンドシャワーやジェットノズルを備えたタイル貼りの広々としたシャワーブースに目をやった。「ふたりで使える広さだと思うよ」

「ふたりで使える広さだと思う？」

「実際に試してみたことはないから」

グレースはうれしくなって微笑んだ。「試すなら今ね」

30

ミリセントは乱れたシーツを腰まで引きあげて、バンパイアが服を着るのを見守った。彼とのセックスは思っていたとおりすばらしく、今は彼女の支配下にあっても彼が危険な男であることには変わりないと思うことで、いっそう盛りあがった。

バークはベルトを締め終えて、ベッドの横に立った。

「とてもよかったよ」

「ええ、そうね」ミリセントは両手を頭のうえに伸ばしてあくびした。「いつかまたしてもいいかも」

バークは微笑んだ。「楽しみだな」

ミリセントは楽な体勢になって枕に寄りかかった。胸を隠そうとはしなかった。大金をかけた芸術作品なのだから、明るいところで見せたかった。

「最後にひとつ訊いておきたいことがあるんだけど」

バークは寝室の入口で足を止めた。「なんだい？」

「あなたがウィザースプーンさんをゆすってたのは知ってるけど、何をネタにゆすってたのかまではわからなかったの。わたしの好奇心を満たしてくれない？　彼はうしろ暗いところがいっさいない人間のように見えたから」

「うしろ暗いところがいっさいない人間なんていないよ」バークはまた笑みを浮かべた。「スプレーグ・ウィザースプーンにうしろ暗いところがないなんて、とんでもない。ナイラとつきあいはじめてすぐ、ちょっと調べてみたら、ほぼ偶然から家族の秘密に行き当たったんだ」

「なんですって？　なんなの？　ウィザースプーン家の秘密って？」

「モチベーションアップ・セミナー界の新星スプレーグ・ウィザースプーンとして生まれ変わる前、彼は別人だった。ネルソン・クライドモアという三流の詐欺師だったんだ。しかも最終的には刑務所に入ってる」

何を聞かされたのか、ミリセントはすぐには理解できなかったが、やがて声をあげて笑いはじめた。

「やだ、笑っちゃう。こんなにおもしろいことがあるかしら。クリスティとグレースが知ったらどんな顔をするかしらね。ふたりとも彼はほんものだと思ってたのよ。ポジティブ・シンキングの力を本気で信じてる人間だと思ってた」

「クライドモアは詐欺罪で三年服役した」バークは言った。「裁判記録によるとマルチ商法をしてたみたいだ。話がうますぎるのを怪しんだ顧客がＦＢＩに通報して明るみに出たらしい。クライドモアは刑務所に入って刑期を務めあげた。そして刑務所を出ると別の人間になった。スプレーグ・ウィザースプーンになったんだ」

「おもしろいわね。ナイラは父親の過去を知ってるの?」

「いや、知らない。ナイラが生まれたのは、彼がモチベーションアップの方法を説く専門家、ウィザースプーンに生まれ変わったあとだからね。どうやらナイラの母親とウィザースプーンの二番目の妻も真実を知らなかったみたいだ」

「だからウィザースプーンはおとなしくお金を払ってたのね」ミリセントは言った。「払わなければ過去をばらすと脅迫したんでしょ。そんなことになったらおしまいだわ」

「そのとおり。でも、彼が毎月きちんと金を払ってたのはそのためじゃない」

ミリセントは微笑んだ。「ナイラに知られたくなかったのね」

「彼がマルチ商法をしてた前科者だということが明るみに出れば、ナイラはひどいショックを受け、世間からも白い目で見られると、ウィザースプーンにはわかってた。ふたりの関係はすでに危機的状況にあった。これ以上、娘に憎まれたくなかったんだ」

「なるほどね」ミリセントは顔をしかめた。「家族というのはおかしなものね」

「まったくだ」バークは言った。「でも、そのおかげでこちらは甘い汁が吸えることもある」

バークは居間に消え、次いで玄関ドアが閉まる音がした。

まちがいなく危険な男だわ、とミリセントは思った。でも、なんの危険もなければ、おもしろくもなんともない。

シーツをはいで起きあがり、バスルームに入っていってシャワーを浴びた。それがすむとバスローブを着てスリッパを履き、ノートパソコンの前に腰をおろした。当局に怪しまれないようにつくったいくつもの口座に入っている大金を管理するのは大変な仕事だった。

しばらくすると、インターホンが鳴った。ミリセントは微笑んだ。バークが戻ってきたのだ。別に驚くことではない。彼女はセックスがとてもうまいし、男というものはセックスのうまい女にすぐに夢中になるものだから。

ミリセントはノートパソコンを閉じて立ちあがり、戻ってきたバンパイアを迎えにいった。

31

ジュリアスはシャワーの下に立って、グレースがあらゆる方向から噴き出される熱い湯を浴びているのを眺めていた。その姿はたまらなくセクシーだった。湯がそれほど大きくない胸の頂からなめらかな肌を伝って下へと流れ、ヒップの割れ目に消えていく。髪は頭にぴたりと貼りつき、目は固く閉じられていた。

グレースを壁に押しつけて、もう一度、彼女のなかに身を沈めたかったが、彼女が疲れているのはわかっていた。彼自身も疲れているはずだったが、まだそんなふうには感じない。疲れを感じるのはもう少しあとになりそうだ。すばらしいセックスのおかげで、とがっていた神経が少しは落ちついていたが、眠れるようになるまで、少し時間がかかりそうだった。

駐車場での暴力沙汰とそれに続く原始的な交尾によってかき立てられた炎はしずまりつつあったが、性欲と同じぐらい基本的な欲求がわいてきていることに気づいた。

「おなかが空いた」ジュリアスは言った。「それに酒も飲みたい。きみは?」

グレースは目を開けた。彼女が自分はどうなのか考えているのがジュリアスにはわかった。

グレースの顔に驚きの色がよぎった。

「わたしもおなかが空いてるわ」鼻に皺を寄せて続ける。「おかしな話だけど」

「あれだけエネルギーを使ったんだから、少しもおかしくない」ジュリアスはシャワーブースを出ながら、最後に一度、彼の人魚をまじまじと見た。人工の滝に裸で立つ彼女は言葉にできないぐらい美しかった。

向きを変えてタオルで全身を拭き、そのまま腰に巻きつける。額にかかる髪を手でかきあげていると、何かしなければならないことがあるような気がした。ジュリアスは手を止めて考えた。

グレースがシャワーを止めた。ジュリアスはきれいなタオルを渡し、彼女がそれを急いで体に巻きつけるのを見守った。グレースは彼に見られていることに気づいて左右の眉を上げた。

「どうしたの？　何か気にかかることでも？　今夜、襲われたことは別にして」

「何が気にかかるのか、今考えてるところだ」ジュリアスはすぐそばにあるクローゼットから、洗濯してある茶色いガウンを出した。「ほら、これを着て」彼の目がグレースの左膝にとまった。傷から血がにじみ出ている。「ちゃんと手当てをしたほうがいい。座って」

彼女はすばやくガウンを着た。「ありがとう。でもその必要はないわ。あとで絆創膏でも貼っておくから」

ジュリアスは言い争う気分ではなかったので、グレースを抱きあげて、洗面台の縁に座らせた。グレースはため息をついたが抵抗しなかった。

ジュリアスはバスローブの裾を開いて、グレースの膝のすり傷を調べた。

「それほどひどくはなさそうだけど、あとでかなり痛むかもな」

「少しは痛むでしょうね」グレースは認めた。「でも、すぐに治ると思うわ」

ジュリアスは引き出しを開けて、抗生物質が入った塗り薬を出した。彼が綿棒を使って薬を膝の傷に塗ると、グレースは身を強ばらせたが、何も言わなかった。

さまざまなサイズの絆創膏が入った箱を出して、傷を覆う大きさの絆創膏を選ぶと、ていねいにグレースの膝に貼った。

顔を上げると、彼がすることをグレースが熱心に見つめていたのがわかった。その場に漂う、おだやかで親密な空気が、彼の感覚を刺激した。ジュリアスはこみあげてきた欲望を必死に抑えこんだ。グレースは戦ってけがをしている。そのけががじきに痛んでくるはずだし、すでにかなり疲れているだろう。セックスはしばらくお預けだ。

「これで大丈夫だ」ジュリアスは言った。「ぶつけたところが痣になるかもしれないが、それはぼくにはどうにもできない」

「ありがとう」グレースはジュリアスを熱っぽく見つめてハスキーな声で言った。

情熱的な目にもハスキーな声にも負けてはいけないとジュリアスは強く思った。

グレースを洗面台からおろして言う。「きみがここで髪を乾かしたりするあいだに、サンドイッチをつくって、ウイスキーを見つけておくよ」

「わかったわ」グレースがガウンの帯を締めようとしているあいだに、片方の胸がちらりと見えた。「このガウン……ちょっと大きすぎるわ」

「ぼくのだからね」ジュリアスは言った。「すまない。きみに合うサイズのものはないんだ」

そう聞いて、グレースは喜んでいるようだった。

「よかった」彼女は言った。

「よかった？」

グレースはおつにすました笑みを浮かべた。「なんでもないわ」

まったく、女の考えていることはわからない。言葉の意味を翻訳してくれる人間が必要だ。

「じゃあ、サンドイッチをつくるよ」ジュリアスは言った。

なんだかよくわからないときは、食べものの話をするにかぎる。

ジュリアスはバスルームを出て寝室を突っ切り、大きなウォークイン・クローゼットまで行くと、引き出しを開けて、なかから洗濯してある黒い丸首Tシャツとブリーフと穿き慣れたジーンズを出して身につけた。ベルトはしなかった。

裸足のままキッチンに入って明かりをつけ、冷蔵庫を開けた。週に一度、掃除を頼んでいる家政婦には、今夜ここに泊まると言ってあった。〝スーパー家政婦ルネ〟は、彼のために食料を買っておいてくれていた。チェダーチーズときゅうりのピクルスとパンとマヨネーズに加えて、卵ひとパックとほかのものもいくつか入っていた。

チェダーチーズときゅうりのピクルスのサンドイッチをつくりながら、いろいろなことを考えた。今グレースがこのマンションにいることや、つい先ほど、久しぶりに最高のセックスをしたことを。いや、久しぶりではなく生まれて初めてだ、とジュリアスは心のなかで訂正した。

グレースが彼のガウンを着て、裸足のままキッチンにやってきたときには、テーブル代わりにしている黒い御影石のカウンターにサンドイッチとウイスキーをすでに用意していた。シアトルにいて、外に食事に出ないときは、昼や夜もこのカウンターですませている。ダイニングルームにある艶やかなチーク材のテーブルと椅子は、一度も使ったことがなかった。

「メールが届いてないか見てみるんだ」

グレースは立ち止まり、ほんの一瞬、戸惑った顔になったが、すぐに彼がそう言った意味を察したらしく、眉間に皺を寄せた。

「最悪」グレースは言った。「まさかそんな……」

「見てみるんだ」

「あなたのスピーチが始まるときに携帯の電源を切って、そのまま入れるのを忘れてたわ。それどころじゃなかったから」

グレースはクラッチバッグを置いておいたテーブルに足を運んで、バッグのなかから携帯電話を取り出すと、電源を入れて、メールを確認した。顔を上げた彼女の目には、ふたたび戸惑いの色が表れていた。

「ストーカーからのメールは来てないわ。どういうことなの?」

「ストーカーは今夜は別の種類のメッセージを届けようとしたということだ。計画どおりにいかなかったことをまだ知らないのかもしれない。逃げた男が雇い主に電話して、二、三問題が起きて相棒はブタ箱のなかにいるなんて報告するわけないからね」

グレースは深く息をつき、背の高いスツールによじのぼるようにして腰かけると、ジュリアスがウイスキーをグラスに注ぐのを魅入られたように見つめた。

「わたしにメールを送りつけてきてる人間が今夜のことにかかわってると思ってるのね?」

ジュリアスはウイスキーを飲んで、グラスをおろした。「そうじゃないとはっきりするまではそう考えるのが妥当だと思う」

グレースはカウンターに片方の肘をつき、手に顎をのせた。

「わたしのせいであなたまで大変な目にあわせちゃったわね」

「やめるんだ」ジュリアスは命令した。「その話はもうすんだはずだ。ぼくは自ら望んできみといっしょにいるんだ」

「ええ、でも——」

ジュリアスはカウンターの端をまわってグレースの隣に座り、サンドイッチをつかんだ。

「今夜のことはぼくのせいだという可能性もなくはない。ぼくの元妻に会っただろう？」

グレースはグラスを口に運ぶ手を止めて、驚いた顔でジュリアスを見た。

「あの人がごろつきをふたり雇って、あなたを襲わせるとは思えないわ」

「まあそうだろうな」ジュリアスは言った。「ダイアナはお嬢さま育ちで世間の荒波にもまれていない。あの手の男たちを雇う方法なんて知りもしないだろう」

グレースは奇妙な目つきでジュリアスを見た。「いったい誰なら、今夜わたしたちを襲った男たちのような人間を雇う方法を知ってるかしら？」

「いい質問だ」ジュリアスはサンドイッチをかじった。「ネズミの死骸を平気で扱える人間なら知ってると思う」

「わたしのストーカーね」

「そうだ」ジュリアスはサンドイッチをもうひと口かじり、口のなかで嚙みながら今夜の出来事を思い返した。

「個人的なことを訊いてもいいかしら？」少ししてグレースが言った。

ジュリアスは肩をすくめた。「ああ、かまわないよ」

「あなたは今日、ヘイスティングズ社は自ら墓穴を掘りつづけてるって言ってたわね。本当にそう思ってるの？」

「ヘイスティングズ社の業績が悪化してるのは、社内に問題があるからだと思ってる」

「エドワード・ヘイスティングズに、ごろつきを雇ってあなたを襲わせるようなまねができると思う？」

「会社の業績が悪くなったのはぼくのせいだと思ったら、思い切った手に出るかもしれない。でもエドとぼくは昨日今日のつきあいじゃないんだ。エドが父親やおじさんたちと仲たがいしたときに、彼を雇ったのはぼくなんだから。エドはヘイスティングズ社を生まれ変わらせて二十一世紀の今にふさわしい会社にしようとしたが、保守的な父親やおじさんたちがそうさせなかった。だから会社を去ったんだ」

「ヘイスティングズ社を辞めて、あなたのもとで働くことにしたのね」

「ああ、そうだ。それから二年近く経ったとき、エドの父親が心臓発作を起こして引退を余儀なくされた。おじさんたちは自分たちだけでは会社を経営していけないと気づいて、会社に戻ってトップの座に就いてくれるようエドに頼んだ。エドはその申し出を受けた。その数カ月後、ヘイスティングズ社の経営は悪化しはじめた。会社の業績が悪化したのはぼくのせいだと思ってるなら、自らオフィスに乗りこんできて、ぼくに殴りかかると思う」

「そのために誰かを雇ったりせずに？」

「雇うとしても、もっと腕の立つプロを雇うだろう。片づけ屋を使うなら、一流の片づけ屋を使えとぼくが教えたんだ」

グレースは目を見開いてジュリアスを見た。「わお。なんだか怖いわね」

ジュリアスは肩をすくめて、残りのサンドイッチを食べた。自分を偽ろうとは思わなかった――グレースの前では。ダイアナの前で別人になろうとしたこともあったが、結局彼女とはうまくいかなかったのだ。

グレースは考えこむような顔をしてウイスキーを飲み、グラスをおろした。「逮捕された男から何か役に立つ情報を聞き出せるかもしれないわね」

ジュリアスは投資について考えるときのように、グレースの言ったことについて考え、陰に隠れて見えなくなっているものを見つけようとした。

「逮捕された男は雇い主について警察にそれほど詳しいことを話せないんじゃないかな。金で雇われただけだろうし、報酬は現金で受けとっていて、雇い主の名前も素性も知らないはずだ。人相もろくに説明できないだろう。結局のところ、別の方向から攻めてみる必要があるんじゃないかと思う」

「たとえば?」

「ストーカーを表に引き出す方法を考えるとか」

「どんな方法があるというの?」

「まだわからないが、たしかなことがひとつある。そいつにはきみをストーカーする理由があるんだ。その理由がなんなのか突き止めなきゃならない」

「ストーカーがナイラだとしたら、わたしが父親の会社から盗んだと思ってるお金を取り戻そうとして、そんなことをしてるということになるわね。そうなると取引を持ちかけて本当のことを話させるという手が考えられるけど、わたしには差し出すものがないからちょっと難しいかしら」

「ストーカーの目的がお金ではないとしたら？」

グレースはウイスキーを飲んだが、あわてて飲んだせいかのどにつまらせて咳きこみ、グラスをおろした。「ほかにどんな目的があるというの？」

「きみに執着してる元彼の仕業じゃないのはたしかなんだね？」

「ストーカーというのは思いこみの激しい、頭のおかしな人間がすることだから、わたしと過去にかかわりのあった人が、何かのきっかけでおかしくなって、わたしに執着するようになった可能性もないとは言い切れないけど、とても低いと思うわ」

「リストが欲しい」

グレースは目をぱちくりさせた。「これまでにデートしたことがある男の人全員の？」

ジュリアスは微笑んだ。「そんなにたくさんいるのか？」

グレースは顔をしかめた。「そうだったらいいんだけど」

「安心しろ。高校の卒業パーティーにいっしょに行った相手まではさかのぼらなくていい」

「よかったわ。アンドルーがわたしをストーカーしてるわけないもの」

「アンドルーって?」

「高校の卒業パーティーにいっしょに行った相手よ。話したでしょ。最初に誘った相手に断られて、ひどく落ちこんでたって。パーティーのあいだじゅう、泣き言を聞かされたわ。目も当てられないぐらい落ちこんでて、どうしたら、その女の子——ジェニファーというんだけど——の気を引けるか教えてほしいと頼まれたの」

「ポジティブに考えろと言ってやったのか?」

「まあ、そんなところね」グレースは言った。「ジェニファーはあなたにふさわしくないと言ったんだけど聞こうとしないから、彼がパソコンに強いことを思い出させたの。とてもおもしろいオンラインゲームを開発してお金持ちになってから、ジェニファーのもとを訪ねてみてはどうかと言ったのよ」

「アドバイスの効果はあったのかい?」

「あったと言えばあったのかしら。アンドルーは実際にソーシャルメディア・プログラムを開発して会社を興し、株式を公開して大金持ちになったの。でもジェニファーとは結婚しなかった。よかったわ。いっしょになっても、きっとうまくいかなかったでしょうから。アンドルーは彼と同じように頭のいいパソコンおたくと結婚したの。ジェニファーよりはるかにふさわしい相手だった」

「ジェニファーはどうなったんだい？」

「お金持ちとの結婚を繰り返してる。たしか今は三人目の夫とマーサーアイランドの豪邸に住んでるはずよ。アイリーンの話では、家の前に桟橋があって、とても大きなクルーザーが係留されてるんですって」グレースは顔をしかめて半分空になったウイスキーのグラスを見た。「なんだかわたしばかりしゃべってるわね。ちょっと酔っちゃったみたい。そう長く起きていられないかも」

「いいことだ」

ジュリアスはウイスキーを飲んだ。体が温まり、リラックスしてくるのを感じた。

グレースは頭をはっきりさせようとしているようだった。「さっきあなたが言ってたリストだけど」

ジュリアスはグラスをおろした。「ぼくが欲しいのはきみの元ボーイフレンドのリストじゃないんだ。スプレーグ・ウィザースプーンとかかわりがあった人間のリストだよ。彼の仕事や家族にかかわりがあった人間も含めて」

「わたしの身に起こってることがなんであれ、ウィザースプーンさんが殺されたことと関係があると確信してるのね？」

「そこからすべてが始まったみたいだからね。現場にウォッカのボトルがあったのは偶然だとは思えない」

「ええ、偶然じゃないでしょうね。わかったわ。リストはつくる。でも今夜は無理よ。頭がはっきりしないの」

「眠れそうかい?」

グレースはあくびを途中で止めて、何かを考えているような顔でジュリアスを見た。

「ほかにできることがあるの?」

「ベッドの左側か右側か選べるよ」

「人生は選択の連続ね」

ジュリアスは暗闇にしずむ大きなベッドに横になり、グレースがきれいな黄色いネグリジェを着てバスルームから出てくるのを見守った。グレースは幽霊のような動きでベッドまで来て、左側に寝た。

ジュリアスは枕もとの明かりを消してグレースに身を寄せた。腰に手をまわすと、グレースはほんの少し身を強ばらせた。ジュリアスは彼女の肩にキスした。

「眠るんだ」

「ええ」

グレースは眠った。

32

まるで潮が満ちるように不安がグレースを支配し、いつもの悪夢が訪れた。

……グレースは呼吸をしずめようとした。怖がっていることを男の子に気づかれてはならない。心臓が大きく打っている。男の子にも聞こえてしまいそうだった。

男の子は恐怖に凍りついている。グレースは片方の手で男の子の薄い肩をつかみ、もう片方の手でウォッカのボトルの首をつかんでいた。ふたりはモンスターが階段をおりてくる足音に耳をすました。重い足音が聞こえるたびに、ふたりの体に震えが走った。

人殺しが持つ懐中電灯の細い光が闇を切り裂き、ビニールに包まれた死体を照らしてから、地下室の隅に向けられた。男の子を捜しているのだ。人殺しがこちらを向けば、暗闇に隠れている彼女たちが見える。

「走って」グレースは男の子に言った。

男の子の肩をつかんだまま階段の陰から押し出し、のぼり口のほうに押しやる。グレースの険しい声と体を押された衝撃で、男の子の体が動くようになった。

男の子は開いたドアに向かって階段を駆けあがった。

グレースは男の子のあとから、階段を一段飛ばしに駆けあがった。トレーガーが叫んだが、止まらなかった。

トレーガーは彼女を追って階段を駆けあがってきた。すぐにも追いつかれそうだ。彼のほうが背も高いし、力も強い。

男の子が階段のうえまでたどりつき、立ち止まってうしろを振り返った。

「行って」グレースは言った。「立ち止まらないで」

男の子は入口の向こうの薄暗がりに姿を消した。

トレーガーがグレースのGジャンをつかんだ。つかまった。グレースはウォッカのボトルを手すりに叩きつけて割り、ぎざぎざの縁でトレーガーに切りつけた。鋭いガラスが皮膚を切り裂き、骨に当たるのを感じた。トレーガーが悲鳴をあげ、あたりに血が飛び散った。

真っ赤な血がグレースの服と手に降りかかった……

「グレース、起きるんだ。大丈夫。安心して。ぼくがそばにいる。ただの夢だ」

ジュリアスの声が彼女を黒い霧のなかから引きずり出した。グレースはいつものように身を震わせながら、悪夢から目覚めた。ぱっと目を開け、空気を求めてあえぐ。誰かが彼女を押さえつけ、ベッドから起きあがれないようにしていた。

「放して」グレースは自由になろうともがいた。

ジュリアスはすぐに手を放した。グレースは起きあがって布団をはねのけ、両足をベッドからおろして、呼吸法の練習を始めた。

客用寝室で寝ればよかった。危険を冒すべきじゃなかったわ。いったい何を考えていたの？

「驚かせてごめんなさい」ひきつった弱々しい声で言う。「悪夢を見たの。長いあいだ見てなかったんだけど、ウィザースプーンさんの死体を発見した日からまた見るようになって――」

「わかるよ」ジュリアスは言った。「ぼくにも経験がある」

悪夢を見てうなされている女に起こされることに慣れているような、落ちついたおだやかな声。いいえ、そうじゃない、とグレースは思い直した。ジュリアスは自分のことを言っているのだ。

「悪夢に詳しいのね」

「ああ、まあね」

呼吸法の練習は効果がなかった。グレースは立ちあがって、壁のフックにかけておいたガウンを着ると、窓辺に足を運んで外を眺めた。外はまだ暗く、雨もやんでいなかったが、夜空を背景に街の明かりがきらめいていた。

息をして。

振り返ると、ジュリアスがベッドから出るのが見えた。シャワーを浴びたあとに身につけたTシャツにブリーフという恰好だ。彼女が着ているのは彼のガウンだということを、グレースはふいに強く意識した。

「変に聞こえるかもしれないけど、外の空気が吸いたいの。ここにはいられない。外に出たいわ」

「かまわないよ」ジュリアスは近くの椅子に置いてあったジーンズを穿いた。「薬は持ってきたよね？」

ジュリアスが当然のことのようにそう言ったので、やはり彼自身、悪夢に悩まされていたことがあるのだとグレースは思った。

「ええ」ささやくように言った。「バッグに入ってるわ」なんでもないことのように見せたくて、冗談めかして続ける。「家を出るときには必ず――」

「必ず持って出るようにしてるんだな。ぼくもだ。もう何年も飲んでないが、つねに手もとに置いてある」

この瞬間、これ以上にほっとさせられる言葉はなかっただろう。ジュリアスは本当にわかってくれている。けれども強い不安感と胸の苦しさは、いっこうにおさまらなかった。

「どうしても必要になったら飲むわ。でも入口を抜ければ――外に出れば大丈夫だと思う」

グレースは広々とした居間に駆けこんだ。壁一面に広がる窓から入る街の明かりでベランダに出る引き戸の場所がわかった。ジュリアスがグレースより先に引き戸に着き、鍵に手を伸ばした。その手がグレースの手をかすめ、彼女ははっと手を引いた。

「ごめんなさい」

「気にするな」

ジュリアスは鍵を開けて、引き戸を開けた。

階段のうえのドアは開いていた。あそこから出るしかない。ここから外に出る方法はそれ以外になかった。

グレースはベランダに出た。ジュリアスも彼女に続いて冷たい夜の空気のなかに進んだ。手すりを握って呼吸法の練習を始める。

ジュリアスは夜を過ごした相手が夜中にパニックの発作を起こして外の空気を吸いたくなるのはよくあることだといわんばかりに、静かにグレースの横に立っていた。

グレースはしだいに落ちつきを取り戻した。

「ごめんなさい。いやになるでしょ」

「いや、そんなことはない。前よりひどい夢を見るようになってるのかい？」

「ウィザースプーンさんの死体を発見したことから始まってウォッカのボトルにストーカー

にネズミでしょ。まるで罠にかかっているような感じよ。この二週間あまり、本当にひどい夢ばかり見てるの。あなたのベッドで寝れば大丈夫かもしれないと思うなんて甘かったわ。これまで一度も……男の人と朝までいっしょに過ごしたことがなかったのに」

速かった鼓動が遅くなり、呼吸も落ちついてきた。

もう大丈夫と確信すると、グレースはきつく握りしめていた手すりを放して身を起こした。

「まったく」小さな声で言う。「パニックの発作なんてもううんざり」

「わかるよ。言っただろ？　ぼくにも経験あるんだ」

「あの日、精神科病院の地下室で起こったことのせいよ」

「あんな体験をしたら、不安の発作に襲われるようになるのも無理はない」

「トレーガーはわたしを追ってきたの」グレースは大きく息を吸いこんだ。「階段を駆けあがってたら、Gジャンをつかまれた。もう逃げられないと思ったわ。きっと殺されると思った」

「でもきみは手にしてたボトルを割って、ぎざぎざの縁でトレーガーの顔を切りつけて逃げた」

「ええ。もしあのときボトルを持ってなかったら――」

「実際には持ってたんだ。きみは自分と男の子の命を救ったんだよ」

グレースはふたたび大きく息を吸いこんで、ゆっくり吐き出した。

「あの日以来、閉所恐怖症気味になったの。でも、それはたいしたことないわ。エレベーターも飛行機も動いていれば大丈夫。最悪なのは夢よ。ひどい発作はいつも夢を見たあとに起こるの」

「でも、それがいつ起こるのかはわからないんだね。だから、誰とも朝まで過ごさないようにしてた」

グレースは黙ってうなずいた。

「ぼくも夜がいちばんつらかった」ジュリアスはグレースの隣で手すりをつかんだ。「ここ何年かはおさまってるけどね。精神科医にも診せたし、薬も飲んだ。でも、いつまた襲ってくるかわからない」

グレースはジュリアスを見た。「まともな人間なら、紛争地帯に行って、もとの自分のままでいられるはずないわ」

ジュリアスは手すりに身を乗り出して、街の明かりを眺めた。「紛争地帯から戻ったら、物事が変わってみえた」

「あなたが変わったからよ」

ジュリアスはうなずいた。「でも、しばらくのあいだ、何も変わっていないようにふるまおうとしてたんだ。まちがいだったよ。ぼくは人生の転機を迎え、大きな計画を胸に、前に進もうとしてた。そしてそのとおりにした。ハーレーのもとで働きはじめて、彼からさまざまなことを学び、自分の会社を興して金持ちになって、結婚した」

「なんの問題も抱えていないようにふるまおうと決めてたのね」

「ああ、そう固く心に決めてた」

「あなたは目標を立てて、それを達成しようと努力した。だから奥さんとうまくいかなかったの？　紛争地帯に行く前と何も変わっていないようにふるまおうとしたから？」

「いや、それはちがう。ダイアナとうまくいかなかったのは、ぼくが彼女の望む男になれなかったからだ。ダイアナが悪いんじゃない。ぼくはそういう男になれると、自分自身と彼女に思わせていた。ダイアナはきれいだし、気立てもいい。少なくとも、女子トイレでぼくのデート相手を攻撃していないときは、いい人間だ」

グレースは力なく微笑んだ。「でも、それ以外のときは――」

「それ以外のときも、いい人間なんだ。でも、ぼくがダイアナに惹かれたのは、ぼくが夢見ていた新しい人生のパートナーにぴったりの女性に思えたからだと思う」

「紛争地帯に行く前と何も変わっていないあなたが送る人生のパートナーにぴったりの女性に思えたのね」

「ああ。紛争地帯に行く前の正常な自分に戻るリセットボタンはないことを認めるのに、しばらくかかった。やがてダイアナも、ぼくが、彼女が考える正常な人間にはなれないことに気づいた。ダイアナがぼくを彼女が望む夫に変えようとすればするほど、ぼくはアークライト・ベンチャーズの業績を上げることに必死になった。薬に依存する人間がいるように、仕事に依存してたんだ」

「お互いに相手を遠ざけてしまったのね」

「ぼくはダイアナを失いつつあることに気づいてたし、それがぼくのせいであることもわかってた。しばらくすると、また悪夢を見て、うなされるようになった。ダイアナはひどく怖がった。そんな状況になったことに、まごついてもいたんだと思う」

「どういうこと？」

「ダイアナは友だちや家族の反対を押し切ってぼくと結婚したんだ。ぼくが稼いだお金は彼女の世界の入口にぼくを立たせてくれたけど、その世界で生きていける身分は与えてくれなかった。本当の意味で認めてもらうには教育やコネが必要だったんだ。ダイアナは必死にぼくを変えようとしてくれた。彼女からたくさんのことを学んだよ。どんな服装をしたらいいかとか、パーティーで楽しんでいるように見せる方法とか。でも、やがて、ぼくは魔法のような変身を遂げられそうにないと、彼女もぼくも気づいたんだ」

グレースは微笑んだ。「あなたは他人になるために多くの時間を無駄に費やすことはないということにも気づいたんだと思うわ」

ジュリアスは片方の口角を吊りあげて、にやりと笑った。「まいったな、そのとおりだ。ぼくが心的外傷後ストレス障害に悩まされているという事実も、結婚相手の選択をまちがったとダイアナが思ったひとつの要因だったんだと思う。そんなこと、友だちや家族にはとても言えないと思ったんだろう。でも、エドワード・ヘイスティングズはぼくのそばにいたから、ぼくたち夫婦のあいだに何が起こってるのかわかってた。それでダイアナは彼に心を許すようになった。それが、ふたりにとっていい結果につながった」

「あなたはどう思ったの？」

「長く続く人間関係を築くのに失敗したことを認めざるをえなかったけど、じつを言うと心のどこかでほっとしてた。これでやっと好きなことに集中できると思ったんだ」

「ええ、ビジネスね。ビジネスはあれこれ訊いてもこなければ、あなたを変えようともしないし、どうして帰ってくるのが遅いのかと問いつめもしない。でも結局、あなたは何かに依存してる人が必ず気づくことに気づいた。薬には副作用があると」

「ああ。お金を稼げば稼ぐほど、そうすることで得られる満足感は少なくなっていったんだ」

「それはあなたの人生のバランスがとれていなかったからよ」

ジュリアスは笑みを浮かべた。「バランスがとれていないことが問題になるのかい？」

「バランスがとれていないせいで、いろいろな問題が引き起こされるのよ。完璧にバランスがとれた人生を送ってる人はいないんじゃないかと思うわ。物事が悪い方向に傾いていると気づいたときに、すぐに修正すればいいだけなのに」

「もしかして、それもウィザースプーン・ウェイ流のアファメーションのひとつかい？」

「アファメーションにいらいらさせられる人もいるみたいね」

「ぼくはおもしろいと思うけどな」

グレースはふたたび息を吸いこみ、ゆっくり吐き出した。かなり呼吸をコントロールできるようになってきた。毎日の練習のたまものだ。

「ねえ、この状況にぴったりのウィザースプーン・ウェイ流のアファメーションがあるの」

「ああ、そうだろうね」ジュリアスはグレースを見た。「聞かせてくれよ」

「〝正常を定義することなどできません。人生はつねに変わりつづけているからです〟」

「どういう意味なんだい？」

「さあね。でもこうして口に出してみると、最初に思いついたときに思ったより、深い意味のある言葉のように聞こえるわ」

「ああ、とても深い意味のある言葉に聞こえる」

「ありがとう。料理本のなかのハーモニー・ベジタブルスープのレシピに添えたアファメーションなの」グレースはいったん言葉を切って続けた。「同じスープは二度とつくれないということを伝えたかったのよ」

「なるほどね」ジュリアスは立っている場所を動かずに言った。「気分はよくなったかい？」

グレースは脈拍と呼吸の状態を確認した。どちらも良好な状態に戻っていた。「ええ」ためらいがちにつけ加える。「ありがとう」

ジュリアスは黙って一度うなずいた。彼女がなんのことで礼を言っているのか、説明されなくてもわかっているのだ。

「デートの相手とは悪夢や不安の発作について話をしないと、ずっと前に決めたのに」

「偶然だな。ぼくもそう決めたんだ」

「そうなの？」

「きみと同じように、デートの相手と朝までいっしょに過ごさないとも決めた。そのルールをひとまず棚上げにして結婚したら、うまくいかなかった。それで教訓を学んで、離婚後はまたそのルールに従うことにした」

グレースはにっこりした。「シンデレラの男版ね。午前零時までには帰る」

「ガラスの靴は履いてないけどね。ガラスでできてる靴を履くなんて、頼まれてもごめんだ」

「ガラスの靴なんて流行遅れよ」

「よかった」ジュリアスは美しい夜景を眺めた。「今夜起こったことをまとめると、ぼくたちはふたりとも自分で決めたルールを破ったということになるかな」

「ええ、そうなるわね」

グレースは手すりのうえに手をすべらせて、ジュリアスの手の横に触れ、今度は手を引かずにそのままでいた。ジュリアスの手は温かく、力強さと頼もしさが感じられた。

しばらくそうしていると、ジュリアスにそっと手を握られた。

「もう大丈夫かい？」

「ええ、たぶんね」

ジュリアスに連れられて寝室に戻り、彼と並んでベッドに横になった。すぐに眠りに落ち、夢も見ずにぐっすり眠った。

33

「あなたの元奥さんとあなたの会社の元副社長のことを考えてたんだけど」グレースは言った。

「ダイアナとエドワードのことなんて考えなくていい」ジュリアスが言った。「ぼくはどちらのことも考えたくない」

「いいから聞いて。これを聞いたら、あなたも無視できないはずよ」

「いや、できるね。まあ見ててくれ」

グレースはまさにそうしていた。キッチンのスツールに腰かけて、ジュリアスがカウンターの向こうでしていることを見ていたのだ。ジュリアスは片手で器用に卵を割って中身をボウルに落としている。自炊している男の仕種だとグレースは思った。ひとり暮らしに慣れている男の仕種だ。

「あなたは気持ちの整理をすることの大切さを信じてないのね」

「気持ちの整理なんてぼくには必要ない」ジュリアスは次の卵を割って中身をボウルに落と

した。「物事は見たままだ。ぼくは現実に向き合って、次に進む」

「ねえ、よく聞いて、現実主義者さん。わたしは昨日の夜、あなたの元奥さんに女子トイレで食ってかかられたのよ。今起こってることについてわたしの考えを言う権利があるし、あなたにはそれを聞く義務がある」

「どうして？」

「いっしょに寝る仲になったからよ」グレースは言い返した。「あなたとわたしは親密な関係になったの。ちゃんと思っていることを口に出して、話し合わなきゃならないでしょ」

ジュリアスはうめき声をあげた。「いいだろう、話せよ。でも手短に頼む。今日はやることがたくさんあるんだから」

「それはわかってるわ」グレースは御影石のカウンターのうえで腕を組み、ジュリアスが卵に少量の生クリームを入れてかき混ぜるのを見守った。「わたしが見たところ、ダイアナは罪悪感を抱いてる」

「ぼくのもとから去ったことに？　それはどうかな。彼女にはそうするだけの理由があったんだから。直接訊いてみればいい」

「彼女があなたのもとを去ったことに罪悪感を抱いてるとは思わないわ」グレースは辛抱強く言った。「彼女は正しいことをしたと思っているはずよ。とっくに壊れていて修復不可能な関係から、自分自身とあなたを解放したんだから。しかも、これ以上いっしょにいても仕方がないと、子どもができる前に判断できるだけの良識も持ちあわせていた」

「ぼくもそう指摘しようと思ってた」ジュリアスはかき混ぜた卵液をフライパンに注いだ。

「じゃあ、何に罪悪感を抱いてるというんだ?」

「自分のせいで夫の会社があなたにつぶされそうになってることによ」

「ぼくはヘイスティングズ社をつぶそうとなんてしていない」

「わたしもダイアナにそう言ったわ」

「よかった。きみはその点に関してダイアナの誤解を解くために、自分にできることをしたんだ」ジュリアスはへらで卵液をゆっくりかきまわしはじめた。「これでみんな次に進める」

「エドワードと話をするべきだと思うわ」

「次に進むことについて?　今彼は自分の会社がつぶれないようにするので手いっぱいのはずだ。セラピーを受ける時間なんてない」

「あなたが彼の会社を救う手助けをすると申し出ればいいんじゃないかと思ったんだけど」

ジュリアスはグレースが正気を失ったのではないかと思っているような顔で彼女を見つめた。「気づいてないといけないから言っておくが、ぼくも今いろいろと忙しいんだよ」

「ええ、わかってるわ。わたしのためにいろいろしてくれてることをありがたいと思ってる。でも、あなたとエドワードとダイアナのあいだにある問題を解決するほうが重要だと思うの」

「言っただろう？　ぼくと彼らのあいだに問題なんてないって」

「あなたはヘイスティングズ社の業績が悪化してるのは社内に問題があるからだって言ってたわよね。それが本当なら、内部にいるエドワードには問題の本質がわからないんじゃないかしら。相談にのると申し出てみたらどう？」

「断られるに決まってる」

「それは確実なことなの？　それとも、きっと断られるにちがいないとあなたが思ってるだけ？」

ジュリアスはガスこんろからフライパンをおろした。「そろそろこの話は終わりにして、別の話題に移ったほうがいいと思う」

「別の話題って？」

「きみを悩ましてるストーカーの件だよ。ウィザースプーンの周囲にいた人間のリストをつくることになっていただろう？」

「ウィザースプーンさんの周囲にいた人たちのことなら、もう警察に話してあるわ」

「警察が捜してるのはウィザースプーンを殺した人間だ」ジュリアスはスクランブルエッグを二枚の皿によそった。「きみとぼくが捜してるのはストーカーだ」

「ウィザースプーンさんを殺した人間とストーカーが同一人物だったら？」

「話はずっと簡単になる。ウィザースプーンが殺されたこととときみがストーカーされていることにはかかわりがあると思うが、犯人がひとりなのかふたりなのか、まだわかっていないからね」

グレースは御影石のカウンターに指先をリズミカルに打ちつけた。

「犯人がふたりかもしれないと言ったのは、あなたが初めてではないわ。クリスティがナイラとミスター・パーフェクトが共謀してウィザースプーンさんを殺したんじゃないかと言って、ミリセントもそれに同意したの」

「その可能性は充分にあるな」

グレースはカウンターに持ってきていた黄色いレポート用紙とペンに手を伸ばした。「わかったわ。ウィザースプーンの周囲にいた人たちを書き出してみる。忘れてる人がいるかもしれないし」

〝ナイラ・ウィザースプーン〟と書き終えると同時に、グレースの携帯電話が鳴った。画面に目をやると姉の名前が表示されていたので、電話に出た。

「もしもし、姉さん？　いったいどうしたの？」

「さあ」アリソンは言った。「こっちが訊きたいわ」

アリソンの声は冷静でその口調にはどんな感情もこめられていなかった。弁護士モードに入っているのだ。グレースは戸惑った。

「よくわからないんだけど。何かあったの？　大丈夫？　お義兄《にい》さんとハリーは元気？」

「こっちはみんな元気よ。太平洋岸北西地域じゅうのソーシャルメディアはもちろん、ビジネスブログや経済ブログにまで取りあげられてるのは、あなたのほうじゃない」

「なんですって？」

「ゆうベシアトルで開催されたビジネスディナーとチャリティーオークションに、ジュリアス・アークライトといっしょに出席したんですってね」アリソンの声が大きくなりはじめた。「写真も出てるわよ、グレース。シアトルの有力者の半数がいる前で、彼にキスされてる写真。アークライトの奥さんだった女性と、トイレでひともんちゃくあったと噂されてもいるわ」

「最悪」

グレースは右隣に座るジュリアスをちらりと見た。目をおもしろそうに光らせているところを見ると、アリソンの声が聞こえているらしい。

「ちょっと待って」

グレースはスツールから飛びおりて、大きな居間を急ぎ足で突っ切り、窓の前に立った。これだけ離れていれば、ジュリアスにアリソンの声が聞こえることはないだろうと思った。

「落ちついて」静かに言う。「アイリーンとそのご主人にクラウドレイクでブラインドデートをお膳立てされた話はしたでしょ。相手の名前はジュリアスだと言ったはずよ」

「ジュリアス・アークライトだとは言ってなかったわ」アリソンはぴしゃりと言った。

「大事なことだとは思わなかったから。それに姉さんだって訊かなかったじゃない」

「まったく、自分が誰とつきあってるかわかってるの？」

グレースは振り返ってジュリアスを見た。コーヒーを飲んでいて、彼女に見られていることに気づいていないふりをしている。

「ええ、自分が誰とつきあってるのか、ちゃんとわかってるわ」声を落として言った。

「どうしてそんなに小さな声で話してるの？　待って。あなた今どこにいるの？」

「まだシアトルよ」

「シアトルのアパートメントは解約したはずでしょ」アリソンは言った。「やだ。彼といっしょにいるのね？」

「そんなふうに言うのはやめて。まるでわたしがひとりでハルマゲドンを起こそうとしてるみたいじゃない」

「もう遅いわ」アリソンは言った。「ジュリアス・アークライトと寝てるなら、あなたの世界はこれまでとは大きく変わるだろうから。よく聞きなさい、アークライトにはよくない噂があるのよ」

「彼がヘイスティングズ社をつぶそうとしてるというゴシップのこと？　その噂なら知ってるわ。でも、それは事実じゃないのよ」

「元奥さんにもそう言ったんですってね。わたしもどちらかというとあなたの意見に賛成だわ。彼の評判を聞くかぎり、アークライトが本気でヘイスティングズの会社をつぶそうとしてるなら、会社は今よりもっと大変なことになってるような気がするもの」

「そのとおりよ」グレースは言った。

「でも、だからといってヘイスティングズとアークライトとその元奥さんとのあいだに物騒なドラマが進行していないということにはならないのよ。自ら好き好んで三角関係に巻きこまれることはないわ。聞いてる？　くだらないアファメーションやポジティブ・シンキングでどうにかできる問題じゃないのよ」

「くだらないアファメーションですって？」

「言葉尻をとらえるのはやめてちゃんと聞きなさい、グレース。あなたの人生について話してるのよ」

「心配してくれてありがたいと思ってる。本当よ。でも、ちゃんとわかってやってるから。信じて」

「ウサギがオオカミに食べられる前に言う言葉よね」

グレースは微笑んだ。「赤ずきんちゃんにはそんな場面はないけど」

「え？」

「なんでもないわ。そのようすだと、ビジネスイベントのあとジュリアスとわたしが駐車場でふたりの男に襲われたことはまだ知らないみたいね」

「嘘でしょ?」アリソンはあまりの驚きに、一瞬、言葉を失ったようだった。「やだ」

「嘘じゃないわ。でも心配しないで、ジュリアスもわたしも大丈夫だから。ちょっと痣ができたぐらいで、なんともないわ。護身術がついに役に立ったの。ジュリアスがチャリティーオークションで落札した美しいガラスのボウルは粉々になっちゃったけど。でもジュリアスが襲ってきた男のひとりをつかまえたのよ。逃げた男の逮捕につながる情報を、警察がその男から聞き出せるんじゃないかと思うわ」

「信じられないわ。熱が出そう。横になって、冷たい水で絞ったタオルをおでこにのせたほうがいいかしら。いったいどういうことなの?」

「まだよくわからないんだけど、ジュリアスが腕の立つボディーガードだということはわかったわ」

「そうなの?」アリソンは驚いているようだった。

「昔、海兵隊にいたのよ。そのあと、世界じゅうのさまざまな場所で土地開発をしてる人間の片づけ屋をしてたの。とにかく、そういうわけで、わたしのことは彼が守ってくれるから大丈夫。でも、まだお母さんには言わないでね。きっと心配するでしょうから」

「わたしだって心配だわ」

「警察がウィザースプーンさんを殺した犯人をつかまえれば、わたしも落ちついた日々を過ごせるようになるわ」

電話の向こうに、一瞬、沈黙がおりた。

「捜査は進展してるの？」アリソンが弁護士の仕事をしているときの口調で尋ねた。

グレースは前向きに評価することにした。「今にも大きな進展が見られそうよ」

「言い換えれば、なんの進展もないってことね」

「ごめんなさい、もう切らないと」

「気をつけるって約束して」アリソンは言った。

「約束するわ。じゃあまたね。愛してるわ、姉さん」

グレースは電話を切って、ジュリアスに目を向けた。

「姉よ」

ジュリアスは何を考えているのかよくわからない表情で、グレースを見つめた。

「ああ、そうだと思った。お姉さんはぼくとのことをよく思っていないみたいだね」

「気にしないで。わたしから直接聞いたんじゃなくてソーシャルメディアを通じて知ったもんだから、ちょっとショックを受けてるだけよ。無理もないことだわ。それから、これも当然のことだけど、ウィザースプーンさんが殺された事件の捜査に進展がないことを心配してた」

「それはぼくも同じだけど、今はぼくたちのことに話を戻そう」

グレースはキッチンに戻って、スツールに座った。「わたしたちのこと？」

「本当にぼくといていいのかい？」

〝たしかなのは今このときだけです。今を精いっぱい生きましょう〟

グレースは微笑んだ。「あなたといていいと思ってなければ、ここにはいないわ」

ジュリアスは彼女の返事に完全に満足してはいないようだったが、飲んでいたコーヒーに注意を戻した。グレースは黄色いレポート用紙とペンに手を伸ばした。

今度はジュリアスの携帯電話が鳴った。ジュリアスは画面に目をやって、電話に出た。

「いや、かまわないよ、ユージーン。何かわかったらすぐに電話してくれと言ったのはぼくなんだから。それで何がわかったんだい？」

グレースはペンを置いて待った。

「ありがとう」ジュリアスは言った。「ああ、かなり重要な情報だ。クラウドレイク警察のナカムラ本部長に電話して、その情報を伝えてくれ。シアトル警察には彼のほうから連絡してもらう。よくやってくれた。ご苦労さま」

ジュリアスは通話を終了した。「部下のユージーンだ。お金の動きを追うよう頼んであった経済の専門家のひとりだよ」

「そう。それで何がわかったの？」

「ぼくが彼らにウィザースプーン・ウェイの財務記録を細かく調べるよう指示したのは覚えてるだろう？〝医療費用〟とされている興味深い項目が見つかったそうだ」

「何かおかしなところがあるの？」

「ここ数カ月、ウィザースプーンの私的な口座からその名目で毎月数千ドルがニューヨークの銀行の口座に送られてたそうだ。口座の名義はウィリアム・J・ローパー。ところが口座に登録されている住所にウィリアム・J・ローパーという名前の人間は住んでいないらしい」

「おかしいわね。どうしてウィザースプーンさんが医療費をニューヨークの銀行の口座に振りこむの？　東海岸に知り合いはいなかったはずだけど」グレースははっと息をのんだ。

「待って。そこにナイラが相続するはずだったお金が入ってるの？」

「いや、そこまで大きな額じゃない。ナイラのものになるはずだったお金は、きっと海外の口座にでも入ってるんだろう。今回見つかったお金は絞りとられたもののようだ」

「絞りとられたもの？」

「ゆすりだよ」

メールの着信音がして、グレースの携帯電話にメールが届いたことを告げた。グレースは凍りついた。ここ最近は、メールの着信音を聞くたびにそうなる。ジュリアスも押し黙った。

ふたりはそろってグレースの携帯電話を見つめた。グレースは携帯電話を手にして画面に目をやり、ほっと息をついた。

「ミリセントよ。ストーカーからじゃないわ」

「今やミリセントは容疑者リストのうえのほうにいる人間だ」ジュリアスは険しい顔で言った。「なんだって？」

グレースはメールを開いて微笑んだ。「〝人生は短いので、もっとたくさんチョコレートを食べます〟」

ジュリアスは眉をひそめた。「いったいどういう意味なんだ？」

「ただのオフィスジョークよ。クリスティとミリセントとわたしのあいだで、おもしろいアファメーションを考えるのがはやってたの。これはミリセントが考えたものよ。彼女はチョコレートが大好きなの」

ジュリアスは腕時計に目をやった。「朝の八時だぞ。どうしてこんな時間にそんなメールをよこしたんだ？」

「さあ」

「よくそういうメールを送ってくるのか？」

「いいえ、そんなことないわ。このアファメーションはたしかにミリセントが考えたものだけど、彼女はこんなメールを送ってくるようなタイプじゃない」グレースはメールの文面と受信時刻を見た。「変よね？」

「彼女に電話して、どうしてそんなメールを送ってきたのか訊くんだ」

ジュリアスが鋭い口調でそう言うのを聞いて、グレースは不安になった。

「きっとたいした意味はないのよ」携帯電話を見つめて言う。「こんな時間におかしなメールを送ってくるなんて、たしかにミリセントらしくないけど。でも――」

「でも、なんだい？」

グレースは顔をしかめた。「ミリセントはゆうべのビジネスディナーで起こったことを知ったんじゃないかと思うの」

「きみとダイアナとのあいだに起こったことを？」

グレースは咳払いした。「というより、あなたが人前でわたしにキスしたことのほうに興味を引かれたんだと思う。姉さんが言ってたけど、写真も出てるんですって」

ジュリアスはおもしろがっているような表情はいっさい見せずに、まじめな顔で訊いた。

「ぼくがビジネスディナーできみにキスすると、どうしてミリセントがきみにおかしなアファメーションをメールしてくるんだい？」

「彼女なりのユーモアじゃないかしら。退屈な社交生活を送ってるって、いつもわたしをからかってたから」

「どうしてそこにチョコレートが出てくるんだ？」

「男の人にはわからないでしょうね」

「聞く話によるとミリセントはお金に強いみたいだし、多額の金が消えているんだ。さらに、うちの部下が、ウィザースプーンがゆすられて払っていたらしい金を見つけた。そして今度は金に強いミリセントが、朝の八時におかしなメールをきみに送りつけてきた。彼女に電話して、どういうことか訊くんだ」

グレースは息をついた。「わかったわ」

ミリセントの電話番号に電話をかけると、留守番電話が応答した。

「メールしてみるんだ」

グレースはジュリアスを見た。「どうしても彼女と連絡がとりたいのね」

「ついさっきメールが送られてきたんだ。まだ携帯かパソコンをいじってるかもしれない。返信してみろ。早く」

グレースは〝変わりない？〟と打って、先ほどのメールに返信した。

そしてコーヒーを飲みながら返事を待った。少し経っても返事が来なかったので、もう一度留守番電話にメッセージを残した。そのあとまたメールを送った。

〝どうしても話したいの。電話して〟

電話もメールも来なかった。

「彼女がどこに住んでいるのか知ってる？」ジュリアスが訊いた。

「ええ、もちろんよ。ときどきクリスティといっしょにミリセントのアパートメントに行って、三人でカクテルを飲みながら映画を観てたの。ミリセントはサウス・レイク・ユニオンに住んでるわ」

ジュリアスは立ちあがった。「彼女が家にいるかどうかたしかめにいこう」

「今から？」

「そうだ」

「それはあまりいい考えじゃないんじゃないかしら、ジュリアス。さっきからあなたが何度も言ってるように、まだ朝の早い時間なのよ。ミリセントはひとりじゃないかもしれないわ。それにミリセントが玄関に出てきたら、どう言えばいいの？」

「スプレーグ・ウィザースプーンと彼の会社から消えたお金のことで話があると言えばいい。彼女に訊きたいことがたくさんある」

34

ミリセントが住む建物はシアトルのサウス・レイク・ユニオン地区に突如として現れたように見える近代的な高層ビルのひとつだった。シアトルのダウンタウンとユニオン湖のあいだに位置するこの地区は、かつては活気のない工業地帯だったが、今ではオフィスやマンションやアパートメントが入った高層ビルや、話題のレストランやブティックが立ち並ぶ活気のある一画になっている。歩道は、上昇志向と野心を持ち、職場の近くに住むのを好む、IT系の技術者や知的専門職に就く人々であふれていた。スーツ姿の人間はあまりおらず、ジーンズを穿いている人間のほうが多かった。

まだ朝の八時半だったが、コーヒーショップやカフェはにぎわっていた。誰もが目的を持って行動していることにジュリアスは感心した。みな、すばらしい未来を築こうと頑張っているように見える。自分も彼らと同じように意欲と目的を持っていた時期があったことを思い出した。だが、いつしかスリルを感じなくなり、近ごろでは惰性で生きているようなものだった。そこへグレースが現れた。

そしてすべてを変えてくれた。

ジュリアスはグレースがミリセントの部屋番号をオートロックシステムのインターホンに打ちこむのを見守った。

「このあたりは家賃が高そうだな」

「サウス・レイク・ユニオンに住んでるのは、みんな未来を築くのに忙しくて、人のことを詮索する暇がないからだと、ミリセントは言ってたわ」

「つまり彼女はプライバシーを大事にしてるってわけだ」

「大事にしてない人なんている？」

インターホンからはなんの返答もなかった。ジュリアスはガラスのドア越しになかをのぞいた。男がひとり背の高いデスクを前に座り、ドアの反対側で起こっていることに気づかないふりをしている。おそらく二十代だろう。パソコンで仕事をしているように見せかけているが、本当はゲームをしているのだろうと、ジュリアスは思った。

財布を取り出して紙幣を何枚か抜き、たたんでポケットに入れた。

「ドアマンと話してみるよ」

グレースは左右の眉を上げた。「買収するつもり？」

「もっといい考えがあるのかい？」

「そう言われてみればないわ」

グレースはドアマンのデスクのコードを打ちこんだ。ドアマンは呼び出しに応じて立ちあがり、ロビーを突っ切ってドアを開けた。

「何かご用ですか?」ドアマンは〝いいえ〟という返事を期待しているような顔をして言った。

「わたしは一二〇五号室に住むミリセント・チャートウェルの友人よ」グレースは言った。「朝から彼女に連絡をとろうとしてるの。大事な話があって。電話に出ないんだけど、きっと部屋にいると思う。具合でも悪いんじゃないかと心配になって」

「いてもたってもいられないんだ」ジュリアスも言った。

ポケットからたたんだ紙幣を取り出して手のひらに隠し、その手でドアマンの手を握る。手を放したときには紙幣は消えていた。ドアマンはミリセントのことが心配でたまらなくなったようだった。

「チャートウェルさんは電話に出られないほど具合が悪いのかもしれないと思ってらっしゃるんですね?」眉をひそめて尋ねる。

「ええ」グレースは言った。「もしかしたらシャワー中に倒れたのかもしれないわ。ご家族はこの街にはいないから、電話してようすを見にきてもらうこともできないの」

ドアマンはためらっているようだった。「じつは住人の方にはPTEにサインしていただいてるんです」

「PTEって?」グレースは尋ねた。

「入室許可証《パーミッション・トゥ・エンター》です」ドアマンはエレベーターに向かった。「ぼくは安全確認のために部屋に入る許可を得ています。今朝、出勤したときにチャートウェルさんの車が地下の駐車場にあるのを見たんですが、チャートウェルさんは毎朝決まって買いにいくカフェラテを、今朝は買いにいっていません」

エレベーターのドアが開いた。グレースとジュリアスがドアマンについてエレベーターに乗っても、彼は何も言わなかった。三人は十二階でエレベーターをおり、一二〇五号室に向かった。

ドアマンは数回強くノックした。

「チャートウェルさん?」声を張りあげて言う。「いらっしゃいますか? お友だちが来られてます。あなたのことをひどく心配なさってますよ」

「何かあったのよ」グレースは言った。「わたしにはわかるの。ドアを開けて」

「それとも、警察を呼ぼうか?」ジュリアスはそう言って、ベルトにとめていた携帯電話を外した。

「そんな、やめてください」ドアマンはおびえた顔で言った。「そんなことをしたら、チャートウェルさんにひどく怒られます。ぼくの上司にもです。建物内に警察が入ってるのを見られたら、悪い評判が立ちますからね。今開けます」

ドアマンはカードキーでドアを開け、ふたたび大きな声で呼んだ。「チャートウェルさん?」

やはりなんの返事もなかった。アパートメントのなかは不自然なほど静まり返っている。ドアの隙間から居間の一部が見えた。わが家というよりモデルルームみたいだなとジュリアスは思った。インテリアは黒と白を基調にしていて、赤とグレーが差し色として使われている。黒いローテーブルには空のマティーニグラスがひとつ置かれていた。モダンでしゃれているが人間味のない部屋だ。まるでレンタル家具のカタログに載っているコーディネートの一例を、そっくりそのまま再現したようだった。ジュリアスは自分のマンションを思い出した。彼のマンションに置かれている家具には、ここにある家具よりもはるかに高い値札がついていただろうが。

ミリセントはシアトルに根をおろしていないのだと思った。いつでもここでの生活を清算してドアを出ていけるようにしてあるように見えた。

「このままにはできないわ」グレースが言った。「あなたたちはここにいて。ミリセントがいるかどうか、わたしが見てくる」

ドアマンが何か言う前に、グレースはさっそうとなかに入っていった。ジュリアスは戸口に立ったまま、彼女が誰もいない居間を抜けてキッチンに進み、短い廊下に姿を消すのを見守った。

次の瞬間、グレースの声が響きわたった。

「911に電話して！　まだ息があるわ！」

35

「ベッドに横たわるミリセントを見たときには死んでるんじゃないかと思ったわ」グレースはささやいた。「まったく動かなかったし、顔にも血の気がなくて。でも、かすかに息をしてて、脈もあったの」

グレースはジュリアスとドアマンとともにミリセントのアパートメントの外の廊下に立ち、救急救命士がストレッチャーをエレベーターに押しこむのを見ていた。廊下には近くのアパートメントの住人も出てきていて、一連の出来事をひとところに集まって見守っていた。ミリセントは意識がなく、顔に酸素マスクをかぶせられていた。

「救急救命士がハーバービュー・メディカルセンターの人間と話してるのが聞こえました」ドアマンが小さな声で言った。「どうやら薬を大量に飲んだらしいですよ。驚いたな、彼女はそういうタイプじゃないと思ってたのに」

アパートメントの住人からも、同意の声がいくつかあがった。

グレースは腕を組んで、首を横に振った。「わたしも彼女がこんなことをするとは夢にも思わなかったわ。とても信じられない」

ジュリアスはドアマンに目を向けた。「きみはチャートウェルさんのことをどのぐらい知ってるんだい？」

ドアマンは肩をすくめた。「チャートウェルさんはいい方ですよ。気さくに声をかけてくれて、チップも弾んでくださいます。でも、いわゆる個人的なつきあいはありません」

通りから救急車のサイレンが聞こえてきた。サイレンは瞬く間に遠ざかり、やがて聞こえなくなった。廊下に集まっていた人たちは、それぞれのアパートメントに帰りはじめた。

「上司に電話します」ドアマンが言って、携帯電話を出した。「そんなに怒られないといいんですけど」

「何言ってるの？」グレースは言った。「あなたはミリセントを助ける手助けをしたのよ。無事助かったら、それはあなたが安全確認をしたおかげなんだから」

ドアマンはそう聞いていくらか元気を取り戻し、少し離れたところに行って電話で話しはじめた。

ミリセントのアパートメントの隣の部屋から出てきた三十代とおぼしき女性が、首を横に振って言った。「ゆうべ家に連れて帰った男のせいで、こんなことになったんじゃないかしら」

グレースはすばやく首をめぐらせて、女性のほうを向いた。「男って？」

「どこの誰かは知らないけど、きっと奥さんがいる人ね。九時ぐらいに、ふたりで帰ってきたわ。彼女がバーで会った男を連れて帰ってくるのはなにも珍しいことじゃないけど、これまでとはちがってた。今まで聞いたこともないような笑い声をあげてたもの。彼女はとても興奮してるみたいだったわ。きっと特別な相手だったのね」

ジュリアスがミリセントのアパートメントのなかをちらりと見て尋ねた。「その男は何時に帰っていきました?」

「さあ、何時だったかしら。たしか、ちょうど寝ようとしてたときだから、十時半ぐらいね。でも、本当は帰ったんじゃなかったのよ」

グレースは眉をひそめた。「というと?」

「そのあとまた、彼女の部屋に誰かが来たのが聞こえたの。ドアが開いて閉まったわ。そのときは、さっき帰った男がまた戻ってきたんだと思ったんだけど、今考えると、前に彼女が連れ帰ってきた男のうちの誰かかもしれないわね。そうでしょ?」

「その人が帰ったのはいつですか?」ジュリアスが尋ねた。

「さあ、わからないわ」女性は言った。「寝ちゃったから」

「夜勤のドアマンはいるんですか?」ジュリアスは続けて訊いた。

「いいえ、ドアマンがいるのは日中だけよ」

「つまり、ふたりめの訪問者は彼女に入れてもらったことになる。誰だかわかっていたからです」

「そうなるわね」女性はそれがどうしたのといわんばかりに言った。「でも、さっきも言ったけど、彼女はしょっちゅう男を連れこんでたのよ」

グレースはアパートメントの戸口に足を運んだ。彼女が立っているところから、テーブルのうえにのっている空のマティーニグラスが見えた。はっきりさせておかなければならないと思った。たしかめなければ。

「寝室に携帯電話を忘れてきたみたい」グレースはまだ廊下に残っている何人かの人たちに聞こえるように言った。「取ってくるわ。すぐに戻るから」

ジュリアスが彼女を鋭い目で見た。「いっしょに行くよ」

グレースはアパートメントに入ってから、ジュリアスのほうを向いた。

「何か気になることでも？」小さな声で尋ねる。

「さっき見たとき、部屋にパソコンがなかったから。数字に強い人間でパソコンを持っていない人間には、これまで会ったことがない」

「ええ、そうね。もちろんミリセントはパソコンを持ってたわ」

「もう一度、見てくるよ」

ジュリアスは寝室に姿を消した。

グレースは不安を胸に小さなキッチンに向かった。

まさかそんな。カウンターのうえにアルコール飲料のボトルが置いてあった。ボトルがそこにあるのは先ほど急いで寝室に向かう途中に気づいていたが、じっくり見る時間はなかった。今、ボトルに貼られたラベルを見て、自分が正しかったことがわかった。全身が冷たくなった。

「なんてこと」

ジュリアスがうしろに来た。

「やっぱりなかったよ」

彼がボトルを見て身を強ばらせるのが、グレースにはわかった。

「ストーカーがきみの冷蔵庫に入れていったのと同じ銘柄のウォッカだ」ジュリアスは険しい声で言った。

「ウィザースプーンさんの寝室にあったのとも同じよ」グレースはカウンターのうえのボトルを身振りで示して言った。「ミリセントはウォッカマティーニを飲むけど、あれは彼女の好きな銘柄じゃないわ。わたしをストーカーしてる人間が、ゆうべミリセントを殺そうとしたのよ」

36

「つまりこういうことか？」デヴリンが言った。「とっくの昔に片がついた殺人事件を再捜査しろというんだな？」

「そんなことは言ってない」ジュリアスが言った。「トレーガー事件はすでに解決済みだ。ウィザースプーンが殺されたことやミリセント・チャートウェルが薬を大量に飲まされたことが、トレーガー事件とどう関係があるのか、調べてほしいだけなんだ」

「誰の目にも明らかな、ひとつの共通点以外に」グレースは思わせぶりにいったん言葉を切って続けた。「その共通点はわたしよ」

「たしかにそうだ」デヴリンは同意して、少し考えてから言った。「おもしろい」

アイリーンが彼に警告するような目を向けた。

「意見を言っただけだよ」デヴリンは言った。

四人はグレースの家のキッチンにいた。グレースとジュリアスが車でクラウドレイクに戻る途中で雨が降りはじめ、今もしとしとと降りつづけていた。

テーブルのうえにはラージサイズのピザの箱がふたつと、ビールが二瓶と白ワインが入ったグラスがふたつ置かれていた。

アイリーンは申し訳なさそうにグレースを見た。「あなたの言うとおりだったわ。あなたたちがうちで夕食をとるに先立って、あなたをどう思ったかあとで教えるよう、デヴリンがジュリアスに頼んでたの」

デヴリンは顔をしかめた。「おい、アイリーン。ちゃんと説明したじゃないか――」

「いいのよ」グレースは男たちに冷ややかな笑みを向けて言った。「もう昔の話だし。今さらどうしようもないもの。過ぎたことは水に流しましょう。こんなときにぴったりのウィザースプーン・ウェイ流のアファメーションがあるのよ。〝通り過ぎた嵐を呼び戻してせっかく晴れている空を曇らせるようなことはしません〟」

ジュリアスとデヴリンは男同士にしかわからない視線を交わした。

「言い換えれば、最初のデートがじつはおとり捜査だったことを、グレースはぼくに決して忘れさせてくれないということだ」ジュリアスが言った。

デヴリンがビールを持ち、瓶の口越しにグレースを見た。「過ぎたことは水に流すんだろう？」

「ええ、そうよ」グレースは言って、デヴリンににっこり微笑みかけた。「でも、この場合、あなたはわたしに借りがあるんじゃない？」

「よく言ったわ」アイリーンが言った。「そのとおり、デブリンはあなたに借りがある。わたしにもね」

「認めるよ。おれはきみたちふたりに借りがある」デヴリンはそう言うと、小さなブリーフケースからノートパソコンを取り出した。「今日、ジュリアスから電話をもらったあと、トレーガー事件の記録を調べてみた。ウォッカの銘柄は証拠品リストには記されてなかったが、ボトルの写真があった」

グレースは息をのんだ。「最近になってわたしの前に現れた三つのボトルと同じ銘柄なの？」

「そうだと思う」デヴリンは言った。「でもラベルがあまりよく見えないんだ」ためらいがちに続ける。「事件現場の写真は……見て気持ちのいいものではないぞ。本当に見たいのか？」

グレースの脳裏にトレーガーの血まみれの顔がよぎった。グレースはごくりと唾を飲みこんだ。

「わたしが見たいのはウォッカのボトルの写真だけよ。念のため言っておくけど」

デヴリンはうなずいた。「わかった。ボトルの写真だけだな。死体の写真は見なくていい」

「ありがとう」グレースは言った。

デヴリンはいくつかキーを叩いてから、ノートパソコンの向きを変えて、グレースが画面を見られるようにした。グレースは心の準備ができていると思っていたが、まちがいだった。乾いた血がついた割れたウォッカのボトルを見ると、全身を恐怖が貫いた。彼女はこの恐ろしい凶器で男を殺したのだ。

「最悪」グレースはささやいた。

デヴリンがグレースを見つめた。「きみは幼い子どもと自分の命を救ったんだ。それを忘れるな」

「忘れないわよ」グレースは言った。「忘れられるはずないもの」

ジュリアスがテーブルの下で手を伸ばし、グレースの固く握りしめた手を握った。

アイリーンがグレースを心配そうに見た。「大丈夫？」

グレースはゆっくり息を吸って吐き出した。「ええ」

「どうだい？」デヴリンがうながした。

「ええ」グレースは言った。「ウィザースプーンさんの家の寝室とミリセントの家のキッチンにあったものと同じ銘柄だわ。ストーカーがわたしの冷蔵庫に入れていったものとも同じ銘柄よ」

「彼女の言うとおりだ」ジュリアスも言った。「同じ緑と金色のラベルだ」デヴリンを見て続ける。「偶然とは思えない」

「そうだな」デヴリンは同意した。「でも、一応言っておくけど、今のところシアトル警察は、ミリセント・チャートウェルは自殺を図ったか、誤って薬を飲みすぎたと考えている。何者かに殺されかけたことを示す証拠はないし、意識が戻っていないので話を訊くこともできないらしい」

「誰かが彼女を殺そうとしたのよ」グレースは言った。「わたしにはわかるの」

「ほかに何か証拠となるものを見つけないと」ジュリアスが言った。

「今のところはボトルしかない」デヴリンが言った。「二件の殺人と今回の未遂に終わった殺人と思われるものは、それぞれ方法がちがう。トレーガー夫人は殴り殺されてるし、ウィザースプーンは銃殺だ。ミリセントは薬の飲みすぎに見せかけられている」

アイリーンがグレースを見つめた。「あなたは今朝ミリセントからメールをもらったのに、彼女が意識を失ったのはあなたがアパートメントに行く何時間も前だと警察は考えてるのよね？」

「ええ」グレースは言った。「警察と話したとき、そんなメールを送ってくるなんてミリセントらしくないと指摘したんだけど、彼女なりのさよならだったんじゃないかと言われたの。ミリセントは家族とは疎遠になってたみたいだし、真剣につきあってる相手もいなかったけど、わたしのことは好きでいてくれたから。少なくとも、わたしはそう思う。でも、本当のところはどうかわからないわね。わたしは彼女のことをよく知らなかったみたいだから」

「つきあってる相手と言えば」ジュリアスが言った。「隣に住む女性が、ゆうべ彼女の部屋に男が来たと言ってた。ふたりか、あるいはひとりの男が一回帰って一時間後にまた来たか」

「ミリセントはバーで男の人に声をかけるのが好きだったの」グレースは言った。「危険なセックスを楽しんでたけど、決してばかなまねはしなかった」

三人はそろってグレースを見た。男ふたりが何も言わずにいるなか、アイリーンが咳払いした。

「危険なセックスを楽しむこと自体、充分にばかなことだと言う人もいるでしょうね」アイリーンは言った。「ミリセントは声をかける相手をまちがったのかもしれないわ。その男がいったん帰ってからまた戻ってきて彼女を殺そうとしたのよ」

「それではウォッカのボトルがあったことの説明がつかない」ジュリアスが指摘して、ビールの瓶を持ちあげた。「うーん」

三人の目がジュリアスに向けられた。

「なんだい?」デヴリンが尋ねた。

「トレーガー事件は明らかに家庭内暴力だ」ジュリアスは言った。「ウィザースプーン殺害とミリセントの殺人未遂は金が絡んでるとぼくたちは見てる。でも、犯人が現場にウォッカのボトルを残す理由として考えられることはひとつしかない」

「警察の目をわたしに向けさせるためね。ええ、そのことにはわたしも気づいてたわ。警察がボトルのことを知ったら――」グレースはそこで言葉を切って、デヴリンを見た。「ええと――」

デヴリンはまじめな笑みを浮かべた。「ああ。おれは警察官だ」

「ええ」グレースはていねいな口調で言った。「よくわかってるわ」

「それに、信じてくれないかもしれないが、きみの友だちでもある」デヴリンはつけ加えた。

「そのとおりよ」アイリーンが言った。

グレースはデヴリンに向かって小さく微笑んだ。「ええ、そうよね。ありがとう」

「おいおい、きみは根に持つタイプなんだな」デヴリンが言った。

「わたしは根に持ったりしないわ」グレースは請け合った。「そんなことをしたら心のバランスが崩れるもの」

「それはよかった」デヴリンは警察官らしい口調で言ったが、目にはおもしろがっているような表情が宿っていた。

ジュリアスがデヴリンに向かって言った。「クラウドレイク警察の関係者以外で、トレーガー事件の記録を見られる人間は？」

デヴリンは首を横に振った。「はっきりとはわからない。おれがここに来るずっと前に起こった事件だし。でも記録を詳細に調べればボトルのことはわかったと思う。かなりよく調べなきゃならなかっただろうがな。さっきも言ったとおり、ボトルは証拠品のリストに載っていたが、その銘柄は重要視されなかったらしい。少なくとも記録には残っていなかった」

画面に映し出された写真を身振りで示す。「見ろよ。ラベルについた――」

デブリンはそこで言葉を切った。誰もその続きを口に出して言おうとしなかったが、グレースの頭のなかでは完全な文章になって聞こえた。〝ラベルについた血のせいで銘柄が読めないだろう?〟

「今デヴリンが言ったとおり、当時彼はここにいなかったの」アイリーンがすかさず口を挟んだ。「もちろん、地元では大きなニュースになったわ。トレーガーが奥さんを殺したことや、グレースがお酒のボトルを割ってトレーガーに立ち向かったことは、町に住む誰もが知ってた。でも、警察以外の人間がお酒の銘柄を知ってたとは思えない。わたしも知らなかった。事件のことはすごく気にしてたのに。親友が殺されかけたんだから」

「つまり何者かが事件の詳細を調べたんだ」ジュリアスはそう言って椅子の背にもたれ、テーブルの下で脚を伸ばした。「そこから手がかりが得られそうだな」

「マンションの駐車場でふたりの男に襲われた件だが」デヴリンが言った。「どういうことかわかったのか?」

「たまたま襲われただけかもしれないわ」アイリーンが意見を口にした。

「いや」ジュリアスは言った。「そうとは思えない」

「何者かがあなたをおどして追い払おうとしたのよ、ジュリアス」グレースはふいに椅子のうえで向きを変えてジュリアスを見た。「あなたをおどしてわたしから離れさせようとしたんだわ。あなたを病院送りにしようとしたのよ。ううん、もっとひどいことを考えてたのかもしれない。あなたはわたしのそばにいすぎるから。まるでボディーガードみたいだもの」

三人はそろってグレースを見た。

「グレースの言うとおりだ」デヴリンが言った。「誰かがおまえを排除しようとしたんだ、ジュリアス。そうとしか考えられない。おまえがグレースといっしょにいるつもりなのはわかってるが、これから何日かのあいだ、このあたりの夜のパトロールを強化するよう指示しておこう」

「恩に着るよ」ジュリアスは言った。

37

夜明け前、グレースはジュリアスがベッドを出ていくのを感じた。枕のうえで顔を横に向けると、ジュリアスが窓辺に立って湖を眺めているのが見えた。布団をはいで起きあがり、彼のそばに足を運んだ。

「計画を立ててるのね」質問ではなく事実として言い、聞かされるとわかっている言葉を聞く心の準備をした。「戦略を練ってるんでしょ」

ジュリアスはグレースの肩を抱いて、脇に引き寄せた。

「こんなこと本当は頼みたくないんだけど、ぼくを〈クラウドレイク・イン〉の事件現場に連れていってくれないか?」

「やっぱりね。すべてが始まった場所を見にいこうと言われるんじゃないかと思ってた」

「すまない。でも必要なことだと思うんだ」

「いいのよ。行くのはかまわないわ。でも何もないんじゃないかしら。前にも言ったけど、あそこは何年も使われていないのよ。子どもたちがパーティーをしたり、ホームレスが泊まったりするあいだに、当時あそこにあったものはすべてなくなったと思う」

「自分の目で見たいんだ。ぼくたちが何を見落としてるのか突き止めないと」

「わかったわ。もうすぐ日が昇るから、明るくなってから出かけましょう」

ジュリアスはグレースを自分のほうに向かせて抱きしめた。

「本当はこんなことまでさせたくないんだ。きみにとってつらいことなのはわかってる」

「あそこに行くことより、誰かがわたしの知ってる人を殺したり殺しかけたりして、ウォッカのボトルを現場に残していく理由がわからないでいることのほうが、よほどつらいわ」

「じゃあ、夜が明けたら、〈クラウドレイク・イン〉に行こう」

「わかったわ」グレースは窓の外を眺めた。夜明けが近づいているが、日が昇るまでもう少し時間がかかりそうだ。とはいうものの、この先に待ち受けているものを知った今となっては、もう眠れそうにないのもわかっていた。「今からベッドに戻っても仕方ないわ。シャワーを浴びて服を着るわね」

「そうするのもいいかもな」ジュリアスは両手でグレースの顔を包んだ。「でも、もっといい考えがある」

ジュリアスの誘いかけるようなキスからは強烈な欲望が感じられた。グレースは彼の首に腕をまわしてしがみついた。ジュリアスはグレースを抱きあげてベッドまで運び、乱れたシーツのうえにおろした。

身を起こしてブリーフを脱ぐと、自分もベッドに入り、グレースに覆いかぶさって強く抱きしめ、唇を重ねた。

グレースは体の奥深くから熱いものがこみあげてくるのを感じた。手を伸ばしてジュリアスの頬に触れると、彼が顔を横に向けて手のひらにキスしてきた。

「ジュリアス」

ジュリアスの歯がのどをかすめて、下へおりていく。ジュリアスはゆっくり時間をかけて彼女を味わった。彼の口が胸までくるころには、グレースは身をくねらせていた。ジュリアスの唇が下半身に達し、グレースは彼の肩につめを立てた。

「ジュリアス」

脚のあいだを舌で触れられ、悲鳴をあげそうになった。ぷっくりふくらんだいちばん敏感な部分を攻められて、こらえられずに悲鳴をあげ、そのまま解放のときを迎えた。

全身を駆け抜ける強烈な歓びがおさまらないうちに、ジュリアスが動き、自分が下になって、硬く強ばったもののうえにグレースをおろした。

ほどなくして、ジュリアスの歓びに満ちたうめき声が、寝室に響きわたった。

38

「昔はこの場所に多くのティーンエイジャーが集まってきてたのよ」グレースは言った。「でも今はそうではないわ。地元の子どもたちはパーティーができる場所をほかに見つけたのね」

ふたりは廃墟と化した精神科病院の前に立っていた。ジュリアスは小さな工具箱を手に持っている。自分が落ちついていることにグレースは驚いていた。自分でも意外に思うほど冷静で、なんの迷いもない。板が打ちつけられた建物に入ったとたんに息苦しくなり、不安の発作に襲われるかもしれないが、今のところは、事件現場に行けば何かわかるかもしれないとジュリアスが思っていることが、彼女の決意をいっそう強くさせていた。

ジュリアスをひとりでなかに入らせるわけにはいかないと自分に言い聞かせる。彼があのときのようすを思い描けるよう、詳しく説明してあげなければならない。大丈夫、できるはずだ。

雨はやんでいたが、木々からはまだ水がしたたり落ちていて、湖面には青みがかった灰色の空が映っている。また雨になりそうだった。

「歴代のオーナーがここをホテルにしたわけがわかるような気がするよ」ジュリアスは荒廃した建物の正面を眺めた。「骨組みがしっかりしてる。典型的なヴィクトリア様式の建築だ」

「病院の建物は精神疾患を抱えた患者の治療に役立つものでなければならないと考えられていた時代に建てられたものなの」グレースは説明した。「縦長の窓や高い天井やおだやかな風景は、人を元気にさせ不安をしずめるとされていたのよ」

「考え方としては悪くない。もっと日が降り注ぐ場所に建てたほうがよかったんじゃないかとは思うけど」

「そうね。湖のこちら側は丘の陰になってるし木も多いから、とても暗いもの」グレースはジュリアスを見た。「さて、どうする？」

ジュリアスは少し考えてから言った。「事件があった日、きみはどうしてなかに入ろうと思ったんだい？」

「ティーンエイジャーに特有の好奇心からよ。あの日の午後はアイリーンの家に行くことになってて、いつものようにこの遊歩道を通ったの。そして、ここまで来て、ちょっとなかを見てみようと思ったのよ」

「それもいつものことだったのかい？」

「いつものことではなかったわ。でも、そのときは、学校で人気のある子たちが、その週にここでパーティーを開いたという噂が流れてて。ここでセックスとドラッグを楽しんだってね。どの女の子がどの男の子と寝てるのかということが、つねに話題になってた。ちょっとなかに入って、それがわかる手がかりが残されてないか見てみようと思ったのよ。建物の横のドアに打ちつけられてたベニア板が一カ所はがされてるのを見て、やっぱりパーティーはあったんだと思ったわ。それでなかに入ったの」

「どのドアだい？」

「あそこよ」グレースはベニア板でふさがれているドアを指差した。「今は板が打ちつけられてる」

「行こう」

ジュリアスはグレースの先に立って、建物の前を歩き、板でふさがれたドアまで足を運ぶと、工具箱を地面に置いた。グレースが見守るなか、彼は工具箱を開けて、なかからバールを取り出した。

ベニア板をはがすのにそれほど時間はかからなかった。ジュリアスは板をそばの壁に立てかけた。グレースはジュリアスの隣に立ち、彼といっしょに、かつては広々とした厨房《ちゅうぼう》だった薄暗がりをのぞきこんだ。ドアがたわみ、錆びた蝶番《ちょうつがい》が耳障りな音を立てる。古い調理器具や厨房の設備はとっくの昔に取り払われていて、壁には穴が開いていた。

ジュリアスは工具箱から懐中電灯をふたつ取り出して、そのうちのひとつをグレースに渡した。

「行けるかい?」

ジュリアスは心配そうな顔をしていたが、彼女がここで怖気づくとは思っていないようだった。彼女は強い人間だと彼が思ってくれていると思うと、いっそう決意が固まった。

「ええ」

グレースは海中電灯をつけて厨房に足を踏み入れた。

「よし、きみはパーティーの名残りを見つけるためにここに入った。次に何が起こったんだい?」

「厨房を抜けて廊下に出たの。自分の足音が大きく響いたのを覚えてるわ」

あの日歩いたとおりに歩いてみる。暗い記憶となじみの悪夢が脳裏をよぎり、全身に鳥肌が立ったが、かまわず歩きつづけた。ジュリアスはすぐあとをついてきた。

地下室に続くドアは閉まっていた。グレースはドアの前で立ち止まった。

「何かを叩くような音が聞こえたの」

「続けて」ジュリアスが言った。

「何かを必死に叩いてるような——死にもの狂いになってるような音だったわ。わたしはドアを開けた」

「鍵はかかってなかったのかい?」

「ええ、あの日、トレーガーには鍵をかけるのは不可能だったんじゃないかと思う。でも誰かが地下室におりる心配はしてなかったんじゃないかしら。男の子は手と足をダクトテープで縛られてたから、逃げられないのはわかってた。口にもテープが貼られてたわ。かわいそうに。階段の下に男の子がいるのを見たときは、自分の目が信じられなかった。いじめっ子に置き去りにされたんだと思った」

「男の子はどうやってきみの注意を引いたんだい？」

「わたしが建物に入ってきたのを聞いて、声は出せないから、床にあった木の箱を足で蹴ったの。わたしがドアを開けるまで蹴りつづけてたのよ」

「利口な子だな」

「ええ。あとになって、音を立てたのは、わたしの足音がトレーガーの足音とちがってたからだと言ってたわ」

「たしかマークといったね。その子のことを前から知ってたのかい？」

「いいえ。マークの家族は町の反対側に住んでたから。トレーガーのお隣さんだったの」

「地下室におりよう」

大丈夫、行けるわ、とグレースは自分に言い聞かせた。

階段をおり、下で足を止めて、あたりを見まわした。

「初めは死体に気づかなかったの。テープを取ってあげたら、マークが泣きだしちゃって。

わたしにしがみついて離れようとしなかった。そのときはまだいじめっ子の仕業だと思ってた。でもマークがしきりに〝トレーガーのおばさんがけがした〟と言うもんだから、寝袋だとばかり思ってたものに目をやると、ビニールシートに包まれた死体だとわかったの。トレーガーの奥さんの死体よ」

「マークはトレーガーが妻を殺したことをわかってたのかい？」

「わかってたとは言えないわね。トレーガーのおじさんがおばさんにけがさせて、おばさんは眠ったまま起きなくなったと言ってたわ。そのころのわたしは家庭内暴力についてほとんど知らなかったの。言葉は聞いたことがあったけど、それがどういうことなのかよくわかってなかった。ありがたいことに、それまでそういうことには縁がなかったから」

「死体はどこにあったんだい？」

ジュリアスが落ちついた声で言ったので、グレースは集中して考えることができた。

「あそこよ」地下室をゆっくり歩いて死体があった場所で足を止め、当時のことを思い起こす。「近づいたら、何重にも巻かれたビニールシート越しにトレーガー夫人の顔が見えたの。目は開いてたわ。あの顔は一生忘れないと思う。そのときようやく殺人事件に巻きこまれたことに気づいたの。マークに、ここを出て助けを呼びにいかなきゃならないと言ったわ。そのとき聞こえたの」

ジュリアスは海中電灯で暗がりを照らした。「何が聞こえたんだい？」

「近づいてくるトラックのエンジン音。わたしは、もう大丈夫よ、とマークに言ったの。大人の人が来たみたいだから、きっと助けてくれるって。でもマークは恐怖に身を強ばらせた。トラックのエンジン音に聞き覚えがあったのよ」

「それからどうなったんだ?」

「トレーガーのおじさんが戻ってきた、おばさんがけがさせられたように、ぼくたちもけがさせられるとマークが言ったの。とても落ちついた声で。きっと泣くのを通り越していたのね。モンスターが襲ってくるんだもの。モンスターを前にしたら何もできないでしょ?」

「ウォッカのボトルはどこにあったんだい?」

「死体の横よ。わたしはそれをつかんだの。ほかに武器になるものがなかったから」

「きみとマークはどこに隠れたんだい?」

「あそこよ。階段の下」

グレースは湿ったコンクリートの床を歩いて、階段と並行して陰になっているところに足を運んだ。「必ず逃げられるから、少しのあいだ音を立てちゃだめとマークに言ったわ。わたしが〝走って〟と言ったら、できるだけ早く階段を駆けのぼって建物の外に出て、大人の人に会うまで絶対に止まっちゃだめって」

「マークはきみの言うとおりにしたのかい?」

「ええ。あのときはとてもおびえてたから、大人の言うことならなんだって聞いたと思う。

トレーガーはマークがいるはずの場所にいないことに、すぐに気づいた。地下室の隅に隠れてると思ったみたいで、懐中電灯で照らして捜しはじめたわ。わたしはマークを階段の陰から押し出して、走るよう言ったの。マークは階段を駆けのぼった。わたしもそのあとを追おうとしたら、トレーガーにGジャンをつかまれた。それで、ボトルを手すりに叩きつけて割って、ぎざぎざの縁で顔を切りつけたの」

「よくやったな」ジュリアスが静かに言った。

「あたり一面に血が飛び散ったわ。まるで血の雨が降ってきたみたいだった」

ジュリアスは何も言わずにグレースの隣に来て、肩を抱いた。息をして。

グレースは気持ちを落ちつけて、ふたたび話しはじめた。「わたしに切りつけられて、トレーガーは悲鳴をあげたわ。つかんでいたGジャンを放して、うしろに倒れたの。わたしは階段をのぼった。のぼり終えたときには、マークはもう建物の外に出てて、湖沿いの遊歩道を走ってた。わたしもマークに追いついて、いっしょに走ったの。近くにある何軒かの家には誰もいなかった。その当時は夏のあいだしか使われてなくて、事件が起きたのは冬だったから。その日、母と姉は家にいなかったんだけど、お隣のアグネスはいてくれたの」

「彼女が警察に通報したのか？」

「ええ。アグネスはトレーガーが追ってきたときに備えて全部のドアに鍵をかけると、クローゼットから大きな刈り込みばさみを出してきたの。あのはさみを手に、トレーガーからわたしたちを守ろうとしてくれてた彼女の姿が、今でも目に浮かぶわ。でも、トレーガーは追ってこなかった。階段の下で死んでたから」

「きみは世のなかのためになることをしたんだ、グレース。でも、その手のことには代償がつきまとう」

「ええ、そうね」

ジュリアスはグレースの肩から腕を放して、地下室をゆっくり歩きはじめた。まるで何かを探しているかのように、懐中電灯の光がそこかしこに向けられた。

「現在の視点で見ても、今起こってることがいったいなんなのかはわからない。過去の視点から見ることが必要だと思う」

「でも、どうすればそんなことができるの？」

ジュリアスはしばらくのあいだ何も言わずにいてから言った。「その日トレーガー夫人は隣の家の子どもであるマークを預かってたと言ってたよね」

「ええ、そうよ。マークはかわいそうに、悪いときに悪い場所に居合わせただけなの。デヴリンが言ってたように、トレーガーはマークを湖の事故に見せかけて殺そうとしてたと警察は考えてたわ」

「家族は？」

「ラムショー家の人たち？　さあ、よく知らないわ。事件のあとすぐに一家でカリフォルニアに引っ越したの。母が言うには、親御さんは誘拐されるというつらい体験をした町からマークを連れ出さなきゃならないと思ったそうよ。きっとマークも、あのあと何年も怖い夢を見てたんじゃないかしら」

「ラムショー家の人たちじゃなくて、トレーガーの家族だよ。妻とのあいだに子どもがいたのかい？」

「いいえ、いなかったわ」グレースはそこで言葉を切った。昔ふと耳にしたことを思い出したのだ。「でも、トレーガーはそれより前に別の人と結婚してたそうよ。母が、その当時クラウドレイク警察の本部長だったビリングズと話してるのを聞いたの。トレーガーは最初の妻にも暴力をふるって、それが原因で離婚したと、ビリングズ本部長が言ってた。でもどうしてそんなことが気になるの？」

「何か関連はないか探してるだけだよ」

グレースは力なく微笑んだ。「投資先を検討するときもそんな感じなの？」

「かなり近いものがある。陰に隠れてるものを探すんだ」

「あなたの問題解決方法を要約するウィザースプーン流のアファメーションがあるのよ」

「聞かせてくれよ」

「〝深いところまで見ます。大事なものはつねに表面には出ていないからです〟」

「ぼくの座右の銘のほうがしっくりくる」
「〝誰も信じるな〟と〝誰にでも隠れた意図がある〟ね」
「人生の指針にする言葉は簡単なほうがいいからね」
「好きにして」
「まさかそれもウィザースプーン流のアファメーションじゃないだろうね」
「ときにはこう言うのがいちばんいいときもあるのよ」

39

「ラルフ・トレーガーには最初の奥さんとのあいだにふたりの子どもがいるわ。男女ひとりずつよ」グレースはパソコンで収集した情報を見て言った。「名前はランダルとクリスタル。最初の奥さんはそのあと二度と結婚しなかったけど、何人かの男としばらくのあいだいっしょに暮らしてたことはあったみたい」

「きっと、どの男ともうまくいかなかったんだろう」ジュリアスが言った。

「どうやら彼女は男の趣味が悪いみたいね。つきあっていた男のうちふたりはドラッグの売人で、ひとりは彼女の娘を虐待して逮捕されてる」グレースは椅子の背にもたれた。「痛ましい話よね。同じような話をこれまで何度聞かされたかしら」

ジュリアスはコーヒーポットを手にキッチンを横切ってテーブルに来た。「最初の妻と子どもたちはどうなったんだい？」

「ええと」グレースは身を乗り出して、画面をスクロールした。「最初の奥さんと娘のクリスタルは自動車事故で亡くなったみたい。息子のランダルは何軒かの家に里子に出されたあと、二年間姿を消してる」

「たぶん通りで暮らすほうがいいと思ったんだろう。そのあとは？」

グレースはさらに画面をスクロールした。「何度かパートタイムの仕事に就いてる。そのほとんどがプログラミングなどのパソコン関連の仕事よ。その方面に強かったみたいね」

ジュリアスは窓の外の湖を眺めていた。「続けて」

グレースは画面に目を戻した。「でも、結局は最悪の最期を迎えたようだわ。詐欺の疑いで逮捕されて半年服役したあと、保護観察下で出所したんだけど、そのすぐあとに船の事故で亡くなってる」

「つまりトレーガーの家族は全員死んでるんだな」

「そうね」グレースはマグカップを持ちあげた。「なんて悲劇的な話なのかしら」

ジュリアスは椅子の背にもたれて、コーヒーを飲んだ。「とても都合のいい話でもある」

グレースはマグカップの縁越しにジュリアスを見た。「〝誰も信じるな〟でいくの？」

「ああそうだ。新たに入手した情報を考慮して、一連の事件の関係者についてわかってることを、検討し直してみよう」

「何を検討し直すの？　すでに関係者全員について詳しく検討済みなのよ」

「今度は別の角度から検討するんだ。たしか事件の関係者に詐欺師のような男がいたが、新たにひとり、詐欺罪で服役した者がいることがわかった」

「ええ、何年も前にね。でもランダル・トレーガーは出所後すぐに死んだのよ」

「あるいは死んでないかもしれない」

「デヴリンの言うとおりね。あなたはまるで警察官のような考え方をする。進むべき道をまちがえたんじゃない？」

「銃は嫌いだ」

「法の執行機関に勤めてたら、そのことが問題になったかもしれないわね」

ジュリアスの携帯電話が鳴った。彼は画面に目をやって、電話に出た。

「何かわかったのか、ユージーン？」

そう言うと、それから何分かのあいだ、相手の言葉に熱心に耳を傾けた。

「それでいくつかのことの説明がつく。彼がこれまでたどってきた道も明らかになった。ありがとう、ユージーン。すばらしい働きをしてくれた。ああ、すべての謎の答えがわかったら、きみにも教えるよ。いや、うちを辞めてＦＢＩに転職するのはやめておいたほうがいい。うちほど給料がよくないからな」

ジュリアスは電話を切って、グレースを見た。

「なんだったの？」グレースはうながした。

「どうやらスプレーグ・ウィザースプーンには大昔に葬った秘密の過去があったらしい。これでゆすられていたことの説明がつく」

グレースは心が沈むのを感じた。「まさかそんな。お願いだからウィザースプーンさんは犯罪者だったなんて言わないでね」

「別の名前で詐欺罪で服役してたそうだ」

「嘘でしょ」グレースは目を閉じた。「わたしは心から彼を尊敬してたのに。あなたも知ってると思うけど」

「ああ」ジュリアスはやさしい声で言った。

グレースは目を開けた。「ウィザースプーンさんは刑務所を出たあと、いい人間に生まれ変わって、人々が新しい人生を送る手助けをしようと心に決めたのよ。感動的な話だわ」

「それもひとつの解釈だな」

グレースは眉をひそめた。「まちがっていると明らかにならないかぎり、わたしはそう解釈する」

「ウィザースプーンがギャンブルにはまってたという話や、横領の問題もある」

グレースはジュリアスをにらみつけた。

ジュリアスは片手でいなすような仕種をした。「わかったよ。有罪だと証明されるまでは無罪だ。好きにしてくれ」

グレースがジュリアスに質問しようとすると、ドライブウェイを近づいてくる車のエンジン音が聞こえてきた。質問するのはやめて立ちあがり、居間に足を運ぶ。家の前に停まった大きなバンの横腹には見慣れた翌日配達の宅配業者のロゴが入っていた。グレースが見守るなか、制服姿の配達員が運転席からおり、片方の手に箱を持ってポーチの階段をあがってきた。

グレースはドアを開けた。

「グレース・エランドさんですか?」配達員は言った。

「はい」

「お届けものです」

「ありがとう」グレースは言って、差出人の欄に目をやった。シアトルにあるショコラティエの名前が記されている。「チョコレートだわ。誰かからのプレゼントみたい」

「ここにサインをお願いします」

グレースはサインをして箱を受けとった。配達員はバンに戻り、ドライブウェイを帰っていった。

グレースはチョコレートの箱を持ってキッチンに戻り、テーブルのうえに置くと、包み紙を破った。

「トリュフだわ。大好きなの。わたしのことをよく知ってる人が送ってくれたのね」

ジュリアスは険しい目で箱を見た。「ボーイフレンドからかい?」

「前にも言ったでしょ。今ボーイフレンドはいないわ」グレースは箱の蓋にテープでとめられていた封筒を取った。「つまり、あなた以外にはね」

「きみがぼくをボーイフレンドだと考えてくれてるのがわかってうれしいよ」

グレースはジュリアスの皮肉っぽい言葉を無視して封筒を開けた。少しのあいだ、なかから出てきたカードの署名を黙って見つめることしかできなかった。

「最悪」

「トリュフの箱を前に言う言葉じゃないな。気をもませないで教えてくれよ。誰からなんだい？」

「ミリセントからよ」

40

「気味悪いわ」

グレースはキッチンのテーブルにつき、箱のなかにきれいに収められた美しいチョコレートを見つめていた。ヘビやサソリが入っていてもおかしくなかったのだ。チョコレートでよかった。とはいうものの、これらを食べる気にはなれそうになかった。

「伝票によると、昨日、店から直接、宅配業者に引き渡されたらしい」ジュリアスはテーブルの反対側に立って、チョコレートを見おろしていた。

「翌日配達ですものね。でもミリセントは昨日はずっと意識を失ってて、わたしたちが知るかぎりでは、今も目を覚ましてないのよ。彼女に送れるはずないわ」

「昨日の朝、きみのところにミリセントからのメールが届いたが、その時間、彼女がすでに意識を失ってたことは明らかだ。ミリセントの仕業だとしたら、薬を飲まされる前に、メールの送信時間を設定し、チョコレートを送る手配もすませてたんだろう。すべてが計画どおりに進んだら、メールもチョコレートも送るのをやめるつもりだったのかもしれない」

「ところが計画どおりにいかなくて、メールもチョコレートもそのまま送られてきた。でも、どうしてわたしなのかしら」

「万一のときは、きみに何かを託したいと思ってたみたいだな。チョコレートを調べてみよう」

「チョコレートじゃないわ」グレースは小さな白いカードを掲げた。「ここにすべて書かれてるみたい」

グレースはカードに書かれていることを読みあげた。

〝グレース、あなたがこれを読んでいるとしたら、わたしはもう死んでいるのかもしれないわね。この状況にぴったりのアファメーションは考えられそうにないわ。最悪の事態だもの。これから書くことは、わたしの遺言だと思ってちょうだい。引退後のために貯金しておいたお金をあなたにあげる。もっともあなたは全額をナイラにあげてしまいそうだけど。わたしには絶対にできないことだわ。せめて手数料分ぐらいのお金は受けとっておいてほしいんだけど、あなたのことだから、それもしないでしょうね。いつも正しいことをしようとするなんて本当に疲れると思うわ。でもあなたがそうしようとするのを見ているのはおもしろかった。この一年半、いっしょに過ごせて楽しかったわ。どうかわたしの最後のお願いを聞いて、お金を受けとってちょうだい。チョコレートも食べてね〟

続きにはグレースが聞いたことのない銀行の名前と何桁もの数字が記されていた。

「海外の銀行かしら？」

「状況からすると、そう考えるのが妥当だと思う」ジュリアスは椅子に腰をおろして、彼のノートパソコンを開いた。「調べるのは簡単だ」

答えはすぐにわかった。

「やはり海外の銀行だ。カードに記されてる番号で口座にアクセスできる。かなりの額のお金が入ってるぞ。数百万ドルだ」

「会社のお金を横領してたのはミリセントだったのね」グレースはテーブルに両肘をつき、両手で顎を支えた。「とてもいい人に見えたのに。いつもほがらかで、ポジティブなエネルギーに満ちてた」

「引退後のための蓄えがどんどん増えていたから、いつもほがらかでポジティブだったのかもしれないぞ」

「とにかく、これでふたつのことが明らかになったわ。消えたお金がどこにあるのかわかったし、横領してたのがウィザースプーンさんではなかったこともわかった」

「ほかにもわかったことがある。〝ミスほがらか〟は自殺を図ったんじゃない。早めに引退して、海外の銀行に隠してたお金で楽しもうと思ってたんだから。当局の注意を引かずにどうやってお金をアメリカに持ちこむつもりだったのかな」

「スーツケースに入れて持ちこむとか？」グレースは言ってみた。

「数百万ドルものお金を持って税関を通るのは危険な賭けだ」ジュリアスは首を横に振った。「その手の金は洗浄する必要がある」

「デヴリンに電話するつもりなんでしょう？」グレースは浮かない声で言った。「シアトルの刑事さんたちとも、また話をしなきゃならないのよね」

「デヴに電話するのが先だ」ジュリアスは携帯電話を手にした。「捜査に大きな進展をもたらしたと、誰かが高く評価されるなら、デヴにその評価を受けさせたい」

「そうね」

ジュリアスは短く微笑んだ。「信じてくれ。デヴはぼくたちの味方だ」

「信じるわ。でもナイラに電話して、彼女のものになるはずのお金が見つかったようだと話すつもりよ」

「カードとそこに書かれてることは重要な証拠だ」ジュリアスは冷静な口調で指摘した。「デヴに渡さなければならない」

「いいわよ。好きにして」グレースは言って、携帯電話を取り出した。「でもナイラには、お金が見つかったことを知る権利があるわ」

ジュリアスは腕時計に目をやった。「午後シアトルでミーティングがあるんだが、きみを連れていくわけにはいかない。アイリーンの店にいてくれるかい？」

グレースはジュリアスをにらみつけた。「わたしは子どもじゃないのよ。ベビーシッターは必要ないわ」

「きみはストーカーにつけねらわれてる女性なんだ。ストーカー行為がいつエスカレートするかわからない。ベビーシッターが必要だよ」

「そうね。わかったわ、アイリーンのお店にいる。何時ごろ戻ってくる？」

「夕食の時間には間に合うはずだ。ぼくが戻るまで、アイリーンとデヴといっしょにいるんだぞ」

41

すべてが音を立てて崩れようとしていた。ついに大きな幸運が訪れたと思ったのに、今やまわりの世界は炎にまかれ、がらがらと崩れ落ちている。一刻も早く逃げ出さなければ、瓦礫の下敷きになってしまう。

バークはきれいに洗濯されてたたまれたオーダーメイドのシャツをスーツケースに一枚残らず入れてから、クローゼットに戻って、ブランドもののジャケットを全部ガーメントバッグに入れた。仕事に必要な服には金をかけている。置いていくわけにはいかなかった。

彼は軍の司令官が作戦を練るように細かく計画を立てた。政府の厳しい身上調査――政府が身上調査に長けているわけではないが――もくぐり抜けられる信憑性のある履歴書から運転免許証に記載された生年月日にいたるまで、完璧なものにした。

計画の各段階を行動に移すタイミングも申し分なかったが、ついにミスを犯してしまった。ウィザースプーンの殺害現場にウォッカのボトルを置いてきたことは別に害はないと思いこもうとしたが、やはりあれはまちがいだった。だが、あの時点では、まだ取り返しがつくと思っていた。

ところが、ナイラが相続するはずだった金の大半が消えていることがわかり、彼は大きなショックを受けた。彼のものになるはずの金を誰かが横取りしたと知ったときには、もう手を引こうかとも思った。結局、ウィザースプーン・ウェイのオフィスを荒らして三台のパソコンを盗み、金の行方を示す手がかりがないかと、なかのデータを調べた。泥棒はウィザースプーン・ウェイのスタッフのなかにいるとわかっていた。そうとしか考えられないからだ。するとミリセントが信じられないほど条件のいい申し出をしてきた。その申し出を受ければ状況を好転させられると、しばらくのあいだは思えた。

今ミリセントは薬の過剰摂取による昏睡状態にあるが、いつ目を覚まして、しゃべりはじめるかわからない。またミスを犯したのだ。ミリセントをちゃんと殺しておくべきだった。アパートメントのなかを捜索して、パソコン内のデータも調べたが、消えた金の行方を示す手がかりは何も見つからなかった。銀行名や口座番号がわからなければ、金は手に入れられない。海の底に埋まっているほうが、あきらめもつくというものだ。

昔よく感じていた激しい怒りがどこからともなくわいてきて、彼を真っ赤な流れのなかに飲みこんだ。あれだけ慎重に計画を練ったのに、まさかこんなことになるとは。

ガーメントバッグをベッドに置いて、寝室の壁にこぶしを打ちつける。強烈な痛みが走り、子どものときの記憶がよみがえった。いつもなら思い出したくもないことだったが、なぜか気分がよくなった。速くなっていた鼓動は遅くなり、呼吸も正常に戻った。怒りを発散しなければならないときが、人にはある。

アパートメントのインターホンが鳴った。彼は驚き、出るべきかどうか迷ったが、結局出ることにした。

「ドアマンのグレーソンです。ウィザースプーンさんがいらっしゃいました」

くそっ。よりにもよってナイラが来るなんて。だが彼はいくつかのルールを守ることでこれまで生き延びてきた。最も大切なルールは、街を出るまで役割を演じつづけることだ。ひとりは死に、別のひとりは病院にいるという状況においては、そのルールに従うことが何よりも重要だった。

「入ってもらってくれ、グレーソン。ありがとう」

インターホンを切って、寝室を見まわす。今日の夜までにはシアトルを出ようと思っていることは、絶対に気づかれないようにしなければならなかった。

寝室を出てドアを閉め、荷造り中のスーツケースがナイラの視界に入らないようにした。呼び鈴が鳴った。彼は息をついて気持ちを集中し、不動産業で財をなした南カリフォルニアの裕福な一家の出身であるバーク・マリックになった。

ドアを開けてナイラの顔を見た瞬間、状況が一変したことがわかった。ナイラの目に溜まっているのは喜びの涙だった。

ナイラは彼の腕のなかに飛びこんできた。

「ついさっき、グレースから電話をもらったの。とても信じられない話なんだけど、行方のわからなくなってたお金が見つかったそうよ。会社のお金を横領してたのはミリセント・チャートウェルなんですって。わかっていてもよさそうなものだったわ。父のお金を管理してたのはあの女なんだもの。どこだかの島の銀行に何百万ドルも隠してて、ウェブサイトやブログから毎日あがる収益もそこに入るようにしてあったらしいわ」

42

ジュリアスが会社を出たときには、午後四時半になっていた。街の上空には重い雲が垂れこめ、ただでさえ暗い冬の夕方をいっそう暗くしていた。

駐車場に入ってすぐのところで足を止め、すばやくあたりを見わたす。何人かの人たちが自分の車に向かっていた。どの人も普通のビジネスマンに見える。誰にもおかしなところはなかったし、おかしな感じもしなかった。

一回襲われたぐらいで、駐車場に入るたびに紛争地帯に戻ったような行動をとりはじめてるぞ。しっかりしろ。

最後に一度、あたりを見まわしてから、SUVの運転席のドアを開けた。なんの異常もないように見える。運転席に座って携帯電話を出し、家に電話をかけた。

家だって？　いったいどこからそんな言葉が出てきたのだろう。彼は家に電話をかけているのではない。グレースにかけているのだ。だが、どういうわけか、家とグレースはまったく同じものに思えた。

グレースは最初の呼び出し音で電話に出た。

「ミーティングはどうだった？」

「問題なく終わったよ。今回出資することに決めた企業からは、五年もしないうちにかなりの額の利益がもたらされるようになるだろう。部下たちは近くのバーで祝杯をあげてる」

「でも、あなたは退屈してて、そんな気分じゃないのね」

「とんでもなく退屈なミーティングだったよ。これからクラウドレイクに戻る。道の混み具合によるけど、一時間強で戻れると思う。うちに寄って着替えてから、きみの家まで歩いていくよ。まだアイリーンのところにいるんだろう？」

「ええ、約束どおり、彼女のお店にいるわ。デヴリンも仕事が終わりしだい来ることになってる。三人で何か食べるものを買ってから、わたしの家に行くの」

「いい考えだね。じゃあ、あとで」

「運転、気をつけてね」グレースは言ったが、まるで何かを言いかけてやめたかのように、声がつまるのがジュリアスにはわかった。「じゃあ、あとで」

「ああ」

ジュリアスは通話を終了し、グレースはいったい何を言いかけたのだろうと考えた。〝早く会いたいわ〟かもしれない。それとも〝会えるのを楽しみにしてるわ〟だろうか。たぶんそうだろう。グレースが〝愛してる〟と言おうとした可能性はゼロに近い。まだつきあって日が浅いのだから。それにこれまでの恋愛経験から察するに、彼女はそういうことに慎重なほうらしい。とはいえ、夢見るぐらいは許されてもいいはずだった。

グレースが現れるまで、彼は夢など見ないほうだった。グレースはすべてを変えた。

SUVのエンジンをかけ、駐車スペースからバックで車を出した。自分でもうまく説明できない、おかしな気分だったが、バナー社への出資が決まったために、そう感じているのではないことはわかっていた。ミーティングではお金の話しか出なかったのだから。

駐車場から出て、ダウンタウンを走る車の流れに乗るころには、期待に胸がふくらんでいた。もうすぐグレースが待つクラウドレイクに戻れる。友人たちがいっしょにいてくれるので、彼女の身の安全を心配する必要もなかった。

ヘッドライトがクラウドレイクの出口標識を照らし出すころには、あたりはすっかり暗くなっていた。高速道路をおりると、ふたたび期待に胸が躍った。もう少しで会える。

十五分後、ジュリアスは車の速度を落として小さな町を抜け、レイク・サークル・ロードに入った。エランド邸の前を通ると、窓から温かな光がもれているのが木々のあいだから見えたので安心した。ドライブウェイにはデヴの警察車両が停まっていた。グレースはいるべき場所にいる。彼女の身は安全だった。

運がよければ、バーク・マリックが今回の事件にかかわっている証拠をデヴリンが見つけてくれるだろう。きっと何か証拠を残しているにちがいない。完璧な犯罪者などいないのだから。金を手に入れられる可能性が再度出てきた今、バークはじゃまな人間を殺そうとするのはやめるはずだ。あくまでも理論上の話だが。

ジュリアスは彼の家のドライブウェイに入り、家の前で車を停めて外に出ると、ノートパソコンを手に階段に向かった。

隣の家のドアが勢いよく開けられ、ハーレーが姿を現した。禿げ頭がポーチの明かりを浴びて輝いた。

「帰ってきた音が聞こえたもんでな」ハーレーは不必要に大きな声で言った。「バナー社への出資の件はどうなった？」

「いつもどおりうまくまとまりました。バナーも幸せ、うちの会社に出資してる人たちも幸せ、うちのスタッフも幸せです」

ハーレーはふんと鼻を鳴らした。「じゃあ、どうしておまえは幸せじゃないんだ？」

「ぼくもわくわくしてますよ。見てわかりませんか？」

「何が問題なのか自分でわかってるのか？」

「グレースには、ぼくは退屈してると言われました。あなたはどう思います？」

「おまえは何も築いてない。金を儲けてるだけだ。いつのまにか、それだけでは満足できなくなったんだ。ビジネスをしてたとき、わたしは世界じゅうにさまざまなものを築いた。水処理場や病院やホテルやアパートメントを。そして、そのどれもがまだちゃんと立っている。

人々がきれいな水や仕事や住む家を手に入れられたのは、われわれがそのために必要なインフラをつくったからだ」

「今ちょっと時間がないんです。何がおっしゃりたいんですか？」

「もしかするとグレースの言うとおりなのかもしれないと思ってね。おまえはこのところ自分と出資者のために金を稼ぐことしかしていない。きっと退屈してるんだ」

ジュリアスは階段をのぼり、玄関ドアの鍵を開けた。「それはあなたの思いちがいですよ。ぼくはもう退屈してないし、これからも退屈することはないと思います」

ハーレーは声をあげて笑った。「それもこれもグレースのもとで夜を過ごしてるからだな」

「彼女をストーカーしてる頭のおかしな人間を警察がつかまえるまで、グレースをひとりにしたくないんです」

「そうかそうか。おまえはボーイスカウトのように、よいおこないをしてるだけなんだ」

ハーレーはくすりと笑った。「現実を見ろ。おまえはすっかりグレースにはまってる。恐ろしいのは、グレースがおまえ自身よりおまえのことをわかってることだ。その手の女は危険だぞ」

ジュリアスは戸口で足を止めて、ハーレーを見た。「何かいいアドバイスがありますか？」

「あるとも。おまえに片づけ仕事を頼んだときに、いつも言っていたことだ。へまをするなよ」

ハーレーは家のなかに戻り、玄関ドアが音を立てて閉まった。

ジュリアスは家に入って明かりをつけ、少しのあいだその場に立って静寂に耳をすました。この家はシアトルのマンションと同じように空っぽな感じがしたが、そんなことはもうどうでもよかった。もうすぐグレースに会えるのだから。

とはいえ、今夜はなぜか奇妙なほど家のなかが空っぽに思えた。木の床を歩く足音が、やけに響くような気がした。

バーク・マリックが事件にかかわっていることを示す証拠がきっとあるはずだ。シアトル警察はどうしてまだ見つけられずにいるのだろう。

あれこれ考えすぎて頭のなかが過熱状態になってきた。服を着替えて、グレースと友人たちのもとに行かなければならない。

ジュリアスはダッフルバッグを持って寝室に入り、ベッドのうえに置いた。ダッフルバッグのファスナーを開けていると、くぐもった爆発音が聞こえた。

その瞬間、本能が働き、古い習慣が顔を出した。ジュリアスは反射的に近くの壁にへばりつき、無意識に身をひそめた。何があったのだろうと考える前にしゃがみこみ、足首につけたホルスターから拳銃を引き抜いた。鼓動は速くなり、紛争地帯にいるときのように集中力が増して五感がとぎすまされていた。

きっとなんでもないにちがいない。誰かが湖畔で花火をしているのだろう。冷静でいなければグレースを守れない。

　窓の外がふいに明るくなった。炎が上がったのだ。カーテンを開けると、ハーレーのボートハウスが燃えているのが見えた。

　ハーレーが裏のドアから駆け出してポーチを突っ切り、ガーデニング用のホースをつかんで桟橋に向かった。

「アークライト、こっちに来て手を貸してくれ。火事だ」

　ボートハウスのなかに保管されていたり、ボートに積まれていたりするはずの、燃料や照明弾やそのほかの可燃性のもののことが、ジュリアスの頭に浮かんだ。

　ジュリアスは拳銃をホルスターに戻し、駆け足で裏のドアに向かった。ポーチに出ると、携帯電話を取り出した。

「ハーレー、ボートハウスから離れてください」大声で叫ぶ。「爆発するかもしれません」

　ハーレーはなおもホースを引きずって桟橋に向かっていた。「ボートがあるんだ」

「保険に入ってるんでしょう？　それにボートなら、あと二、三隻は買えるじゃないですか」

　ジュリアスは緊急通報用の番号に電話をかけた。

「911です。どうしました？」

「火事だ」ジュリアスは言った。「レイク・サークル・ロード二〇一一番地のハーレー・モントーヤの家のボートハウスが燃えてる」

「すぐに消防車を行かせます」

ジュリアスは電話を切って、階段を駆けおりた。「あきらめてください。もう手に負えません。火から離れて。すぐに消防車が来ます」

「手を貸すか、そこに突っ立ってすぐに消防車が来ると言うだけなのか、どっちにするか選ぶといい」ハーレーは叫んだ。

「ボートハウスから離れてください。言うことを聞かないと――」

いちばん下の段までおりたとき、人影が動くのが視界の隅に入った。きっと近所の人が助けにきてくれたのだろうとジュリアスは思った。だが、いちばん近い家でもかなり距離がある。こんなに早く来られるはずがなかった。

新たに現れた男の手に握られた金属製の物体が、ポーチの明かりを浴びて不気味に光った。

……その瞬間、ジュリアスは紛争地帯に引き戻された。

彼が地面におりると同時に銃声が鳴り響いた。右のわき腹を冷たいかぎづめで切り裂かれたような感じがした。痛みはあとで訪れるとジュリアスにはわかっていた。今は大量に出ているアドレナリンのおかげで感じないだけなのだ。

二発目の銃弾が頭上のあたりにめりこんだ。ジュリアスは階段の陰にまわって地面に伏せた。ポーチの明かりの下に立って911に電話をかけているのを見られたにちがいない。ばかなことをしたものだ。

　足首につけたホルスターからふたたび拳銃を引き抜いて、庭をそろそろと近づいてくる人影に目を凝らした。銃を持った男はポーチの明かりが届く一歩手前で足を止め、こちらのようすをうかがった。

「何してるんだ、ジュリアス？」ハーレーが叫び、二軒の家を隔てる砂利道を横切りはじめた。「銃を撃ったのか？　わたしのボートハウスが大変なことになってるっていうのに……まったく」

「ハーレー」ジュリアスは声を張りあげた。「伏せてください」

　ハーレーはようやく銃を持つ男に気づいた。

「この野郎」ハーレーは怒鳴った。「おまえが火をつけたのか？」

　男はすでに炎を背景に黒い影となって浮かびあがるハーレーのほうを向いていた。

　ジュリアスは深く息を吸い、その一部を吐き出すと同時に引き金を引いた。

　男はジュリアスが撃った弾を受けて倒れ、ポーチの明かりが投げかける光の輪のなかに転がった。

　ジュリアスは膝立ちになり、銃を持っていないほうの手でわき腹を押さえた。

「銃を取りあげてください」

「わかった」ハーレーは男が落とした銃を拾って、ジュリアスのほうに駆けてきた。「おい、大丈夫か？　いったいどこを撃たれたんだ？」

ジュリアスはその質問の答えを考えた。考えることに集中できなくなってきていたが、わき腹にあてた手の下から温かい液体が流れ出していたので、まちがいないと思った。

「右のわき腹だと思います。少し血が出てるみたいです」

遠くのほうからサイレンの音が聞こえてきた。

「大変だ。血がたくさん出てるじゃないか」ハーレーは着ているフランネルのシャツを脱いで丸め、ジュリアスのわき腹に押しあてた。「すぐに消防車が来る。医薬品も持ってるはずだ」

「ええ」ジュリアスは倒れている男から目を離さずに言った。「あの男から目を離さないでください」

「任せておけ。知ってる男か？　このあたりで見かける顔じゃないが」

「バーク・マリックという男です」ジュリアスは言った。「グレースに……伝えて……」

「黙って気を失わないよう頑張るんだ。グレースに言いたいことがあるなら自分で言えばい い。すぐに来る気がする」

43

ジュリアスはもうろうとした意識のなかで、グレースが近くにいることに気づいた。彼女に言わなければいけないことがあるので意識を集中しようとしたが、そのたびに暗い夢の世界に引き戻された。暗闇のなかで、機械の低い作動音や甲高い電子音を延々と聞かされた。人影が現れては消えたが、どの人影も驚くほどの速さで動いていた。そうやってどれぐらいの時間が経ったのかよくわからなかったが、ジュリアスはようやく自分が置かれている状況を理解し、点滴に薬を入れようとしている看護師をにらみつけた。

「もう薬は入れないでください」しわがれた聞きづらい声が出た。

背が高くがっしりした体つきをした赤毛の男性看護師は、ジュリアスを見つめた。「本当にいいんですか？」

「ええ」

グレースがベッドの横に現れた。「ばかなこと言わないで、ジュリアス。痛み止めは必要だわ」

「いや」ジュリアスは言った。「今は必要ない。頭をはっきりさせたいんだ」

「あなたがそれでいいならいいですよ」看護師は言った。「気が変わったら言ってください」

看護師は病室を出ていった。グレースが手すりに覆いかぶさり、まるでへたにさわれば壊れてしまうと思っているかのように、恐る恐るジュリアスの手に触れた。ジュリアスはグレースの手をつかみ、きつく握りしめると、しわがれた声で訊いた。

「バークは？」

「助かったけど、さっき確認したときはまだ意識が戻ってなかったわ。デヴリンが部下の警察官を彼の病室の外に立たせてる。バークの手術はあなたの手術よりはるかに複雑なものだったそうよ。あなたの場合は弾は急所をそれていたから、傷を縫うだけですんだんですって」

「きっと熱して赤くなった針で縫ったんだろうな」

「看護師さんが言ってたでしょ。必要なら点滴に痛み止めを入れてもらえるわ」

「いや、いい。薬は痛みを取ってくれない。痛みを感じてる人間をほかの場所に連れていくだけだ。でも、まわりにいる人間の気は楽になる。患者はもう痛がっていないと思えるから」

グレースは微笑んだ。「哲学的ね」

ジュリアスは体を起こして枕に寄りかかったが、とたんに痛みに襲われて、うめき声をあげた。

「ジュリアス？」グレースが心配そうな顔をした。

ジュリアスはそっと息をした。「大丈夫だ」

室内を見まわすと、大きな革張りのソファが目についた。背もたれに病院の毛布がかけてある。窓の外はすでに明るくなっていて、雨が降っているようだった。

「もう明日になったのか？」

グレースはにっこりした。「明日が今日になったの。あなたは昨日の晩、撃たれたのよ」

「ここに泊まったのかい？」

「もちろんよ。生きた心地がしなかったわ。デヴリンに電話がかかってきて、ハーレーの家が火事になって、ふたりの男性が撃たれ、そのうちのひとりはあなただって聞かされたときには——」グレースはそこで言葉を切って、息をついた。「ええ、ここに泊まったわ」

「そんな必要はなかったのに」ジュリアスはそう言ったが、自分でも弱々しい声に聞こえた。

グレースがひと晩じゅうそばにいてくれたことがうれしくてたまらなかった。「でも、ありがとう」

「銃は嫌いだって言ってたわよね」

「ああ、嫌いだ。でも銃を持ってないとは言ってない。ハーレーのもとで働いてたときには、つねに持ち歩いてた。駐車場で襲われたあと、しまっていた場所から出したんだ」

「先見の明があることが証明されたわね」グレースは小さく微笑んだ。「気分はどう?」

「訊かないでくれ。デヴは何かつかんだのか?」

「ええ。詳しいことはデヴリンが説明してくれるでしょうから、手短に言うわね。デヴリンがバークの指紋をデータベースに照合したら一致するものがあったの。ランダル・トレーガーの指紋と一致したのよ」

「そうよ。ランダルは数年前に服役してたから指紋がデータベースに残ってたの。トレーガーと最初の妻のあいだに生まれた子どもだな」

「トレーガーの家族について調べたときに、彼に前科があることがわかったでしょ?」

「ああ、覚えてるよ。これでいろいろなことの説明がつくな」

「それだけじゃないのよ。シアトル警察がミリセントの寝室からバークの指紋を採取したの。ミリセントがあの晩、家に連れて帰ったのはバークにまちがいないわ。バーク、いえ、ランダルと言うべきかしら、まあどっちでもいいけど、呼びなれてるからバークにしておくわね。バークが詐欺でつかまったのは一度だけだけど、これまでずっとそこそこの大きさの詐欺を働いてまんまと逃げおおせてきたんじゃないかと警察は考えてるの。莫大な遺産を相続するナイラ・ウィザースプーンと出会えたことは、彼にとって大きな幸運だったわけ」

「彼女が無事遺産を手にすればの話だが」

「デヴリンはシアトル警察と連携して動いてるから、ミスター・パーフェクトは詐欺師だったとナイラが知るのも時間の問題ね」グレースは首を横に振った。「気の毒だわ」

「驚いたな、今度はナイラ・ウィザースプーンに同情してるのか？　この前は、冷蔵庫に入れられてたネズミをかわいそうだと言ってたし」ジュリアスはそこで言葉を切った。「もしかして、ぼくたちが襲われたのも――」

「ええ、そうなの。デヴリンの話では、シアトル警察は逃げた男をつかまえたそうよ。ふたりとも暴力犯罪の前科があって、おもにドラッグの売買をしてるんだけど、ときにはお金で雇われて人を襲うこともあるそうよ。あなたにメッセージを伝えるよう男に金で雇われたと警察に話してるらしいわ」

ジュリアスは少し考えてから言った。「ぼくたちがミリセントのアパートメントで見つけたウォッカのボトルから指紋は検出されたのか？」

「いいえ、ボトルからは検出されなかったわ。でも、さっきも言ったとおり、寝室からバークの指紋が検出されたの」

「ボトルについた指紋は拭きとったのに、寝室の指紋は拭きとるのを忘れたのか？」

「そうみたいね。ミリセントの死は誤って薬を飲みすぎたことによるものだと見なされるとバークは確信してたにちがいないと、警察は考えてるわ」

「万一、殺人の可能性があると考えられても、ウォッカのボトルが警察の目をきみに向けてくれると思ってたんだな」

「警察もそう考えてるの。そういえばミリセントが意識を取り戻したのよ。まだ混乱してるみたいだけど。問題の晩に何があったのかまったく思い出せないと警察に話してるらしいわ。そういうことはよくあるそうよ。でも自分は決して自殺なんかしないし、薬の常用者でもないと言ってるんですって。それ以外のことは話そうとしないみたい」

「頭のいい女性だ。自分が罪に問われることにならないようにしてるんだろう」

「警察は、わたしの携帯に送られてきたメールと、家に送られてきたチョコレートのことも突き止めたわ。チョコレートの配達はネットで手配されてた。あなたの推理どおり、毎朝八時までにミリセントがキャンセルしなければ、それぞれ送られるようになってたの」

「ミリセントが薬の過剰摂取で意識を失ってるのをぼくたちが見つけた日は、メールもチョコレートの配達もキャンセルされなかったんだな」

「そうね」

ジュリアスはなぜだか少し愉快になって言った。「きみのもとにメールとチョコレートが送られてきて、きみはすでに例の海外の口座のことを知ってると、ミリセントは気づいてるのかな?」

「さあ、どうかしら。デヴリンの話では、ミリセントは部分的に記憶をなくしてるようだから」

「あるいはなくしてるふりをしてるのかもしれない」

グレースは顔をしかめた。「人というのはわからないものね。わたしはミリセントのことが好きだったのに」

「そんなにがっかりするなよ。彼女のほうも、彼女なりにきみのことが好きだったにちがいない。だからお金をきみに遺そうとしたんだ」

「そうかもしれないわね」グレースは少し明るい顔になって言った。「でもどうしてミリセントはバークと関係を持ったのかしら。彼は詐欺師だと確信してたみたいだったのに」

「だから関係を持ったんじゃないか？」ジュリアスは薬がもたらしたもやが残る頭のなかで、必死に点と点をつなぎ合わせようとした。「彼女は自分がどういう人間を相手にしてるかちゃんとわかってたんだ。いや、ちゃんとわかってると思っていたというほうが正確かもしれないな。もしかしたら初めから共謀してたのかもしれないぞ。ふたりでウィザースプーンを殺して、その罪をきみに着せようとしたのかもしれない」

「現場にウォッカのボトルを残して？」

「警察がウィザースプーンの近くにいる人間に疑いの目を向けるのはわかっていた。自分たちのアリバイが破られたときのために、警察の注意をきみに向けておきたかったんだ。バーク・マリックは父親の死について調べたことがあって、あの日地下室にあったウォッカの銘柄を知ってたにちがいない」

「ミリセントとは、仕事が終わったあと、何度も飲みにいったのに——」

ジュリアスはグレースの言葉を無視して、点と点をつなぎ合わせているあざやかな赤い線をたどった。「ミリセントとバークはどこかでうまくいかなくなったんだろう。バークはミリセントが彼を裏切って金をひとり占めしようとしてると思ったのかもしれない。真相はどうあれ、とにかくバークはミリセントを殺そうとして失敗した。海外の口座の情報が入ってると思ってパソコンを盗んだが、見つけられなかった」

「ミリセントはデータを暗号化するのが好きだったの。取りつかれていたと言ってもいいぐらいよ。バークもパソコンに強かったのかもしれないけど、ネット上に何かを隠すことにかけてはミリセントのほうがうわてだったと思うわ」

「バークはもう手を引こうとしてたにちがいない。そこへ突然ナイラからお金を取り戻せそうだと聞かされて、二度目のチャンスが訪れたことに気づいたんだ」

「でも、あなたがなんとしても事件の真相を明らかにしようと思ってることもわかってて、遅かれ早かれ自分の正体がばれてしまうんじゃないかと心配になった」

デヴリンが病室の入口に姿を現した。「マリックの意識が戻ったら、もっといろいろなことが明らかになるにちがいない。気分はどうだい、銃を持ったミスター・ベンチャー・キャピタリスト？」

「今はポジティブなことをあまり考えられそうにない」ジュリアスは言った。「でもおまえと検討したいネガティブなことがいくつかある」

グレースは微笑んだ。「ふたりで有意義な時間を過ごしてちょうだい。家に帰ってシャワーを浴びて何か食べるわ。ひと晩じゅう起きてたし、ここのカフェテリアには体に悪そうなものしかないから。揚げものばかりなの」

「わかったよ」ジュリアスは言った。不機嫌な口調になったのがわかったが、どうしようもなかった。グレースに帰ってほしくなかった。まだ言いたいことを言っていない。とはいえ、デヴリンの前で言うわけにはいかなかった。

グレースはベッドのうえに身を乗り出して、ジュリアスの額にキスすると、彼が彼女を引き止める方法を考える間もなく、うしろに下がった。

「またすぐに来るよね?」ジュリアスは思わずそう訊いたが、すぐに罪悪感にさいなまれた。グレースはひと晩じゅう起きて枕もとにいてくれたのだ。シャワーを浴びて、ひと眠りするぐらいの権利はある。そもそも彼女に尽くしてもらう権利など彼にはないのだ。彼女に対して彼はなんの権利も持っていない。それでも帰ってほしくなかった。

グレースは病室の入口で足を止めた。「心配しないで。ウィザースプーン・ウェイ・ハーモニー・ベジタブルスープをつくって、あなたがお昼に食べられるように持ってくるから」

「まいったな」そう言いはしたものの、心の緊張がほどけたのをジュリアスは感じた。「アファメーションも添えてあるのかい?」

「もちろんよ。着替えも持ってくるわね。今日じゅうに退院して家に帰れるかもしれないと言われたから」

「家か。いい響きだな」

グレースは廊下に姿を消した。

デヴリンはグレースがいなくなるのを待って、満面の笑みを浮かべた。「おまえたちふたりはきっとお似合いだと思ってた。おれには男と女をくっつける才能があるのかな？」

「よく言うよ」ジュリアスはいくつか積まれた枕に背中を預けたまま、体を少しうえに引きあげ、深く息を吸いこんで痛みに備えた。「おまえは彼女がボスを殺したんじゃないかと疑ってたんだぞ」

「そんなふうに思ったことは一度もない。彼女はシロだという証拠が欲しかっただけだ。おれが解決した大きな事件の詳細を聞きたくないのか？」

「聞かせてくれ。事細かにな」

44

グレースは一時間ほど寝返りを打ちつづけたあと、眠るのをあきらめた。ジュリアスの病室でひと晩じゅう起きていたせいで神経がたかぶっていたし、もともと昼間は眠れないほうだった。

代わりにシャワーを浴びた。すばらしく気持ちがよかった。

スクランブルエッグに全粒粉パンのトーストという高たんぱくの朝食をとってから、ハーモニー・ベジタブルスープづくりに取りかかった。

にんじんを刻んでいると、ドライブウェイに車が入ってくるのが聞こえた。包丁を置き、ペーパータオルを取って手を拭いてから、居間に足を運んだ。カーテンを開けると、ナイラがシルバーのセダンの運転席からおりるのが見えた。

グレースはうめき声が出そうになるのをこらえた。ナイラと話などしたくなかったが、彼女はこのところ二度もつらい経験をしたのだ。父親を殺されたあとに婚約者がその犯人らしいと聞かされるのは、誰にとっても耐えられないことにちがいない。

ナイラが彼女と話したがっているのに断るのは思いやりに欠ける行為だと、グレースは思った。

グレースはドアを開けて、ポーチに足を踏み出した。

「ナイラ、大変だったわね」

ナイラは骨ばった顔を引きつらせて階段の下まで歩いてきた。ハンドバッグの肩ひもを命綱のようにきつく握りしめている。

「謝りにきたの。あなたが会社のお金を盗んで父を殺したんじゃないかと疑ってごめんなさい。どうしてそんなふうに思ったのか、うまく説明できないんだけど、ウィザースプーン・ウェイを急成長させたのはあなただからかもしれないわ。父はいつもあなたのことを褒めてた。わたしはあなたに嫉妬してたんだと思う。なんの言い訳にもならないけど」

「いいのよ、あなたの気持ちは理解できるわ。入って。ちょうどコーヒーを淹れたところなの。よかったら飲まない？」

ナイラは誘われたことに驚いたらしく目をぱちくりさせた。引きつっていた顔に浮かんでいた緊張の色が薄れ、長いあいだ隠れていた小妖精《エルフィン》のような魅力が表に出るとともに、後悔と濃い疲労の色が顔に宿った。

「いただくわ。ありがとう」

アグネスの家の玄関ドアが勢いよく開いた。

「どうかした？」「おはよう」アグネスは刈り込みばさみを振りながら大きな声で言った。「どうかした？」

「別にどうもしないわ。ウィザースプーンさんの娘のナイラ・ウィザースプーンさんよ。前にも訪ねてきたでしょ」

「ええ、よく覚えてるわ」アグネスは言って、ナイラににっこり微笑みかけた。「お父さまはすばらしい方だったわ。ポジティブなエネルギーに満ちていらした。この世界にはポジティブなエネルギーがもっと必要だわ。そうでしょ？」

ナイラは顔を真っ赤にした。「ええ、そう思います」

階段をのぼって、おずおずと居間に入ってくると、その場で足を止めた。次にどうすればいいのかわからないようだった。

「こっちよ」グレースはドアを閉めて、ナイラをキッチンに案内し、椅子を身振りで示した。「どうぞかけて」

キッチンには人をリラックスさせる何かがあると、かなり前に気づいていた。

ナイラはいちばん近くにあった椅子に、ためらいがちに腰をおろした。「ジュリアス・アークライトさんの容体は？」

「ジュリアスなら大丈夫よ。心配してくれてありがとう」グレースはコーヒーの入ったマグカップをナイラの前に置いた。「わたしも、ついさっきまで病院にいたの。すぐによくなるだろうって、お医者さまも言ってたわ」

短い間ができた。

「バークの容態は？　重体だって聞いたけど」

「手術が終わったことしか知らないわ。たぶん助かるんじゃないかしら」ナイラは首を横に振って続けた。「今朝、警察から電話があったときは、とても信じられなかった。信じたくなかったと言うべきかしら。でもバークはすてきすぎて嘘くさいと心のどこかでわかってたんだと思う。完璧すぎたもの。父は初めから彼をよく思っていなかった。父の目が正しかったのね」

「気休めになるかわからないけど、会社のお金を横領してたのがミリセント・チャートウェルだとわかって、わたしもひどく驚いたわ。あらためて考えると、彼女がいちばん怪しいのに。正直に言うと、お金が横領されているのがわかったとき、ミリセントが犯人じゃあたりまえすぎると思ったの。経理が会社の利益をくすねるなんて普通すぎるでしょ？」

「だから誰も今まで彼女の仕業だと思わなかったんでしょうね」

「そうね」グレースはキッチンのカウンターのうえにある色とりどりの野菜をちらりと見て言った。「スープをつくってたの。続けてもかまわないかしら？」

「ええ、もちろんよ」ナイラは両手でマグカップを包むように持って、窓の外の湖を眺めた。「父は何が起こってるのか気づいて、彼女かバークを問いつめたんじゃないかと思うの」

グレースは包丁を手にして、唐辛子を刻みはじめた。「そうかもしれないわね」

「父を殺したのはふたりのうちのどっちかしら？」

「まだわからないわ。警察も突き止めてないみたいよ。でもバークがゆうベジュリアスを撃ち殺そうとしたことから考えると、ウィザースプーンさんを殺したのは彼なんじゃないかしら」

「警察はバークがミリセントと寝てたことをほのめかしてたわ」ナイラは顎を強ばらせた。

「そんなことにも気づかないなんて」

「人をだますことにかけては天才的な人がいるのよ」グレースはやさしく言った。刻んだ唐辛子を脇にどけて手を洗い、ロール式のペーパータオルを引っぱって、使う分だけ切りとった。「女の目をまっすぐに見て嘘をつき、とりこにさせることが自然にできるのよ。そうしておいて心を引き裂くの」

「あなたとクリスティは大丈夫？　新しい仕事は見つかりそう？」

「わたしたちのことは心配いらないわ」グレースはにんじんと唐辛子を、火にかけたスープに入れた。「クリスティはたぶんレイナー・セミナーズで働くことになると思う。あそこなちこれまでの経験を活かせるわ。クリスティはスケジュール管理が上手だし、顧客ともいい関係を築いてる。ウィザースプーン・ウェイの顧客の大半をレイナー・セミナーズの顧客にするんじゃないかしら」

「クリスティがウィザースプーンさんは実の父親も同然だと言うのを何度聞かされたか」ナ

イラはため息をついた。「そのたびにどんなにいやな思いがしたか、口ではとても言い表せないわ。わたしが怒るのがわかっててそう言ってるんじゃないかと思ったことも何度かあった」

グレースはケールの葉を硬い茎からはがしはじめた。「ウィザースプーンさんの力になりたいと思ってることをあなたにわからせようとしただけなのよ。あなたがそんなふうに感じるとは思ってもいなかったんだわ」

「父のことだけじゃないの。わたしはクリスティがバークの気を引こうとしてるんだと思ってたのよ」

グレースはケールの葉をはがす手を止めて、ナイラが言ったことについて考え、首を横に振った。「それが本当だとしたら、とても信じられないわ。あのふたりのあいだに何かあるなんて思ってもみなかったから。クリスティはミリセントとわたしと同じように、バークには胡散臭いところがあると言ってたのよ」

「でもあなたはミリセントとバークが組んでたことも気づかなかったでしょ？」

「そうね」グレースは認めた。「どうしてクリスティがバークの気を引こうとしてると思ったの？」

「わたしはずっと、いつか彼を失うんじゃないかと恐れてた。さっきも言ったように、彼は完璧すぎると心の奥ではわかってたのよ。だから私立探偵を雇って、しばらくのあいだ彼の行動をチェックさせたの。そしたら最近になって少なくとも一度、クイーン・アン・ヒルのコーヒーショップで別の女性に会ってたことがわかった。私立探偵はふたりの写真を撮ってきたわ」

「誰だったの？」

「写真ではよくわからなかった。サングラスをかけて、パーカーのフードを深くかぶってたから。でも私立探偵はあとをつけたの。女性が入っていったのは、クリスティのアパートメントがある建物だった。それでバークが会ってたのはクリスティだと確信したのよ」

グレースは包丁を手にして、ケールを刻みはじめた。「バークと偶然コーヒーショップで会ったとクリスティから聞いたことがあるわ。そのときはなんとも思わなかった。バークにはおかしなところがあるとクリスティが言いだしたのはそのあとよ。ウィザースプーンさんのビジネスに関する情報をクリスティから聞き出そうとしてるように見えたって言ってたわ」

「きっと、そうだったんでしょうね。でも、そのときは、クリスティとバークがわたしに隠れてこっそり会ってるんだと思った。それでバークを問いつめたら、コーヒーショップで偶然会っただけだと言われて、とりあえずその言葉を信じることにしたの」

「クリスティはおしゃべりだから、何か聞き出せると思ったんでしょうね」

「ええ、そうね」

グレースは刻んだケールを火にかけたスープに入れて、ナイラに向き直った。「前にも訊いたけどもう一度訊くわ。ウィザースプーンさんのアカウントからアファメーションを記したおかしなメールをよこしたのはあなたなの？　今度は本当のことを聞かせて」

「父のアカウントからあなたにメールを送ったことなんかないわ。本当よ。パスワードも知らないんだもの」ナイラは顔をしかめて、マグカップの縁越しにグレースを見た。「そもそも、どうしてわたしがそんなことをしなきゃならないの？」

「さあ、わからないけど、ウィザースプーンさんが亡くなってるのを見つけた日の晩から何日も続けて、ウィザースプーンさんのアカウントからわたしにメールを送ってきた人がいるのはたしかなのよ。たぶんわたしを動揺させようとして、そんなことをしたんだと思うわ」

ナイラは眉をひそめた。「メールを送ってたのはバークじゃないかしら」

バークは事件現場にウォッカのボトルを置いていったのと同じ理由でメールを送ってきたのだとグレースは思った。彼が欲しいのはあくまでもお金だったが、グレースにストーカー行為をすることもやめられなかったのだろう。ナイラが彼女に四十八時間の猶予を与えたことも知っていたにちがいない。父親を死にいたらしめたグレースへの復讐のつもりだったのだ。

「そうね」グレースは言った。「そう考えればつじつまが合うわ」

ナイラはマグカップをテーブルに置いた。「そろそろお暇《いとま》するわ。アークライトさんのところに行くつもりなんでしょう？　お金のことを知らせてくれたお礼を言いたかっただけだから」

「全部あなたのものよ。ウィザースプーンさんがあなたに遺したお金よ」

「おかしな感じだわ」

「何が？」

「お金が戻ってきたら気分がよくなると思ってたのに、いざそうなったら、父はもういないことや、もう二度と父との関係を修復できなくなったことばかり考えちゃうの。母が自殺したのは父のせいだと思ってたけど、本当はそうじゃない。誰のせいでもないのよ。そのことにもっと早く気づけばよかった」

ナイラは父親が詐欺師だったことをまだ知らないのだとグレースは気づいた。いつかはわかることだろうが、自分がナイラにそれを知らせる人間になる必要はないと思った。

「あなたの気が少しは楽になるかもしれないアファメーションをふたつ思いついたわ」

ナイラは警戒するような顔になった。「聞かせてくれる？」

「ひとつめはこうよ。〝来た道を引き返して物事を変えることはできませんが、これまでとは別の道を進むことはできます〟ウィザースプーンさんはあなたを愛してて、あなたといい関係を築けなかったことを悔やんでた。あなたにお金を遺したのは償いのつもりだったのよ。ウィザースプーンさんのためにも遺産を受けとって、過去に犯した過ちを二度と繰り返さないようにするべきだと思うわ」

ナイラの悲しみに沈んだ顔に、おもしろがっているような表情が浮かんだ。「ウィザーススプーン・ウェイのセミナーで聞かされそうな言葉ね。もうひとつのアファメーションは？」

グレースは微笑んだ。「〝贈られたものにケチをつけるようなことはしません〟」

45

グレースは残りの野菜を鍋に入れて火を弱めてから、テーブルについてノートパソコンを開き、ストーカーから送られたメールを読んだ。これらを送ってきたのはバークにちがいない。とはいうものの、彼はプロの詐欺師であり、彼が手に入れようとしていたのはあくまでもお金だ。グレースをからかうようなメールを、プロの詐欺師である彼がわざわざ送ってくるとは思えなかった。

けれども彼はグレースに復讐したいとも思っていたのだ。警察の目を彼女に向けるために犯行現場にウォッカのボトルを残したぐらいだ。お金を欲しかったのと同じぐらい復讐もしたかったのだろう。

バーク・マリックについてたしかなことがひとつある。彼はプロの嘘つきだということだ。つまり彼がナイラに話したことは全部嘘なのだ。

ジュリアスの言葉がキッチンに響いた。

座右の銘その一。〝誰も信じるな〟

座右の銘その二。〝誰にでも隠れた意図がある〟

グレースはメールを読むのをやめてノートパソコンを閉じた。メールについて考えるのは時間の無駄だ。あくまでも副次的な問題なのだから。重要なのはバークとミリセントが今はどちらとも病院にいて警察の監視下にあるということだ。

スープからいいにおいがしてきた。しょうがとしょう油と昆布だしの香りがキッチンに漂う。グレースは立ちあがってガスこんろの前に立ち、大きな木のスプーンでスープをそっとかき混ぜた。

クリスティはナイラに、ウィザースプーンは実の父親も同然だと言った。

けれどもクリスティのデスクには仲が良さそうな家族の写真が飾ってあった。実の父親も同然の存在など必要ないはずだ。すでに完璧な父親がいるのだから。クリスティに尋ねれば、父親は完璧だと言うにちがいない。

そしてバークも、ナイラが言ったように、完璧な婚約者のように見えていた。ところが、彼は詐欺師で、おそらく人も殺している。

ジュリアスとデヴリンもそう思っている。

バークはすでに嘘の生い立ちをつくりあげていた。もうひとつつくっていたとしてもなんの不思議もない。彼は好意から人に何かをするような人間ではない。相手が彼から好意を受けて当然の立場にいる人間である場合は別として。もしくは家族とか。バークのような人間にも家族はいる。

誰も信じるな。

よくない兆候だ、とグレースは思った。ジュリアスと同じように考えはじめている。とはいうものの、そのジュリアスは今、病院のベッドで銃で撃たれた傷を癒やしているのだ。ポジティブに考えればすべてうまくいくと考えている彼女にかかわったせいで。

クリスティとバークは少なくとも一度コーヒーショップで会っている。けれども、もしバークが初めからミリセントと組んでいたのなら、ウィザースプーン・ウェイの内部にふたりめの協力者は必要なかったはずだ。どうしてクリスティから情報を得ようとするのだろう。彼がクリスティと会っていたことをナイラが知ったら、ひどく怒るのは目に見えているのに。実際にそうなったのだ。

とはいえ、バークがナイラの前に現れたのは三カ月ほど前のことだ。ミリセントはそのずっと前から会社のお金を横領していた。バークが登場したのはクリスティが受付係として雇われたすぐあとだった。

〝ウィザースプーンさんはわたしにとって実の父親も同然なの〟

クリスティがそんなふうに感じていたなんて、とても信じられない。ウィザースプーンはいい雇用主だったが、従業員の父親のような存在になろうとはしていなかった。実の娘のことで手いっぱいだったのだ。

グレースは鍋からスプーンを取り出して、カウンターのうえの小皿に置いた。テーブルに足を運んで携帯電話を手にし、ジュリアスに電話をかけようとしたが、裏のポーチから重い足音が聞こえてきたので手を止めた。

……気づくと十六歳に戻って、強烈な不安に凍りつきそうになりながら、人殺しの重い足音に耳をすましていた。トレーガーが戻ってきたのだ。目撃者を殺すために。

息をして。

グレースは裏のポーチに出るドアに目をやり、鍵がかかっていることをたしかめた。こんなことはばかげている。まだ夜になっていないのに。ベッドの下を見ようなんて考えないで。絶対に行っちゃだめ。昼にも安全確認の儀式をしはじめたら、強迫観念がいっそう強くなるわよ。

トレーガーは死んだ。彼女が殺したのだ。彼女に復讐したいと思っているかもしれないトレーガーの息子は病院にいる。どちらも今、裏のポーチに来られるはずがない。

そうなると残りはクリスティだが、聞こえてきているのはクリスティの足音ではなかった。重々しい足音が静寂を破って近づいてくる。

グレースは窓の横の壁に背中をつけ、カーテンの隙間から外をのぞいた。

ジーンズにゆったりしたフランネルのシャツを合わせて日よけ帽子をかぶり、ガーデニング用のブーツを履いたアグネスが、手袋をした手でノックしようとしていた。

ほっとしたあまり、体が震えてきた。ホラー映画の一場面が繰り広げられていたわけではなかったのだ。グレースは携帯電話をおろしてドアを開けた。

「こんにちは、アグネス。大丈夫？　何かあったの？」

「ごめんなさい、グレース」アグネスは言った。その目には怒りと恐怖と罪悪感が合わさったものが宿っていた。

「どうしたの？」グレースは言った。

また足音が聞こえてきた。今度の足音は軽くて速かった。

ポーチの反対側に置いてある冷蔵庫のうしろからクリスティが現れた。手にウォッカのボトルを持っている。もう片方の手には拳銃が握られていた。

「携帯を床に捨てて」クリスティは言った。「言うとおりにしないと最初にそのおばあさんを殺して、次にあなたを殺すわよ」

グレースは携帯電話を床に落とした。

46

「事件の全容はすぐに明らかになるだろう」デヴリンは言った。「マリックはミリセント・チャートウェルと組んでたとシアトル警察は考えてる。ふたりのあいだでなんらかのトラブルがあったんだ」

「いや、そんなに単純な話ではないと思う」ジュリアスは狭い病室内を行ったり来たりしていた。すでに薬の影響も痛み止めの効果もなくなっていた。傷は痛んだが、頭のなかのもやは消え去り、はっきり考えられるようになっていた。「ぼくたちは何か見落としてるんだ」

「マリックが目を覚まして質問に答えはじめれば、欠けている穴も埋められるよ」

ジュリアスは窓辺で足を止めて、外の通りを眺めた。「マリックはプロの詐欺師だ。計画がうまくいきそうもないとわかった時点で手を引いて、逃げるのが普通じゃないか」

「誰にでも弱点はある」デヴリンは言った。「マリックの場合は、復讐したいという気持ちが仇になったんだろう」

「いや」ジュリアスは言った。「やはりタイミングが合わない。ミリセントはバーク・マリックが現れる一年以上も前からウィザースプーン・ウェイのお金を横領してたんだから」

「ある晩、偶然会って、互いの正体に気づき、手を組んだんじゃないか？」デヴリンは言った。

「いや、やはりこの事件の動機は復讐だと思う」ジュリアスは言った。「そしてそれが始まったのはほんの数カ月前なんだ」ベッドの傍らに置かれた台のもとに足を運び、携帯電話を手にする。「グレースにはぼくから見えるところにいてもらう」

ジュリアスはグレースの電話番号を打ちこんだ。

するど留守番電話につながった。

「出ない」

「シャワーを浴びてるか昼寝でもしてるんだろう。ひと晩じゅう、おまえの枕もとにいたんだぞ。少しは休ませてやれ」

「気に入らないな」ジュリアスは小さなクローゼットを開けたが、なかは空だった。「ぼくの服は？」

デヴリンは左右の眉を吊りあげた。「証拠品保管袋のなかだよ。グレースがスープといっしょに着替えを持ってくることになってただろう？」

「服はいいとして銃はどこなんだ？」

「同じく証拠品保管袋のなかだ」

ジュリアスはくるりと向きを変え、わき腹が痛むのを無視して、デヴリンの足首に目を落とした。「予備の銃を持ってるだろう？　いつもそうだった」

「何が言いたいんだ？」

「行くぞ」ジュリアスは患者衣の裾をひるがえしてドアに向かった。

デヴリンがあとをついてきて言った。「大げさに騒ぎすぎてると思わないか？」

「思わない」ジュリアスは言った。「ハーレーに電話してくれ。ここより彼の家のほうがグレースの家に近い」

47

〝自分が落ちついていないとわかっているときには、なおさら落ちついているようにふるまいます。頭のなかがはっきりし、見えていなかったチャンスが見えてきます〟

「アグネスを座らせてあげて」グレースは言った。「今にも倒れそうになってるのがわからない？　アグネスは体が悪いの。そうよね、アグネス？」

アグネスの目を見つめ、調子を合わせるよう訴える。

アグネスははっと息をのんで胸をつかみ、あえぎはじめた。

「心臓が」ぜいぜいとあえぎながら言う。「すごい速さで打ってるわ。気を失いそうよ」

クリスティの顔に怒りがよぎり、次いで戸惑っているような表情が浮かんだ。どんな小さなことであれ、計画の変更は見込んでいなかったのだろう。彼女が計画を立てていたとしての話だが。

アグネスを人質にするのは、復讐するという大きな計画が失敗に終わったあとで衝動的に思いついたことだろうとグレースは思った。

すべては復讐のためだったのだ。クリスティがキッチンのテーブルに置いたウォッカのボトルを見れば、それは明らかだった。目的は復讐だったのだ。

「座りなさい」クリスティは椅子のひとつを銃口で示し、まんまとグレースの家に入った今、彼女は厄介者でしかないと思っているかのようにアグネスをにらみつけた。

「ぐずぐずしないで」アグネスがすぐに動かなかったのを見て、クリスティがきつい口調で言った。

アグネスはやや芝居がかった仕種でよろめきながら近くの椅子に向かった。グレースはガスこんろの前に立ったまま、クリスティの手に握られた銃を見つめていた。銃は小刻みに震えている。よくない兆候だ。

クリスティは強迫観念にとらわれている。頭のいい女性が復讐のために、さらにふたりの人間を殺そうとしているなんて、そうとしか思えない。バークは病院で警察の監視下に置かれている。じきにすべてを話すだろう。すでに意識を取り戻しているミリセントも、警察の質問に答えはじめるにちがいない。もう終わりだ。

クリスティはどこかに逃げて、新しい身分で暮らすべきだったのに、そうせずに今このキッチンで復讐の相手に銃を向けている。復讐の念は一度人の心に巣食ったら、二度と出ていかないものなのかもしれない。

「本当の自分を隠すのがとてもうまいわね」グレースは言った。「あなたとバークは長い時間をかけて、あなたたちのいわば〝ビジネスプラン〟を練ったにちがいないわ。おかげで計画はうまくいった。少なくとも、しばらくのあいだは」

「兄さんとわたしは一年前まで父親が本当はどうやって死んだか知らなかった」クリスティは怒りに燃えた目をして言った。「母はわたしたちがまだ赤ん坊だったときに父のもとを去ったの。わたしも兄さんも父のことは何も覚えてないわ。母は父を恐れてたから、わたしたちの名前を変えて、生い立ちについても嘘を教えた。父は自動車事故で死んだと言われてたの。結局最後まで本当のことを教えてくれなかった」

「お母さんはきっとあなたたちを守ろうとしたのよ」グレースはおだやかに言った。

クリスティはくすりと笑った。「そうね。父親の悪い血が流れてることをわたしたちに知らせたくなかったんだわ」

「トレーガーのことを恐れてたなら、遠くにいても、彼の行動を気にしてたにちがいないわ」グレースは言った。「それでトレーガーが死んだことを知ったのね」

「それはちがうわ」クリスティは薄笑いを浮かべた。「父の身に起きたことを母が知ることはなかった。あなたが父を殺す少し前に交通事故で死んだから。不思議なめぐり合わせじゃない？　ウィザースプーンが好きそうな話よね。父は交通事故で死んだと嘘をついて、自分がまさに交通事故で死ぬなんて。でも父は事故で死んだんじゃないのよね？　あなたが殺したんだから」

クリスティの手に握られた銃は先ほどより大きく震えていた。グレースは息を殺し、アグネスは身じろぎもせずに座っていた。

クリスティは両手で銃を握った。少し落ちつきを取り戻したようだった。

「母が秘密を抱えたまま死んだあと、兄さんとわたしは里子に出されたの」

「つらかった？」グレースは正常かつ理性的な会話をしているような口調で尋ねた。

クリスティは苦笑した。「とても勉強になったとでも言えばいいのかしら。兄さんはある里親からドラッグを売ることを教わったし、わたしも……それとは別の方法でお金を稼ぐことを学んだわ」

「売春をさせられたの？」

「少しのあいだだけよ」クリスティは肩をすくめた。「やがて兄さんとわたしは自分たちだけでやっていくことにしたの。兄さんはパソコンに強かったし、わたしにはセールスの才能があった。ふたりともたいした経験もなかったわりには、よくやってたと思うわ」

「そのあとバークは詐欺の疑いで逮捕された」

クリスティは左右の眉を吊りあげた。「調べたの？」

「警察ももう全部知ってるわよ」

「かまわないわ」クリスティは言った。「もうすぐすべてが終わって、わたしは姿を消すから。ええそうよ、兄さんは刑務所に入ったわ。そこでいろいろなことを学んだの。兄さんが出所してすぐ、わたしたちは新しい身分をつくった。長年のあいだに、何度も名前を変えたわ。兄さんとわたしは定期的に死んで生まれ変わったの。ポジティブな考え方でしょ」

「バークは記録を書き換え、あなたは幼いときに母親といっしょに交通事故で死んだことにして、あなたの過去を葬った。そして自分は刑務所を出たあとに死んだことにしたのよ」

「驚いたわ」クリスティは言った。「よくそこまで調べたわね」

「どうしてわたしを捜すことにしたの？」グレースは尋ねた。

「兄さんが今わたしたちが使ってる身分をつくろうとしてるときに、本当のことを知ったの。そもそものきっかけは、母の家系図をたどろうとしたことだった。あれはいい考えだったわ。ネット上に、それはもうたくさんの家系図が公開されてるの。ほんと、驚くほどよ。とにかく、母の家系図を調べて、母がわたしたちの生い立ちについて嘘をついてたことがわかったの。いったん調べはじめたら、クラウドレイクと父の関係を突き止めるのにそう長くはかからなかった」

「わたしを見つけるのに、それからどれぐらいかかったの？」

「本気で言ってるの？」クリスティは微笑んだが、彼女の目に宿る怒りの炎はさらに大きくなっていた。「クラウドレイクのワンダーガール。極悪非道の人殺しから幼い男の子を救った若きヒロイン。悪者をウォッカのボトルで殺した機転の利く勇敢なティーンエイジャー。ええ、調べるべきところを調べはじめたら、すぐにあなたの名前が出てきたわ」

「それから計画を練りはじめたのね」グレースは言った。「ウィザースプーン・ウェイの受付の仕事に就くなんて見事だわ」

「あのときウィザースプーンが新しい受付を必要としてたのは本当に運がよかった」クリスティは言った。「でも受付になっていなくても、あなたには近づけたわ」

「どうやって？」

「簡単よ。兄さんもわたしも投資家ということにして、ウィザースプーン・ウェイが入ってるビルにオフィスを借りるの。なにも難しくないわ。そしてあらゆる手を尽くしてあなたと友だちになる。父を殺した女がどういう人間なのか知りたかったの。わたしの家族にしたことの報いをどう受けさせるか考える時間が必要だった。あなたをゆっくり確実に破滅させたかったから」

「それでわたしのまわりの人たちを殺して現場にウォッカのボトルを残していくことにしたの？」

「警察がウォッカのボトルの意味に気づくまで少し時間がかかるだろうとは思っていたけど、それでもかまわなかった。あなたはすぐに過去の事件と関係があると気づくだろうから。あなたが苦しんで精神的にまいっていくのを見たかった。あなたをめちゃくちゃにしてやりたかったの」

「バークも復讐計画に加わっていたの？」

クリスティは顔をしかめた。「兄さんはお金のことしか頭にないわ。スプレーグ・ウィザースプーンがモチベーションアップ・セミナー・ビジネスでどれだけ稼いでるか知るまでは、まったく興味を示さなかった。それを知って初めて興味を持ったの」

「そしてナイラと結婚しようとしはじめたのね」

クリスティは冷ややかな笑みを浮かべた。「兄さんがナイラをだましにかかっているあいだ、わたしは辛抱強く待ったわ。でも、わたしが計画を実行に移す準備ができたと言うと、兄さんはひどく怒ったの。もう一年かそこらウィザースプーン・ウェイにビジネスを続けさせたがってた。そのあいだに、会社に入るお金をあなたが二倍にも三倍にもしてくれると思ってたのよ」

「バークはウィザースプーン・ウェイでのわたしの立場を危険にさらすようなことをあなたにさせたくなかったのね。せめて彼が充分だと思うだけのお金を会社が稼ぐまでは」

「兄さんと喧嘩になったわ」

「ああ、クイーン・アン・ヒルのコーヒーショップでバークと会った日のことね」

「あなたは知らなくてもいいことを知りすぎてるみたいね」クリスティは眉をひそめた。「兄さんは会うのをいやがったけど、わたしがあとに引かなかったの。わたしはもう充分に待ったわ。兄さんにナイラを落とす時間を与えた。数百万ドルものお金がすでに手に入ることになってたのに、兄さんはどんどん欲深くなっていってたの。でもウィザースプーンが死ななければナイラに遺産が入らないことはわかってた。ウィザースプーンには死んでもらうしかなかったのよ。残る問題はそれをいつにするかだけ。最終的には兄さんも承諾したわ」

「あなたがウィザースプーンさんを殺したの？」

「そうよ」クリスティは得意気に微笑んだ。「わたしはセキュリティシステムを解除するコードを知ってたの。ウィザースプーンが街を出てるあいだ植物に水をあげてたのはわたしだから。わたしはウィザースプーンのクレジットカードを使って、彼に必要なものを買うことも許されてた」

「だからウィザースプーンさんの寝室にあったウォッカを、彼が自分で買ったように見せかけられたのね」

「そうよ」クリスティはにっこり笑った。「午前零時過ぎにウィザースプーンの家に行って、眠っている彼を撃ったの。目も覚まさなかったわ」

「次の日の朝、ウィザースプーンさんがオフィスに来ないのをわたしたちが心配しはじめたとき、誰かようすを見にいったほうがいいと言ったのはあなただったわね」グレースは言った。「わたしはオフィスにいちばん近いところに住んでいて、オフィスから数ブロックしか離れていないアパートメントの駐車場に車を停めてあったから、わたしが見にいくのがいちばんいいということになった」

「簡単だったわ」クリスティは歌うように言った。「何もかもわたしの計画どおりに進んだ。

兄さんは本当だったらもっとたくさんのお金を手に入れられるはずだったのにと怒ったけど、それでも充分な額のお金が入るだろうから、それで我慢しようとしてた」

「そのあとナイラのものになるはずのお金の大半が消えていることがわかった」

クリスティはふんと鼻を鳴らした。「兄さんに言ったのよ。得やすいものは失いやすいのよって。兄さんにはどうすることもできなかったわ。それがある晩、電話をかけてきたの。ミリセントのアパートメントを出たところだって言ってた。うまい話が転がりこんできたって。ウィザースプーン・ウェイのお金を横領してたのはミリセントで、彼女はそのお金を洗浄する人間を必要としてる。さらにはレイナー・セミナーズからもお金を横領できるから自分と組まないかと言われたって」

「それでミリセントを殺そうとしたのね」

「どちらにしろ、ミリセントは次に殺すことになってたのよ」クリスティは言った。

「どうして失敗したの？」

「薬を買った男にだまされたのよ」クリスティの手に握られた銃がまた小刻みに震えた。クリスティはどうにか落ちつきを取り戻して続けた。「わたしは急いでた。早く動かなければならないとわかってたから。兄さんが帰った一時間後ぐらいにミリセントのアパートメントに行って、涙を流して言ったの。ラーソン・レイナーは詐欺師だということを示す情報をたまたま知ってしまった。彼のもとで働くことを承諾する前に、話し合ったほうがいいと思って来たって」

「嘘をついたのね」

「もちろんよ。わたしにはいろいろな才能があるけど、そのひとつが嘘をつくのがうまいことなの。ミリセントはわたしがどんな情報をつかんだのか知りたがった。わたしたちはいっしょにお酒を飲んだわ。わたしはミリセントのグラスに薬を入れた。そして意識を失った彼女を寝室に引きずっていって、さらに薬を注射したの。朝までには死ぬはずだった」

何かが焦げたようなにおいがキッチンに漂ってきた。スープが焦げはじめたのだ。

「毎晩メールを送ってきたのはあなただったのね」グレースは言った。

クリスティは微笑んだ。「あなたを怖がらせようと思ったのよ。誰かにずっと見られてて自分ではどうすることもできないなんて不安でたまらないでしょ。われながらいい考えだったわ」

「ジュリアスを襲わせたのもあなた？　それともバークなの？」

クリスティの顔から笑みが消えた。「あれは兄さんのアイディアよ。アークライトはあなたに近づきすぎてたわ。ちょっとおどかせば逃げ出すんじゃないかと兄さんは思ったの。アークライトは結局ビジネスマンにすぎないんだもの。簡単に倒せる標的だと思ってた」

「バークの見込みちがいだったわね。しかも彼がメッセージを届けるために雇った男たちは一流じゃなかったわ」

クリスティは顔をしかめた。「ミリセントの息の根を止めるはずだった薬をわたしに売りつけたのと同じ男たちよ。兄さんとわたしはよそから来た人間だから、頼りになる人間をシアトルでどうやって見つければいいのかわからなかった。シアトルに来てすぐに兄さんがいろいろ訊いてまわって、あのまぬけたちに引き合わされたの」

「わたしの家の冷蔵庫にネズミの死骸とウォッカのボトルを入れたのも、あの男たちなの？」グレースは尋ねた。

「ちがうわ」クリスティは笑顔になった。「それはわたしよ。いい考えだったでしょ？やってて楽しかったわ。冷蔵庫のなかを見たときのあなたの顔が見たかった」

「ミリセントを殺しそこねてから、さらに計画が狂いはじめたのね」グレースは言った。

「ミリセントがわたしにお金のありかを知らせて、わたしはそれをナイラに教えたと知って、バークはひどく驚いたと思うわ」

「ナイラは今でも兄さんのことを信じてるからまだチャンスはあると兄さんは言ったわ。でもアークライトは排除しなければならなかった。真実に近づきすぎていたから」

「ところがバークはしくじって、何もかもおしまいになろうとしている」

スープが焦げるにおいが強くなってきた。

「鍋を火からおろしてもいいかしら？」グレースは尋ねた。「スープが焦げてるみたい。このままにしておいたら火災報知器が鳴るかもしれないわ」

クリスティはためらったが、まだ引き金を引く心の準備はできていないようだった。自分がどうしてここまですることになったのか説明する時間がもっと必要なのだ。

「さっさとおろしなさい」クリスティは鍋を銃で示して言った。

グレースはガスこんろのほうを向いて、熱くならない取っ手を慎重につかむと、重い鍋を持ちあげて隣のバーナーに移した。スープを煮るのに使っていたバーナーの火は消さなかった。

何気ない仕種でペーパータオルを切りとって手を拭くと、ロールの先端をガスこんろに向けてカウンターのうえに置き、そうしなければ立っていられないとでもいうようにカウンターに手を置いた。

その体勢のまま身をひねってクリスティを見た。

「今日ここに来たのは、始めたことを終わらせるためね」

「ええ、そうよ」クリスティは目に涙を溜めて言った。「あなたがわたしと兄さんにしたことの罰を受けてもらうわ」

「わたしがあなたたちに何をしたというの？」

「あなたが父を殺さなければ、兄さんとわたしの人生は今とはちがうものになってたはずよ」

「お父さんがあなたたちを引きとってくれたと思うの？　あなたたちの世話をしてくれたと

思うの？　二番目の奥さんを殴り殺して、その罪を隠すために幼い男の子を殺そうとした男が？　現実的に考えてよ、クリスティ。彼が生きていたら、子どものあなたたちにどう接してたと思う？」

「きっと家族三人で暮らせてたわ」

「完璧な家族ね」グレースは静かに言った。

「そうよ」

グレースはカウンターに置いた手をわずかに動かして、ペーパータオルの先端をガスバーナーの火に入れた。

ペーパータオルは瞬く間に燃えあがって、カウンターに置かれた太いロールごと火に包まれた。煙がもうもうとあがった。

火災報知器が鳴りはじめた。

クリスティは煙と勢いよく燃える炎を見つめた。「いったいどういうつもり？　早く消して。消してよ」

アグネスが立ちあがった。重いコショウひきを手にしている。

「いいからここはわたしに任せて」グレースはアグネスを見て言った。

アグネスはグレースの意図を察して、しようとしていたことをやめた。

グレースは火を消そうとするかのようにカウンターのほうを向くと、鍋の取っ手をつかんで振り返り、煮立っているスープをクリスティにかけた。

クリスティは煙と炎に気を取られていて、熱いスープをかけられたことに気づかず、ようやく気づいたときにはもう遅かった。火災報知器にも負けないぐらい大きな怒りと恐怖に満ちた悲鳴をあげてあとずさりし、顔や胸にかかったスープを必死に手で払い落とそうとした。銃声がとどろいた。クリスティがやみくもに撃ったのだ。グレースは重い鍋を投げつけた。鍋が肩にあたり、クリスティは大きくよろめいた。

半狂乱になってスープを肌から払い落とそうとするあいだに、クリスティは銃を落とした。アグネスがすかさず銃をつかみ、クリスティに銃口を向けた。その冷静な仕種は、彼女が危険な道具を扱うのに慣れていることを物語っていた。

「火をどうにかして」アグネスは火災報知器のベルに負けじと声を張りあげた。「家が燃えちゃうわよ。そんなことになったら大変だわ」

「任せて」

グレースはカウンターに置いてあった柄の長いスプーンをつかみ、そのスプーンを使って、炎に包まれたペーパータオルのロールをシンクに落とした。水を出そうとして蛇口をひねったちょうどそのとき、ドライブウェイを近づいてくるSUVのエンジン音が聞こえてきた。

裏のポーチを歩く足音がした。心臓が激しく打つのを感じながら窓の外に目をやると、ハーレー・モントーヤの姿が見えた。手に銃を握っている。ハーレーはグレースがドアに行くより早く、ドアを蹴って開けてキッチンに入ってきた。

それと同時にジュリアスとデヴリンが敵地に突入する軍隊のように、玄関から入ってきた。三人で動きを合わせたのは一目瞭然だった。

ジュリアスとデヴリンとハーレーはぴたりと足を止めて状況を確認し、かまえていた銃をおろした。

シンクのなかの火が消え、玄関と裏のドアが開けられたことによってできた空気の流れに乗って煙が家の外に出ていった。火災報知器のベルが唐突に止まった。

デヴリンがアグネスのもとに行き、彼女が泣きじゃくるクリスティに向けていた銃を引きとった。

「ありがとうございます、アグネス」デヴリンは言った。「あとは任せてください」

「お願いね」アグネスは言った。

アグネスは近くの椅子にすとんと腰をおろした。ハーレーがそのうしろに立って、彼女の肩に手を置いた。アグネスは手を伸ばして、ハーレーの大きな手に触れた。

ジュリアスが熱い目でグレースを見つめた。患者衣の右のわき腹には血がにじんでいた。

「きみが興味を持つかもしれないから言うが、病院からここに来るまでずっとポジティブに考えてたんだ」ジュリアスは言った。

グレースが彼の腕のなかに入ると、ジュリアスは空いているほうの手で彼女を抱きしめた。

「効果あったでしょ」グレースは患者衣のなかにもごもごと言った。

「大丈夫かい？」ジュリアスは心配そうな声で尋ねた。

「ええ」グレースは言った。「大丈夫よ。あとで不安の発作に襲われるかもしれないけど、今のところは大丈夫」

「グレース」

ジュリアスはそれ以外何も言わなかったが、その言葉だけで充分だった。

48

「〝誰も信じるな〟」グレースは言った。「〝誰にでも隠れた意図がある〟」首を横に振って続ける。「認めるのはしゃくだけど、今回の事件では、あなたの座右の銘が真理をついていることが証明されたわね」

「きみは慎重に練られて実行に移された戦略の標的だった」ジュリアスは言った。「危うく向こうの計画どおりになりそうだったところを、相手の裏をかいて防いだんだ」

「あなたの助けがあったからできたことよ」

「ミリセントを数に入れれば三対一だったんだぞ。最後にぼくが助けに来たぐらいでは公平とは言えない。ぼくが来たのはひと足遅かったし」

ふたりはグレースの家の居間のソファに座っていた。ジュリアスはジーンズを穿いて、わき腹に巻いた包帯のうえから着慣れたデニムシャツをゆったりと着ている。靴下を履いた足はコーヒーテーブルにのせられていた。

グレースは脚を尻の下に敷いて座っていた。大きな石造りの暖炉にはジュリアスがおこした火が燃えている。夕食は買ってきた食べものとワインですませた。くつろげるロマンティックな夜になるはずだった。この状況にぴったりのアファメーションさえ思いついた。〝かけがえのないひとときを見逃さず、存分に楽しみます〟ところがクラウドレイクに夜のとばりがおりてもグレースの神経はたかぶっていて、ワインを飲んでも落ちつかなかった。まだ眠れそうになかったし、眠りたくもなかった。

あんなことがあったあとなのでアグネスにひとりで夜を過ごさせてはいけないと思い、うちに来て予備の寝室で眠らないかと誘ったが、泊まりにきてくれる友人がいるから心配ないと、いささかあいまいな言い方で断られた。そのあとハーレーの古ぼけたトラックがアグネスの家の前に停まるのを見て、グレースは納得した。クラウドレイクの歴史が始まって以来初めて、ハーレーは一泊用のバッグらしきものを持ってギルロイ邸にやってきた。

「ミリセントがバークと組もうとしてたのはわかってるけど、彼女が考えていたのはお金のことだけだったのよ」グレースは言った。「ミリセントはウィザースプーンさんが殺されたことにはいっさいかかわってないわ。クリスティがわたしに復讐しようとしてたことはもちろん、彼女がバークの妹だということも知らなかったと思う」

「本人もそう言ってる」ジュリアスは言った。

「信じてないの？」

ジュリアスが笑みを引っこめて顔をしかめた。「ミリセントは会社のお金を横領してたんだぞ、グレース。きみと彼女は友情で結ばれてたとまだ思いたいのかい？」

「そうね、友情とはちがうかもしれない。でもミリセントは不正に手に入れたお金をすべてわたしに遺そうとしたのよ」グレースは暖炉の火を見つめた。「お金を遺したい人がこの世にほかにいないから、そうしようとしたんだわ。悲しいわね」

「きっと刑務所であらゆる種類の友だちができるよ。実際に服役することになったとしての話だが」

「ほんと、皮肉っぽいわね」グレースは少し考えてから続けた。「ミリセントはＦＢＩに雇われて横領を見つけるホワイトカラーの犯罪者みたいになるかもしれないわね」

「彼女がうまいこと言ってその手の仕事に就いたとしても、ぼくは驚かないよ」

「まだ信じられないわ。何もかも復讐のためだったなんて」

「それとお金だ。復讐の念とお金はこの世で最も人をつき動かすものだ」

「それはちがうわ」グレースはジュリアスの腕のなかから出てソファに膝をつき、ジュリアスの顔を手で挟んだ。「わたしは復讐の念とお金がこの世で最も大きな力だとは思わない」

ジュリアスはグレースを見つめた。彼の目にはいつもどおり、抑えられている欲望が宿っていた。

「ポジティブ・シンキングこそがこの世で最も大きな力だと言うつもりかい？　もしそうなら、そう聞かされる前にもう一杯飲んでおかないと」

グレースは微笑んだ。「この地球上で、そしてたぶん全宇宙でも、最も大きな力は愛だと言おうとしたのよ」

「それもきみが考えたアファメーションかい？」

「いいえ。純然たる真実よ。少なくともわたしにとっては。愛してるわ、ジュリアス・アークライト」

ジュリアスは凍りつき、グレースが昔は彼も知っていたが今はすっかり忘れてしまった言語で話したかのように彼女を見つめた。

しばらくして動きはじめ、テーブルから足をおろして、グラスを注意深くテーブルに置いた。

「グレース」

ジュリアスはグレースが存在していることが信じられないというように、彼女の名前を呼んだ。まるで魔法の呪文を口にしているかのようだった。

グレースはグラスをテーブルに置き、包帯を交換したばかりのわき腹に触れないよう気をつけながらジュリアスに身を寄せて、唇にキスした。

「あなたが誰も信じられないと思ってることも、ポジティブに考えればすべてうまくいくという考えを受け入れられないでいることもわかってるわ。わたし自身も問題を抱えてるから。でも、あなたやわたしが抱えてるどの問題をとっても、わたしがあなたを愛してるという事実より重要なことはないわ」

「グレース」

ジュリアスは激しく情熱的にキスしてきた。愛されたいと長いあいだ願いつづけるあまり、愛してほしいと頼む方法がわからなくなった男のキスだ。愛してほしいと礼儀正しく頼むのではなく、両手で愛をつかみとろうとする男のキスだった。

「生まれてからずっときみを待ってた」ジュリアスは言葉を飾ることなく言った。「愛してる」

驚きに満ちたその言葉は心からのものだった。今夜は長い夜になりそうだが、わたしにはジュリアスがいる、とグレースは思った。そしてジュリアスにはわたしがいる、と。

「決して手放さないようにしましょうね」

「ああ。ぼくたちはふたりとも戦士だ。どうすれば大切なものを手放さずにいられるかわかってる」

グレースは暗闇や階段や開いているドアが出てくる断片的な夢から覚めた。

すぐに完全に目が覚め、ベッドのうえで身を起こしたが、パニックの発作が襲ってくることを示す息苦しさもなければ、体も震えていなかった。

「ジュリアス?」グレースはささやいた。

「こっちだ」

窓辺に目をやると、ジュリアスが立っているのが見えた。常夜灯がついていたので、彼がTシャツとジーンズを身につけていることがわかった。

「怖い夢を見たのかい？」

「初めはそうだったわ」グレースはベッドの端に座り、無意識に呼吸法の練習を始めた。

「あなたは？」

「眠れなくて。目を閉じて寝ようとするたびに、キッチンのテーブルに置いてあったウォッカのボトルが頭に浮かぶんだ」

「わかるわ。ウォッカのボトルの件は本当に気味が悪かった。クリスティはどうかしてるわ。でも彼女がひどい子ども時代を過ごしたことを考えると――」

「やめるんだ」ジュリアスは命令した。「そんなふうに考えるのはよせ。きみが頭のおかしい人間をかばうようなことを言うのを聞きたくない」

グレースは少し考えてから言った。「あなたの言うとおりね。ときには弁解の余地がないこともあるわ」

「今回がそうだ。呼吸は？」

グレースは自分の呼吸を確認した。「大丈夫だと思う」

「薬を飲まなくていいのか？」

「ええ、大丈夫。本当よ」

「前に話してくれた、よく見る夢を見たのかい？」

「初めのほうはそうだったわ。わたしは精神科病院の地下室にいて階段を駆けあがってた。いつものようにトレーガーにGジャンをつかまれたけど、今日は彼の手を振り切ったの。地下室の入口から出て、探してたものを見つけたのよ」

ジュリアスはベッドに来て、グレースを抱きしめた。「夢の内容が変わったんだね。いいことだ」

「ええ、わたしもそう思うわ」

グレースの神経はなおもたかぶっていたが、感覚は夢の内容と同じようにこれまでのものとはちがっていた。期待に胸がふくらんだ。

「入口の外で何を見つけたんだい？」ジュリアスが尋ねた。

グレースは微笑んだ。「あなたよ」

「よかった」ジュリアスはうれしそうに言った。

「それと新しい仕事」グレースはつけ加えた。

「ぼくがきみの新しい仕事なのかい？」ジュリアスはうれしいを通り越して有頂天になっているようだった。「ぼくのほうはかまわないよ」

「いいえ、ちがうの。まぎらわしい言い方してごめんなさい。あなたはわたしの新しい仕事じゃないわ。そうじゃなくて、わたしが初めに雇う人というほうが正確かしら。あなたに仕事を頼みたいの」

ジュリアスは少し考えてから言った。「ぼくにきみのもとで働けというのか?」

「もちろんフルタイムじゃないわ。フルタイムのお給料なんて払えないもの」

「グレース、きみにはぼくの一時間分の給料も払えないよ。少なくとも今の経済状況ではね。でも料金のほうは相談にのるよ」

「よかったわ。わたしが必要としてるのは一流のコンサルタントだから」

「なるほどね」ジュリアスはグレースの額にキスし、次に鼻の頭にキスした。続いて唇にキスして両手を腰にまわした。「ベッドのなかで、きみの新しい仕事について話してくれないか?」

「いいわよ」グレースはジュリアスの腕のなかから抜け出して、廊下に向かった。「でもその前にメモさせて。いい考えが浮かぶのは夜中のことが多いというでしょ。ちゃんと書きとめておかないと、朝起きたときには忘れてるの」

「聞いたことないな。でも偶然にも、ぼくにもいい考えが浮かんだ。ベッドに入ろう」

「ちょっと待って」グレースは叫んだ。

ジュリアスは彼女を抱きあげようとしたが、その瞬間、鋭い痛みに襲われたらしく、ふいに動きを止めて顔をしかめた。

「くそっ」ジュリアスはゆっくり深呼吸して、右のわき腹に触れた。「じゃあ、とにかくきみの新しい仕事について聞かせてくれ」

グレースは彼女の輝かしい未来の展望をジュリアスに話した。

ジュリアスの反応はすばやく、確信に満ちていた。

「うまくいくはずないよ。そんなことは忘れて、別の仕事を探すんだ」

「いやよ。わたしはこの仕事をするために生まれてきたの。あなたにはふたつの選択肢があるわ、ジュリアス・アークライト。わたしのコンサルタントになるか、わたしがあなた以外の人間をコンサルタントにするのを黙って見ているかよ」

ジュリアスはかすかに口もとを上げた。「おどしてるのかい？」

「そうよ」

ジュリアスは考えこんでいるような顔をした。

「どうする？」しばらくしてグレースは尋ねた。

「きみはぼくをおどして許された初めての顧客だ。くれぐれもそれを忘れないように」

「そうなの？　今までにもおどされたことがあるの？」

「ああ。それほどしょっちゅうではないが、たまにぼくを追いつめようとして失敗する者がいる」

「じゃあ、おどされて引き受けたと考えなければいいわ」グレースは真剣に言った。「わたしはあなたの特別な顧客だと考えればいいのよ」

「いや、これはまちがいなくおどしだが大目に見てやろう」

「すばらしい決断だわ」

ジュリアスはグレースにキスすると、ライオンのような笑顔になった。

「さて、ぼくの報酬について話をしよう」

49

アイリーンはグレースのマグカップにコーヒーのお代わりを注いだ。「いつもどおりのポジティブなあなたに戻ったように見えるけど、本当に大丈夫なの?」

「ええ、大丈夫よ」グレースは言った。「ゆうべはよく眠れなかったけど、あんなことがあったあとだからそうなるだろうとわかっていたし。正直言って、自分のことよりよほどアグネスのことのほうが心配だったの」

ふたりはアイリーンのオフィスにいた。ドアに開いた細長い窓の向こうに見える〈クラウドレイク・キッチン〉の売り場は大勢の客でにぎわっていた。太陽が顔を出すとともに、地元の住人や観光客も自宅や宿泊先から出てきていた。客たちはアートギャラリーやジュエリーショップにいるときと同じように目を輝かせて、優雅に並べられた鍋やフライパンや美しく輝く包丁を見てまわっていた。

「アグネスはタフな女性よ」アイリーンは言った。「名前が出たから思い出したんだけど、アグネスもゆうべはひと晩じゅうひとりではなかったという噂が町じゅうに流れてるわ」

グレースは微笑んだ。「報告するわね。ハーレー・モントーヤが初めて朝までいたの。朝食まで食べていったわ。キッチンにアグネスといるのを見たのよ」

「そろそろそうなってもいいころだと思ってたわ。ふたりは結婚するかもしれないわね」

「それはどうかしら。ゆうべは特別だったんじゃない？　自分もハーレーも今の関係が気に入ってると、アグネスはいつも言ってるもの。昼はガーデニングクラブのライバルで夜は恋人という関係が。もうずっとそうなのよ。ふたりにはちょうどいいんだわ」

「人それぞれということね」アイリーンはコーヒーを飲んだ。「あなたとジュリアスはどうなの？」

「ジュリアスには家と仕事が必要だわ」グレースは言った。「彼がその両方を手に入れられるよう力を貸すつもりよ」

「すでにどちらとも持ってるじゃない」

「どちらとも彼が本当に必要としているものとはちがうのよ。わたしが問題を解決してあげようと思ってるの」

「どうしてそんなことをする気になったの？」アイリーンは尋ねた。「人の問題を解決するのはやめたとばかり思ってた」

「わたしも彼と同じような問題を抱えてることがわかったのよ」

アイリーンは声をあげて笑った。「そんなこと、わたしはずっと前から気づいてたわ。どうしてわたしがあなたのためにブラインドデートをお膳立てしたと思う？」

「あなたは本当にいい友だちだわ。ブラインドデートなんていい結果になるはずがないと言ったのを撤回する」

「もうひとつ訊くわ。どうしてジュリアスなの？」

「自分を殺したがってる人間がいるとわかると、本当の気持ちがわかるの。ジュリアスを愛してることに気づいたのよ」

「わかるわ」アイリーンは椅子の背にもたれた。「ジュリアスのほうは？」

「彼もわたしを愛してるわ」

アイリーンはうれしそうな顔をした。「そうだと思ってた。あなたを見る彼の目を見ればわかるもの。そうよ、最初の晩からそうだったわ。デヴリンが言うには、男というのはそういうものなんですって。それはたしかなことだそうよ。じゃあ、あなたがしようと思ってる仕事と、ジュリアスにさせようと思ってる仕事のことを聞かせて」

グレースは話した。

アイリーンは笑い声をあげた。「ジュリアスが承知するとはとても思えないわ」

「もう話はついてるの。彼のふたつめの座右の銘である〝誰にでも隠れた意図がある〟を応用したのよ。ジュリアスが望んでいることがわかったから、それを叶えてあげようと思ったの」

50

ヘイスティングズ社の社長兼CEOのオフィスは、美しく輝くオフィスビルの四十七階の南西の角を占めていた。雨はやんでいるが、またすぐに降りだしそうだ。シアトルでは雨はやんだと思ってもすぐにまた降ってくる。だが、今のところは雲はまばらになっていて、雪を頂いたレーニア山とエリオット湾が日の光を浴びてきらきらと輝いていた。

カーブした窓の外に広がる風景を見て、このまま絵葉書にできるとジュリアスは思った。ここからはシアトルのいちばんすばらしい眺めが堪能できる。たしかにレーニア山——世界で最も危険な場所のひとつとされている活火山——はここから百キロも離れていないし、ピュージェット湾の水は、航行する姿が絵になるフェリーから落ちれば三十分も経たないうちに死んでしまうほど冷たい。この地域が断層線のうえにあることも事実だし、大地震が起こるのは時間の問題にすぎないと専門家はつねに警告している。だからなんだというのだ？人生がいっそう興味深いものになるだけだ。

「ここに何しにきたんだ？」エドワードが尋ねた。

「コンサルタントになりにきた」ジュリアスは言った。

「誰もきみにコンサルタントになってくれなどと頼んでいない」

「いや、それはちがう。ヘイスティングズ社のコンサルタントになるよう、ある人に頼まれたんだ。ぼくの顧客にね」

エドワードは前かがみになり、デスクのうえで両手を組んだ。「報酬はきみの顧客からもらうことになっていればいいんだが。ぼくは払うつもりはないからね。きみの高い報酬など、うちにはとても払えない」

「心配いらないよ。ぼくの報酬はきちんと払われることになってる。ぼくのアドバイスが欲しいのか欲しくないのか、どっちなんだ？」

少し考えてから、エドワードは椅子の背にもたれた。

「いいだろう、頼むよ。ただでどんなアドバイスをしてくれるんだ？」

「言っただろう？　ただじゃない」

エドワードがふんと鼻を鳴らす。「どんなものにも値段があるんだったな。きみから学んだことだ」

「きみはぼくからほかのことを学ぶべきだったんだ。〝誰も信じるな〟ということをね」

エドワードは眉をひそめた。「きみも含めてか？」

「それは自分で決めればいい。この一年半ぼくがなんらかの手を使ってヘイスティングズ社の業績を悪化させているという噂が流れていることは知ってる。きみの会社が抱えてる問題の背後にいるのはぼくだと、きみも思ってるのか？」

相手は無言のままジュリアスを見つめた。

「いや」しばらくして言った。「思っていない。そんなふうに思ったことは一度もない」

「どうして？」

唇をゆがめて残忍な笑みを浮かべる。「きみの新しいパートナーがダイアナに言ったのと同じ理由からだよ。きみならもっとうまくやってたはずだ。うちの業績が悪くなったのがきみのせいだとしたら、会社はとっくの昔に倒産して、今ごろぼくは瓦礫の山に囲まれているはずだ。だが実際は、ゆっくり血を流して死に向かっている。こんなのはきみのやり方ではない。きみは冷酷になれる男だが、相手に長期にわたる痛みや苦しみを与えたりしない」

「内部調査はしたのか？」

「ひととおりはね。不正調査を専門とする外部の会計士を雇って徹底的に調べてもらったし、全従業員の身元もあらためて調査会社に調べさせた。何も出てこなかったよ。顧客はいつのまにか姿を消し、契約は更新されなくなって、新しい契約は結ばれなくなった。ぼくは悪循環にはまってる。資金が必要なんだが、噂のせいでどこからも融資を受けられない。優秀な部下のなかには転職先を探してる者もいる。正直に言おう。もうどこかと合併するしか道はないんじゃないかと思いはじめてるんだ」

「きみはきみ自身や従業員に有利な条件での合併を交渉できる立場にはないんだぞ」ジュリアスは言った。

「そんなことは百も承知だよ。でも、このままいけば会社は倒産する。そうなったら、従業員とその家族にも、いっそうつらい思いをさせることになる」

「従業員の身上調査をさせたと言ったね？」

エドワードは左右の手の指先を合わせた。

「何も出てこなかった」

「取締役は？　彼らのことも調べさせたのか？」

相手は身を強ばらせた。「本気で言ってるのか？　取締役はみなヘイスティングズ家の人間なんだぞ。会社の業績が悪くなれば損をする者ばかりだ」

「一族内の争いはなにも珍しいことじゃない。それにぼくが最近身をもって経験したことから言うんだが、人というものは罰を受けるべきだと自分が思ってる人間に罰を受けさせられる機会が訪れると、論理的に考えられなくなるものなんだ」

エドワードは両手の指先を打ちつけながら考えこみ、小さな声で言った。「くそっ」

「人は論理的に考え、理性に従って行動してるつもりでいるが、本当はそうじゃない」ジュリアスは言った。「きみはぼくのもとにいたとき、そのことも学んだはずだ。たいていの人間は感情に基づいて決断を下す。そして決断を下したあとに、そうしたことを正当化する理由を見つけるんだ」

「〝誰にでも隠れた意図がある〟きみのふたつめの座右の銘だったな」エドワードは立ちあがって窓辺に行き、外の景色を眺めた。「取締役のなかに、ぼくの方針に賛成していない者がいることはたしかだ。でもたとえそれで怒ったり恨みに思ったりしてたとしても、会社をつぶそうとまでするとは思えない」

「恨みを果たすためなら、どんなことでもする人間がいるんだ」ジュリアスは椅子の肘掛けを押すようにして立ちあがった。「外部のコンサルタントとして言おう。ここ数カ月間、この会社の状況を見守ってきたが、その結果、問題の背後にいるのはきみのごく近くにいる人間だという結論にいたった」

長い沈黙のあと、エドワードはゆっくり息を吐き出した。

「リチャードだ」

「きみの腹ちがいの弟の？　そうだな。ぼくがきみでも彼を真っ先に調べるよ」

エドワードはショックを受けているというよりもあきらめたような顔でうなずいた。「リチャードは昔からぼくを恨んでた。父が死んだあと、ぼくが経営を任されたことでぼくを恨む気持ちがいっそう強くなったらしい。会社の業績が悪くなったことにリチャードがかかわってるんじゃないかと思ったことも何度かあったが、そのたびに彼が自分の不利益になることをするはずがないと自分に言い聞かせてたんだ」

「リチャードは、きみにはヘイスティングズ社の経営は無理だと取締役たちに思わせることができたら、きみは解任されて、自分がその後釜に座れると思ってるんだろう」

「うちのように少数の者が株式を保持してる会社には命取りになりかねない短絡的な考え方だ」

「ああ、そのとおりだ」ジュリアスは窓辺に足を運んでエドワードの横に立った。「どうするつもりだ？」

「リチャードと話してみる」エドワードはうなじをもんだ。「取締役を辞任して静かに会社を去ることに同意しなければ、彼がしていることを一族のみんなに話すと言うつもりだ。すなおに辞任するだろう。一族の最大の収入源である会社の業績を悪化させ、彼らの社会的地位を危うくしていたことを、知られたくないだろうからね」

「そうだな。リチャードは会社を去るだろう。でも、そのあとはくれぐれも背後に気をつけるんだぞ」

「元気が出るようなことを言ってくれてありがとう」エドワードは顔をしかめた。「リチャードの扱いなら心得てる。でも、ぼくが信頼できて、サメがうようよいる海で起こってることをつねに知ってるように見える外部の人間がリチャードを監視してくれたら、きっと安心できるだろうな」

「ぼくのことを言ってるのか？」

「きみのことを言ってるんだ」

「きみが安全に暮らせるよう、できるかぎりのことをするよ」ジュリアスは言った。

「ありがとう」エドワードの顔が強ばった。「ダイアナのことだが――」

「ダイアナとぼくは初めから合わなかったんだ。何もかもぼくが悪いんだよ。ダイアナが望む男になれると、彼女にも自分自身にも思わせてた。そんなことは絶対に無理なのに。きみたちふたりはお似合いだよ」

「これだけは言っておきたかったんだ。きみがどう思ってるか知らないし、当時どう噂されていたのかもわからないが、ダイアナがきみのもとを去って、ぼくが辞表を出すまで、ぼくたちはその、関係を持ったことは一度もなかった」

「そんなことは百も承知だよ」ジュリアスは笑みを浮かべた。「きみは輝く鎧《よろい》を身にまとった騎士だったんだ。ぼくたちふたりにとって。最初からうまくいくはずがなかった結婚からダイアナとぼくを救い出してくれた」

　エドワードはいぶかしそうにジュリアスを見た。「ずいぶん寛大な考え方だな」

「このところちょっと街を離れてたんだ。過去のことを客観的に考える時間がたくさんあった」ジュリアスはそこで言葉を切って、にやりと笑った。「どうしたんだい？　ぼくが嘘を言ってるとでも思ってるのか？」

「いや」エドワードは言った。「きみは本心からそう言ってると思ってる。未来に進むために過去の扉を閉じようとしてるんだろう？　今日ここに来たのはそのためだ」

「どうか大目に見てくれ。このところポジティブ・シンキングの専門家といる時間が長いせいで、どんなことにも希望の光を探すようになったんだ。コップに半分の水を見て、まだ半分あると考えたり、ほかにもあれやこれや」

エドワードは左右の眉を上げた。「あれやこれや?」

「心配しないでくれ。おかしくなったわけじゃないから。これまでとは別の方向に進もうとしてるだけだ」ジュリアスは向きを変えてその場を離れかけたが、すぐに足を止めた。「もうひとつ言わなければならないことがある。きみは会社を救うために融資を受ける必要がある」

エドワードはジュリアスを見つめた。「きみがその段取りをつけてくれると言ってるのか?」

「どうだい?」

エドワードは少し考えてからうなずいた。「今この瞬間、ぼくが取引したいのはきみだけだ。ほかには誰も信じられない。状況が……状況だから」

「わかるよ」

「わが一族と千人を超える従業員の運命がぼくの肩にかかってるんだ、ジュリアス」

「きみならきっと事態を好転させられる」

「友人の力を借りてね」エドワードは言って、微笑んだ。「恩に着るよ」

「気にしないでくれ」

「いや、そんなわけにはいかない。何かぼくにできることがあったら、いつでも言ってくれ」

「ありがとう。助かるよ」

ふたりは無言で窓辺に立ち、エリオット湾を航行するフェリーを眺めた。

「この前のスピーチはよかったよ」しばらくしてエドワードが言った。「きみがこれまでにしたスピーチのなかでいちばんよかった。居眠りしてる人間がひとりもいなかったぞ」

「専門家の指導を受けたんだ」

エドワードはにやりとした。「グレース・エランドだな?」

「ああ」

「マスコミの報道によれば、きみたちふたりはこのところ危険な目にあってたそうじゃないか」

「幸い騒ぎは収まった」ジュリアスは言った。

「変わったのはスピーチだけじゃない。きみ自身も変わったよ」

「グレースがすべてを変えたんだ」

エドワードは微笑んだ。「そうなると思ってたとダイアナが言ってたぞ」

「そうなのか?」

「驚いたみたいだな」エドワードは声をあげて笑った。「ときには当事者じゃない人間のほうが物事がよく見えることがある。今日きみがぼくにくれたアドバイスがいい例だ」

「きみに問題の本質が見えなかったのは、正しい場所を見ようとしなかったせいだ」

「よく聞く話だよな？」

「ああ」ジュリアスは顔をしかめた。「まるでウィザースプーン・ウェイ流のアファメーションみたいだな」

エドワードはくすりと笑った。「たしかに」

ジュリアスは腕時計に目をやった。「もう行くよ。これ以上ここにいたら、ヘイスティングズ社に敵対的買収をしかけようとしてると言われかねない」

「ぼくの会社を買収しようとは思わないのか？」

「思わないね」ジュリアスはドアのほうに向かった。「ほかに考えてることがあるんだ」

「そうなのか？」エドワードはジュリアスを見つめた。「聞かせてくれよ」

「グレースが非営利の財団を設立しようとしてるんだ。ぼくはそこのコンサルタントになる」

「本気なのか？　きみが営利目的じゃないビジネスを？」

ジュリアスは肩をすくめた。「いつもぼくがしてることとはたしかに少しちがうけど」

「気を悪くしないでほしいんだが、慈善団体の仕事はきみには合わないいんじゃないかと思うぞ。きみは金を稼がずにはいられないんだ。天から与えられた才能なんだよ」

「グレースもそう言ってる。ぼくの才能を利用して財団の資金をつくるつもりなんだ」

「どうやら彼女はポジティブ・シンキングの伝道師ウィザースプーンのもとで、かなり長く働いてたみたいだな」

「秘密を教えようか？」ジュリアスは言った。「ウィザースプーン・ウェイの頭脳はグレースだったんだ」

「なんだって？」エドワードは興味を引かれたようだった。「どういうことだい？」

「料理本やブログを書いてたのはグレースだったんだ。アファメーションを考えてたのも、顧客層を設定してたのも、ネットでマーケティングしてたのも、すべて彼女だった。ウィザースプーンを業界の第一人者にしたのはグレースなんだよ」

「グレースはそんなにやり手なのか？」

「マーケティングにかけては生まれついての才能を持ってる。あいにく人を幸せにするビジネスにしか興味がないがね」

「それできみも慈善事業に興味を持ったというわけか」エドワードは言った。「わかったよ。資金を調達する以外には何をするんだい？」

「グレースはマーケティングにおける直感はすぐれてるけど、人に関してはそうでもないんだ。いいほうにばかり考えて、相手を信じすぎる。どうやら人のいいところにしか目がいかないらしい」


エドワードは深刻な顔でうなずいた。「その手の純真さはトラブルのもとだ」

「だから財団の人事はぼくが担当しようと思うんだ。採用もぼくがする。助成金の申請もぼくが審査する。グレースには詐欺師や夢想家を排除する人間が必要だからね」

「財団の目的はなんなんだい?」エドワードは尋ねた。

「自分でビジネスをしたいと思ってる人はこの世にたくさんいる」

「たしかに。ビジネスで成功するのはアメリカ人の夢だからね。ところが統計によると起業した人間の多くが全財産を失ってる」

「たいていの場合、それは彼らにノウハウを教えてくれる人がいなかったからだ」ジュリアスは言った。「グレースの財団の目的はそこにあるんだよ。彼女はコネや資金やさまざまな制度に関する知識がないためにスタートラインにつけずにいる人間が、起業に必要なことを学べる大学のようなものをつくりたいと思ってるんだ」


エドワードは笑い声をあげた。「つまりきみがスピーチで言ったことを実現しようとしてるんだな。きみは人を導く役目を担おうとしてるのか?」

「ぼくの役職はあくまでもコンサルタントだとグレースは言ってるし、ぼく自身もそう考えてる」

「ジュリアス・アークライトがただでコンサルタント業務をおこなうとはね」エドワードは

言った。

「なにも採算度外視の財団にすると言ってるわけじゃない」ジュリアスは笑みを浮かべた。「財団が支援する事業の大部分は利益が見込めるものになるはずだ」

「それでこそ、ぼくが知るジュリアス・アークライトだ」

「グレースに話すのが楽しみだな」

「話すって何を？」

「グレースはスピーチの内容なんて誰も覚えていないというんだ。覚えているのはスピーチを聞いているときに抱いた感情だけだって」

「それはスピーチによるよ。それはそうと、きみにうちのコンサルタントになるよう頼んだ顧客の名前をまだ聞いてないぞ」

「グレースだ」

エドワードは目に訳知り気な表情を浮かべて言った。「そうじゃないかと思ってた。報酬が何か訊いてもいいかな？」

ジュリアスはドアを開け、振り返って言った。「今日ランチをおごってくれることになってる」

エドワードは声をあげて笑った。オフィスの外にいる人たちの顔が自分に向けられたのがジュリアスにはわかった。エドワードと会うために待っていた三人の人間と受付係の顔に浮かぶ表情は、お金では買えないものだった。

ジュリアスの脳裏にこれから起こるはずのことが浮かんだ。アークライトとヘイスティングズが和解したというニュースは今日のうちにシアトルじゅうに知れわたるだろう。ヘイスティングズ社が置かれている状況を利用するために慎重に練られた計画はどれも頓挫する。企業買収の専門家は次のターゲットを探しはじめるはずだ。ヘイスティングズ社の優秀な社員たちを引き抜こうとしていたヘッドハンターは考え直し、仕事を失うかもしれないという不安を抱えて夜も眠れなかった従業員たちは、ほっと胸をなでおろすだろう。

ジュリアスはかすかに微笑みながら、静まり返った受付エリアを歩いて廊下へと向かった。グレースの言うとおりだった。未来は変えられるのだ。そしてグレースはまさに未来を変えられる女性だった。

51

グレースは階下のコーヒーショップでジュリアスを待っていた。彼女が注文した国際フェアトレード基準を満たしたオーガニックのカフェイン抜きのコーヒーはほとんど減っておらず、なおもグランデサイズのカップの縁近くまで入っていた。こんなに神経がたかぶっていては、たとえカフェイン抜きでもコーヒーはやめておいたほうがいいと、注文してから思ったのだ。まわりにいる客の大半と同じように、グレースもノートパソコンを開いていた。彼女が設立する財団の理念を考えるつもりだったが、まだ顧客層を設定したりマーケティング戦略を練ったりする段階ではないと気づいてやめた。ジュリアスとエドワードの話し合いは永遠に終わりそうにない。いい兆候だ、とグレースは思った。いや、もしかしたらそうではないのかもしれない。

ネガティブになりかけたが、踏みとどまった。

コーヒーショップに入ってきたジュリアスを見た瞬間、心配する必要がないことがわかった。ジュリアスはいつもどおり感情のわかりにくい顔をしていたが、近くで目を見ると、安心していいことがわかった。

「もう腹ぺこだ」ジュリアスは言った。「いつでも最初の報酬を受けとれるよ。どこで食べる?」

「ファースト・アベニューにベジタリアン料理が食べられるすてきなお店があるの。パイク・プレース・マーケットの近くよ」

「そうなんだ。よさそうだね」

「でもその前に話し合いはどうだったか教えて。詳しく報告してちょうだい」

ジュリアスは肩をすくめた。「今年の感謝祭のディナーをヘイスティングズ家の面々といっしょに食べることになるとは思えないが、エドとは合意に達したよ。エドはぼくが彼の会社をつぶそうとしていないことを知ってるし、会社を救うために自分が何をしなければならないかもわかってる。ぼくたちがランチを食べ終えるころには、エドとぼくがふたたび組んでビジネスをしようとしているという噂をシアトルに住む人間の半分が耳にしてるだろうし、残りの半分も夕食の席につくまでには耳にするはずだ」

「すばらしいわ」グレースは満足して微笑んだ。「その噂だけでヘイスティングズ社が置かれている状況は変わるんじゃないかしら」

「ああ、きっとそうなるだろう。でも今日はもうビジネスの話はしたくない。ぼくたちふたりの話がしたいんだ」

グレースはノートパソコンを閉じかけていた手を止めた。期待と不安に体が震え、動けなくなった。ネガティブになっちゃだめ、と自分に言い聞かせる。とはいうものの、自分の未来が危険にさらされていることはわかっていた。

「いいわ。食べながら話す？」

「いや、今ここで話したい」

「いったい何について話したいの？」流砂のうえを歩いているような気がした。一歩、足を置くところをまちがえれば……

ジュリアスは小さなテーブル越しに手を伸ばして、グレースの手を握った。「愛してるよ、グレース・エランド。きみと会って初めて愛とはなんなのかわかった。愛はすべてを変えるんだ」

ジュリアスに愛していると言われたのはこれが初めてではなかったが、何度言われても聞き飽きることはないだろうと思った。感激のあまりバリスタや客たちがいる前で泣きだしてしまいそうだった。にぎやかな店内の空気がふいに澄みわたり、清らかで完璧なものになった。

「わたしもあなたと会ってすべてが変わったわ」グレースはまわりのテーブルについている客に聞かれないよう、声をひそめて言った。「愛してるわ、ジュリアス」

「ぼくたちふたりにとって初めての経験なんだから、ゆっくり時間をかけるべきなのはわかってる。でもこれ以上時間を無駄にしたくないんだ」ジュリアスはグレースの手を握る手に力をこめた。「ぼくと結婚して、家庭を築いてくれないか？　ぼくと家族になってほしい」

「ええ」グレースは言った。「ええ、いいわ」

ジュリアスは立ちあがってグレースを立たせ、バリスタやほかの客たちのほうを向いた。「彼女がたった今、ぼくと結婚することを承諾してくれました」

拍手と歓声がわき起こった。

グレースは頬が熱くなるのを感じた。顔が真っ赤になっているにちがいないと思いながらも、こんなに幸せなのは生まれて初めてだと思った。

ジュリアスは、優秀なバリスタや、コーヒーを飲んだり、パソコンや携帯電話で仕事をしていたりする客たちがいる前で、グレースにキスした。

拍手と歓声がいっそう大きくなった。

ジュリアスはグレースから手を放して彼女のノートパソコンを持ち、空いているほうの手でまたすぐに彼女の手を握った。グレースは急いで上着とバッグをつかんだ。歓声が店の外までふたりを追いかけてきた。雨あがりの午後の街は何もかもが輝いているように見えた。太陽がたわむれに顔を出したときのシアトルではいつもそうなのだが、歩道は行き交う人々であふれていた。あちらこちらでまるで魔法のようにサングラスが現れた。

「今この瞬間にぴったりのアファメーションは？」ジュリアスが尋ねた。

「さっきあなたが言ったことがいいと思うわ」グレースは言った。「〝愛はすべてを変えます〟」

「それはアファメーションじゃない。約束されたことだ」

訳者あとがき

みなさまはaffirmation（アファメーション）という言葉をお聞きになったことがあるでしょうか。辞書を引くと〝断言〟〝肯定〟〝主張〟などという訳語が挙げられていますが、自己啓発系の書籍やインターネット上のサイトでは〝願いを叶え、幸せを引き寄せるために自分に言い聞かせる肯定的な言葉〟という意味で用いられることが多いようです。

本作のヒロイン、グレース・エランドは、そのアファメーションを考えるのが得意な女性です。モチベーションを向上させる方法を説くスプレーグ・ウィザースプーンを敬愛し、彼が代表を務めるウィザースプーン・ウェイで働いています。物事を肯定的にとらえ、楽観的な態度をとることが大切だとするウィザースプーンの考え方をより多くの人に広めるために、アファメーションを載せたブログの開設や料理本の出版を企画して実行に移し、会社を急成長させたのもグレースでした。

そのグレースが、ある朝、ウィザースプーンの他殺体を見つける場面から、本作は始まります。じつはグレースが死体を発見するのはこれが初めてではありません。十六歳のときに殺人事件に巻きこまれ、女性の死体を発見したうえ、犯人と対決したことがあるのです。そのときのトラウマから、今も悪夢とパニックの発作に悩まされています。ウィザースプーンの死体の傍らには、その忌まわしい事件をグレースに思い起こさせるウォッカのボトルが置かれていました。

ただの偶然だろうか、それとも……と思い悩むグレースのもとに、あろうことか亡くなったウィザースプーンの私的なアカウントから、毎晩メールが送られてくるようになります。雇い主とともに仕事も失ったグレースは、時間をかけて今後のことを考えようと、それまで住んでいたシアトルのアパートメントを引き払って、生まれ育った小さな町クラウドレイクに戻ります。そこで親友に引き合わされたのが、ベンチャー・キャピタリストとして成功を収めているジュリアス・アークライトでした。コップに半分の水を見て〝まだ半分ある〟と考えるグレースとはちがって、〝誰も信じるな〟〝誰にでも隠れた意図がある〟を座右の銘とし、きわめて現実的なものの見方をするジュリアス。何も共通点がないように思えるふたりでしたが、互いに惹かれるものを感じます。

ウィザースプーンを殺害した犯人は依然として謎のまま。しかも捜査の過程で、ウィザースプーン・ウェイがあげていた多額の利益の大半が消え失せていることが明らかになりました。グレースのもとにはあいかわらず故人のアカウントからメールが届きます。さらには嫌がらせではすまないような気味の悪い事件が起こり、次いでジュリアスとふたりでいるところを襲われて……。

いったい何が起こっているのか。謎を解く鍵はグレースが十六歳のときに遭遇した事件にあると確信したふたりが、事件の関係者について調べると、思いもよらなかった事実が明らかになります。

著者ジェイン・アン・クレンツのことは、ここで改めてご紹介するまでもないかもしれません。アメリカ・ロマンス界を代表するベテラン作家で、四十年近くにわたって作品を発表しつづけています。特殊な能力を持つ主人公たちが活躍する〈アーケイン・ソサイエティ・シリーズ〉やアマンダ・クイック名義のヒストリカルなど、日本でも多くの作品が邦訳紹介されています。

本作は本国アメリカで今年一月に刊行されたロマンティック・サスペンス。現代を舞台にしたものとしては『この恋が運命なら』（二見書房ロマンス・コレクション）に続く最新作となりますが、著者の創作意欲はいっこうに薄れないようで、アメリカではすでに次のコンテンポラリー・ロマンスの刊行が、この十二月に予定されています。

そちらも楽しみではありますが、まずは冬のシアトルとその郊外の湖畔の町クラウドレイクを舞台にした、熱くスリリングな物語を心ゆくまでお楽しみください。

二〇一五年十一月

ザ・ミステリ・コレクション

眠《ねむ》れない夜《よる》の秘《ひ》密《みつ》

著者　ジェイン・アン・クレンツ
訳者　喜《き》須《す》海《み》理《みち》子《こ》

発行所　株式会社 二見書房
東京都千代田区三崎町2-18-11
電話 03(3515)2311［営業］
03(3515)2313［編集］
振替 00170-4-2639

印刷　株式会社 堀内印刷所
製本　株式会社 関川製本所

落丁・乱丁本はお取り替えいたします。
定価は、カバーに表示してあります。

ISBN978-4-576-15177-9
http://www.futami.co.jp/

この恋が運命なら
ジェイン・アン・クレンツ
寺尾まち子［訳］

大好きだったおばが亡くなり、家を遺されたルーシーは少女時代の夏を過ごした町を十三年ぶりに訪れ、初恋の人メイソンと再会する。だが、それは、ある事件の始まりで…

愛の炎が消せなくて
カレン・ローズ
辻早苗［訳］

かつて劇的な一夜を共にし、ある事件で再会した刑事オリヴィアと消防士デイヴィッド。運命に導かれた二人が挑む放火殺人事件の真相は？ RITA賞受賞作、待望の邦訳!!

この夏を忘れない
ジュード・デヴロー
阿尾正子［訳］

高級リゾートの邸宅で一年を過ごすことになったアリックス。憧れの有名建築家ジャレッドが同居人になると知るが、彼の態度はつれない。実は彼には秘密があり…

その腕のなかで永遠に
スーザン・エリザベス・フィリップス
宮崎槙［訳］

アニーは亡き母の遺産整理のため海辺の町を訪れ、初恋の相手と再会する。十代の頃に愛し合っていたが、二人の間には恐ろしい思い出が…。大人気作家の傑作超大作！

ひびわれた心を抱いて
シェリー・コレール
藤井喜美枝［訳］

女性TVリポーターを狙った連続殺人事件が発生。連邦捜査官ヘイデンは唯一の生存者ケイトに接触するが…？ 若き才能が贈る衝撃のデビュー作〈使徒〉シリーズ降臨！

危険な夜の果てに
リサ・マリー・ライス
鈴木美朋［訳］

医師のキャサリンは、治療の鍵を握るのがマックという国からも追われる危険な男だと知る。ついに彼を見つけ、会ったとたん……。新シリーズ一作目！